元曲全鉴

蔡践◎解译

中国纺织

内 容 提 要

元曲是盛行于元代的一种文艺形式，主要包括杂剧和散曲。它是中华传统文化宝库中的一枝奇葩，在思想内容和艺术成就上具有鲜明的特色，和唐宋诗词、明清小说鼎足并举，成为我国文学史上一座重要的里程碑。

《元曲全鉴》一书囊括了众多具有代表性的元曲作品，通俗易懂，解析细致，图文并茂，对广大读者阅读和理解元曲的精髓有着极大的帮助。

图书在版编目（CIP）数据

元曲全鉴 / 蔡践解译．—北京：中国纺织出版社，2015.6

ISBN 978-7-5180-1500-9

Ⅰ．①元… Ⅱ．①蔡… Ⅲ．①元曲—鉴赏 Ⅳ．①I207.24

中国版本图书馆 CIP 数据核字（2015）第 067591 号

解译人员：余长保	迟双明	杨敬敬	孙红颖	任娟霞	陈金川
李向峰	朱雅婷	蔡 践	罗 苏	陈 美	党 博
庞莉莉	任 哲	张志英	张凌翔		

策划编辑：丁守富　　特约编辑：韩玉林　　责任印制：储志伟

中国纺织出版社出版发行
地址：北京市朝阳区百子湾东里 A407 号楼　邮政编码：100124
销售电话：010—67004422　传真：010—87155801
http：//www.c-textilep.com
E-mail：faxing@c-textilep.com
中国纺织出版社天猫旗舰店
官方微博 http://weibo.com/2119887771
北京佳信达欣艺术印刷有限公司印刷　各地新华书店经销
2015 年 6 月第 1 版第 1 次印刷
开本：710×1000　1/16　印张：20
字数：230 千字　定价：38.00 元

凡购本书，如有缺页、倒页、脱页，由本社图书营销中心调换

前言

元曲，发展于金、宋，盛行于元代，是继唐诗宋词之后形成的另一种文学形式，是对诗词的继承、革新和发展，是中华传统文化宝库中的一枝奇葩，无论从思想还是内容上来看，都有着自身鲜明的特色，和唐宋诗词鼎足并举，成为我国文学史上一座重要的里程碑。

元曲首先兴盛于北方地区，所以又有"北曲"之称。与诗词相比，其形式更灵活，更能表情达意。元曲主要分为两种艺术形式：一为元杂剧，一为元散曲。杂剧可以说是元代的歌剧，散曲则可以说是元代的新体诗。曲是词的发展，无论从音乐的基础还是形式的构造上，都是从词演化而来的。词本起于民间，流传于歌女伶工之口；既便于书写情怀，又宜于歌唱，是一种通俗文学。人们在旧的歌曲中求变化，在新起于民间的小调中求素材，接着有乐师来正谱，文人来修辞；后来作者渐多，曲调日富，渐渐形成一种与词不同的体裁，而成为一种继词之后便于歌唱的新兴文学。大凡一种新文学体裁的发展，都是由简而繁，由不规则而规则。散曲中最先产生的是小令，由小令变成合调，再变而为套曲。小令就是民间流行的小调，经过文学的陶冶，成为曲中的小令；由小令、合调再进一步，是谓套曲，通称为套数，亦名散套。

元曲具有题材广泛、意境高远、语言通俗、音韵和谐、描绘生动等特点。从内容上看，元曲比较全面地反映了元代的社会生活：既有揭露黑暗现实、反映人民疾苦、反对邪恶的作品，又有慨叹世情险恶、向往归隐田园的作品，还有描写男女恋情和离别思念，以及描绘山川景物，咏史怀古、慨叹历史人物的作品，体现了元曲作家对自由的追求与对世俗传统的反叛精神。从艺术角度来说，元曲一是用语率真自然、通俗易懂，二是形式多样，格律灵活；特殊的句式和用韵产生了特别的音韵美感，酝酿出了"曲味"，这是对古典诗歌音韵美学的巨大贡献。元曲最杰出的作者代表是元曲四大家：关汉卿、白朴、郑光祖、马致远——他们的创作，将元曲推向了文化艺术的顶峰。对此，国学大家王国维曾说："唐之诗、宋之词、元之曲，皆所谓一代之文学，而后世莫能继焉者也。"

总之，元曲的兴起对于我国民族诗歌文化的发展、繁荣有着深远的影响和卓越的贡献。它不仅是文人咏志抒怀得心应手的工具，而且为反映元代社会生活提供了广大群众喜闻乐见的崭新的艺术形式。

为了更好地弘扬和传播中华传统文化，丰富人们的精神生活，我们特精心策划了《元曲全鉴》一书。该书通俗易懂，解析细致，图文并茂，比较全面地展示了元曲的风貌，对广大读者全面深入地阅读和理解原作提供了极大的帮助。

解译者
2015年3月

◎ 元好问 / 1

中吕·喜春来·春宴之一 / 1

中吕·喜春来·春宴之二 / 2

双调·骤雨打新荷 / 3

仙吕·赏花时·春情 / 3

◎ 杨果 / 5

仙吕·翠裙腰 / 5

越调·小桃红 / 6

越调·小桃红 / 7

越调·小桃红 / 7

◎ 刘秉忠 / 8

南吕·干荷叶 / 8

双调·蟾宫曲·夏 / 9

◎ 王和卿 / 10

仙吕·醉中天·咏大蝴蝶 / 10

仙吕·一半儿·题情 / 11

双调·拨不断·大鱼 / 11

双调·拨不断·自叹 / 12

◎ 胡祗遹 / 13

中吕·快活三过朝天子·赏春 / 13

双调·沉醉东风 / 14

双调·沉醉东风 / 14

双调·沉醉东风·赠妓朱帘秀 / 15

◎ 徐琰 / 16

双调·沉醉东风 / 16

南吕·一枝花·间阻 / 17

◎ 王恽 / 18

正宫·黑漆弩·游金山寺并序 / 19

越调·平湖乐·尧庙秋社 / 20

◎ 卢挚 / 21

双调·沉醉东风·秋景 / 21

双调·沉醉东风·闲居 / 22

双调·折桂令·寒食新野道中 / 22
双调·寿阳曲·夜忆二首 / 23
双调·沉醉东风·重九 / 24
双调·殿前欢 / 24
黄钟·节节高·题洞庭鹿角庙壁 / 25
双调·蟾宫曲 / 26
双调·蟾宫曲·丽华 / 26
双调·蟾宫曲·长沙怀古 / 27
双调·蟾宫曲·箕山感怀 / 28

◎ 陈草庵 / 29

中吕·山坡羊 / 29
中吕·山坡羊 / 30
中吕·山坡羊 / 30
中吕·山坡羊 / 31

◎ 奥敦周卿 / 31

双调·蟾宫曲·咏西湖 / 32

◎ 关汉卿 / 33

仙吕·一半儿·题情 / 33
仙吕·一半儿·题情 / 34
南吕·四块玉·别情 / 34
南吕·四块玉·闲适 / 35
双调·大德歌·春 / 35
双调·大德歌·夏 / 36
双调·大德歌·秋 / 36
双调·大德歌·冬 / 37
双调·新水令·单刀会 / 37
双调·碧玉箫 / 38

双调·沉醉东风 / 39
双调·碧玉箫 / 40
双调·碧玉箫·离愁 / 40
商调·梧叶儿·别情 / 41
正宫·端正好·窦娥冤 / 42
南吕·一枝花·赠朱帘秀 / 43
南吕·一枝花·杭州景 / 44
南吕·一枝花·不伏老 / 45
越调·斗鹌鹑·女校尉 / 47

◎ 白朴 / 49

越调·天净沙·夏 / 50
越调·天净沙·冬 / 50
越调·天净沙·春 / 51
越调·天净沙·秋 / 52
双调·沉醉东风·渔夫 / 52
双调·庆东原·叹世 / 53
双调·得胜乐 / 54
双调·驻马听·吹 / 54
双调·得胜乐 / 55
双调·驻马听 / 56
仙吕·点绛唇·东墙记 / 56
大石调·青杏子·咏雪 / 58
梧桐雨·第四折 / 59

◎ 姚燧 / 64

中吕·满庭芳 / 64
中吕·醉高歌·感怀 / 65
中吕·阳春曲 / 65

越调·凭阑人／66
越调·凭阑人二首／66
中吕·普天乐／68
越调·凭阑人·寄征衣／68
双调·寿阳曲／69

◎ 马致远／70

南吕·金字经／70
南吕·四块玉·叹世／71
南吕·四块玉·叹世／72
南吕·四块玉·紫芝路／72
南吕·四块玉·恬退／73
双调·清江引·野兴二首／74
越调·天净沙·秋思／75
双调·寿阳曲·山市晴岚／76
双调·寿阳曲·远浦帆归／77
双调·寿阳曲·潇湘夜雨／77
双调·寿阳曲·烟寺晚钟／78
双调·寿阳曲／79
双调·寿阳曲·江天暮雪／79
双调·寿阳曲／80
双调·寿阳曲／81
双调·寿阳曲／81
双调·拨不断·叹世／82
双调·拨不断·叹世／83
双调·拨不断·看潮／83
双调·拨不断／84
双调·蟾宫曲·叹世／85
双调·蟾宫曲·叹世／86

般涉调·耍孩儿·借马／87
双调·夜行船·秋思／88
双调·新水令·汉宫秋／89

◎ 赵孟頫／92

仙吕·后庭花／92
黄钟·人月圆／93

◎ 王实甫／94

中吕·十二月过尧民歌·别情／94

◎ 石君宝／95

南吕·一枝花·曲江池／95

◎ 王伯成／96

仙吕·春从天上来·闺怨／96
中吕·阳春曲·别情／97

◎ 阿里西瑛／97

双调·殿前欢·懒云窝／98
双调·殿前欢·懒云窝／99

◎ 冯子振／99

正宫·鹦鹉曲·山亭逸兴／100
正宫·鹦鹉曲·农夫渴雨／101
正宫·鹦鹉曲·赤壁怀古／101

◎ 珠帘秀／102

双调·寿阳曲·答卢疏斋／102

◎ 贯云石／103

正宫·小梁州·秋／103
正宫·塞鸿秋·代人作／104
南吕·金字经·闺情／105

中吕·红绣鞋 / 105
双调·蟾宫曲·送春 / 107
双调·清江引 / 107
双调·清江引·咏梅 / 108
双调·清江引·惜别 / 108
双调·清江引·知足 / 109
双调·清江引·立春 / 109
双调·寿阳曲 / 110
双调·殿前欢 / 111
双调·殿前欢 / 111
双调·殿前欢 / 112
双调·殿前欢 / 113
双调·水仙子·田家 / 114

◎ 鲜于必仁 / 114

中吕·普天乐·渔村落照 / 115
越调·寨儿令 / 115
双调·折桂令·卢沟晓月 / 116
双调·折桂令·西山晴雪 / 117

◎ 张养浩 / 117

中吕·最高歌兼喜春来 / 118
中吕·喜春来 / 119
中吕·喜春来 / 119
中吕·喜春来 / 120
中吕·喜春来探春 / 120
中吕·朱履曲·警世 / 121
中吕·朱履曲 / 121
中吕·朱履曲 / 122

中吕·山坡羊·潼关怀古 / 123
中吕·山坡羊三首 / 124
中吕·山坡羊 / 126
山坡羊·骊山怀古 / 126
中吕·十二月兼尧民歌·归田乐 / 127
中吕·普天乐 / 128
中吕·朝天曲 / 128
中吕·朝天曲 / 129
双调·殿前欢·对菊自叹 / 130
双调·殿前欢·登会波楼 / 131
双调·雁儿落兼得胜令·退隐 / 131
双调·庆东原 / 132
双调·水仙子 / 132
南吕·西番经 / 133
双调·水仙子·咏江南 / 134

◎ 郑光祖 / 134

越调·圣药王·倩女离魂 / 135
《梅香》第一折·仙吕·鹊踏枝 / 135
中吕·迎仙客·王粲登楼 / 136

◎ 曾瑞 / 137

南吕·四块玉·叹世 / 137
南吕·四块玉·闺情 / 137
南吕·骂玉郎过感皇恩采茶歌·闺中闻杜鹃 / 138
中吕·山坡羊·自叹 / 140

◎ 睢景臣 / 140

般涉调·哨遍·高祖还乡 / 141

◎ 乔吉 / 144

中吕·山坡羊·冬日写怀 / 144
中吕·山坡羊·自警 / 145
中吕·朝天子·小娃琵琶 / 145
中吕·满庭芳·渔父词 / 146
中吕·山坡羊·寓兴 / 147
越调·小桃红·效联珠格 / 147
越调·天净沙·即事 / 148
越调·凭阑人·香篆 / 149
越调·凭阑人·金陵道中 / 149
越调·天净沙·即事（二首）/ 150
双调·折桂令·荆溪即事 / 151
双调·折桂令·咏红蕉 / 152
双调·折桂令·客窗清明 / 152
双调·清江引·有感 / 153
双调·清江引·即景 / 153
双调·水仙子·寻梅 / 154
双调·水仙子·若川秋夕闻砧 / 155
双调·水仙子·怨风情 / 155
双调·水仙子·咏雪 / 156
双调·水仙子·吴江垂虹桥 / 157
双调·水仙子·重观瀑布 / 158
双调·殿前欢·登江山第一楼 / 159
双调·卖花声·悟世 / 160
双调·雁儿落过得胜令·忆别 / 161
双调·雁儿落过得胜令·戏题 / 161
南吕·玉交枝 / 162
《两世姻缘》第二折：商调·集贤宾 / 163

◎ 刘时中 / 164

双调·殿前欢·醉翁醑 / 164
双调·殿前欢·醉颜醑 / 165
正宫·端正好·上高监司 / 165

◎ 薛昂夫 / 167

中吕·朝天曲 / 168
正宫·塞鸿秋 / 168
中吕·朝天曲 / 169
中吕·山坡羊 / 170
中吕·山坡羊·秋《西湖杂咏》/ 170
双调·楚天遥过清江引·春归二首 / 171
双调·楚天遥过清江引 / 172

◎ 吴弘道 / 173

南吕·金字经·伤春 / 173
双调·拨不断·闲乐 / 174

◎ 赵善庆 / 174

中吕·普天乐·江上秋行 / 175
中吕·山坡羊·长安怀古 / 175
双调·沉醉东风·秋日湘阴道中 / 176
双调·庆东原·泊罗阳驿 / 176
双调·折桂令·西湖 / 177

◎ 马谦斋 / 178

中吕·快活三过朝天子四边静·秋 / 179
双调·水仙子·咏竹 / 180
越调·柳营曲·叹世 / 180
双调·沉醉东风·自悟 / 181
双调·水仙子·雪夜 / 182

◎ 张可久 / 183

越调·天净沙·鲁卿庵中 / 183
双调·折桂令·村庵即事 / 184
黄钟·人月圆·山中书事 / 185
中吕·迎仙客·秋夜 / 185
中吕·红绣鞋·虎丘道上 / 186
中吕·红绣鞋·天台瀑布寺 / 186
中吕·红绣鞋·秋望 / 187
中吕·满庭芳·金华道中 / 188
中吕·山坡羊·闺思 / 188
中吕·卖花声·怀古 / 189
中吕·喜春来·永康驿中 / 190
中吕·普天乐·西湖即事 / 190
中吕·普天乐·别怀 / 191
南吕·四块玉·客中九日 / 192
商调·梧叶儿·春日郊行 / 192
商调·梧叶儿·湖山夜景 / 193
双调·庆东原·次马致远先辈韵 / 194
双调·沉醉东风·气球 / 194
双调·落梅风·冬夜 / 195
双调·落梅风·春情 / 196
双调·水仙子·梅边即事 / 196
双调·殿前欢·客中 / 197
双调·水仙子·湖上即事 / 198
双调·折桂令·九日 / 199
越调·小桃红·离情 / 199
越调·天净沙·湖上送别 / 200
越调·凭阑人·春夜 / 201

越调·寨儿令·席上 / 201
越调·凭阑人·暮春即事 / 202
越调·天净沙·江上 / 203
越调·寨儿令·闺怨 / 203
越调·寨儿令·春思 / 205
越调·寨儿令·舟行感兴 / 205
越调·凭阑人·江夜 / 206
南吕·一枝花·湖上归 / 207

◎ 徐再思 / 208

黄钟·人月圆·甘露怀古 / 209
中吕·阳春曲·皇亭晚泊 / 209
中吕·普天乐·西山夕照 / 210
中吕·普天乐·垂虹夜月 / 210
中吕·朝天子·西湖 / 211
越调·天净沙·探梅 / 212
双调·蟾宫曲·春情 / 212
双调·清江引·相思 / 213
双调·殿前欢·观音山眠松 / 214
双调·沉醉东风·春情 / 215
双调·水仙子·春情 / 215
双调·水仙子·夜雨 / 216

◎ 孙周卿 / 217

双调·蟾宫曲·自乐 / 217
双调·水仙子·山居自乐 / 218

◎ 王仲元 / 219

中吕·普天乐·春日多雨 / 219

◎ 吕止庵 / 220

仙吕·后庭花 / 220

仙吕·后庭花·怀古 / 221

仙吕·醉扶归 / 222

◎ 查德卿 / 222

仙吕·寄生草·感叹 / 223

仙吕·一半儿·春情 / 224

越调·柳营曲·金陵故址 / 224

越调·柳营曲·江上 / 225

双调·蟾宫曲·怀古 / 226

◎ 吴西逸 / 227

越调·天净沙·闲题 / 227

双调·清江引·秋居 / 228

◎ 李爱山 / 229

双调·寿阳曲·厌纷 / 229

双调·寿阳曲·怀古 / 229

◎ 李致远 / 230

中吕·朝天子·秋夜吟 / 230

双调·折桂令·读史 / 231

双调·落梅风 / 232

越调·小桃红·碧桃 / 233

中吕·红绣鞋·晚春 / 233

◎ 张鸣善 / 234

中吕·普天乐·嘲西席 / 234

失宫调·咏雪 / 235

中吕·普天乐·咏世 / 236

双调·水仙子·讥时 / 237

◎ 杨朝英 / 238

双调·水仙子 / 238

双调·水仙子 / 239

双调·水仙子 / 240

双调·殿前欢·和阿里西瑛韵 / 241

正宫·叨叨令·叹世二首 / 241

中吕·阳春曲 / 243

越调·小桃红·题写韵轩 / 243

双调·清江引 / 244

双调·水仙子 / 244

双调·水仙子·自足 / 245

◎ 宋方壶 / 246

中吕·山坡羊·道情 / 246

中吕·山坡羊·道情 / 247

仙吕·一半儿 / 248

双调·水仙子·居庸关中秋对月 / 248

双调·水仙子·隐者 / 249

双调·水仙子·隐者 / 250

中吕·红绣鞋·阅世 / 251

◎ 丘士元 / 252

中吕·满庭芳·相思 / 252

◎ 周德清 / 253

正宫·塞鸿秋·浔阳即景 / 253

中吕·满庭芳·看岳王传 / 254

中吕·朝天子·庐山 / 255

中吕·朝天子·秋夜客怀 / 256

中吕·阳春曲·春晴 / 256

越调·柳营曲·冬夜怀友 / 257

◎ 钟嗣成 / 258

南吕·骂玉郎过感皇恩采茶歌·恨别 / 258

双调·清江引二首 / 260

南吕·一枝花·自序丑斋 / 261

◎ 唐毅夫 / 263

南吕·一枝花·怨雪 / 264

◎ 汪元亨 / 265

双调·沉醉东风·归田 / 265

双调·沉醉东风·归田 / 266

正宫·醉太平·警世 / 266

◎ 倪瓒 / 267

黄钟·人月圆 / 267

黄钟·人月圆 / 268

双调·水仙子 / 269

越调·凭阑人·赠吴国良 / 270

◎ 刘庭信 / 271

中吕·朝天子·赴约 / 271

双调·水仙子·相思 / 272

◎ 梁寅 / 272

黄钟·人月圆·春夜 / 273

◎ 舒頔 / 273

中吕·朝天子 / 274

◎ 汤式 / 275

中吕·醉高歌带红绣鞋·客中题壁 / 275

中吕·普天乐·别友人往陕西 / 276

中吕·谒金门·落花 / 277

中吕·谒金门·落花 / 277

中吕·山坡羊·书怀示友人 / 278

越调·柳营曲·旅次 / 278

越调·柳营曲·听筝 / 279

双调·天香引·戏赠赵心心 / 280

双调·蟾宫曲 / 280

双调·庆东原·田家乐 / 281

双调·天香引·西湖感旧 / 282

正宫·小梁州·九日渡江 / 282

◎ 邵亨贞 / 283

仙吕·后庭花·拟古 / 283

◎ 高明 / 284

商调·金络索挂梧桐·咏别 / 284

◎ 无名氏 / 285

正宫·叨叨令 / 285

正宫·塞鸿秋·山行警 / 286

正宫·醉太平 / 286

正宫·醉太平·讥贪小利者 / 287

正宫·塞鸿秋·村夫饮 / 287

仙吕·寄生草·来生债 / 288

仙吕·寄生草 / 289

仙吕·游四门 / 290

仙吕·寄生草·相思 / 291

中吕·朝天子·志感 / 292

中吕·朝天子·志感 / 293

中吕·红绣鞋／294

中吕·红绣鞋／294

中吕·喜春来／295

中吕·四换头／296

中吕·红绣鞋·月夜闻雁／296

中吕·齐天乐过红衫儿·幽居／297

南吕·玉娇枝过四块玉／298

南吕·骂玉郎过感皇恩采茶歌／299

双调·清江引·讥士人／299

双调·水仙子／300

双调·雁儿落过得胜令／301

越调·小桃红·别忆／301

商调·梧叶儿／302

商调·梧叶儿·嘲谎人／303

商调·梧叶儿·贪／304

商调·梧叶儿·嗔／304

商调·梧叶儿·嘲贪汉／305

参考文献／306

元好问

元好问（1190～1257），字裕之，号遗山，太原秀容（今山西忻县）人。金宣宗兴定五年（1221）中进士不就选。除南阳令，调内乡。历官尚书省掾（属员），左司都事员外郎。哀宗天兴初（1232）入翰林，知制诰。金亡后不仕。元宪宗七年卒于获鹿（今属河北）寓舍，年六十八岁。好问多与元散曲家有交往，为一代著名诗人、文学家、散曲家。有《遗山先生文集》、《中州集》、《壬辰杂编》等。《全元散曲》存其小令9首。

中吕·喜春来①·春宴②之一

春盘宜剪三生菜③，春燕斜簪七宝钗④。春风春酝⑤透人怀。春宴排，齐唱喜春来。

【注释】

①中吕·喜春来：中吕是元曲宫调之一，属于这一宫调的曲牌有迎仙客、红绣鞋等三十余个，喜春来也是其中的一个。②春宴：是根据曲子内容所标示的题目，有些散曲作品，只有宫调名和曲牌名，没有标题。这是四首曲子组成的组曲，题为《春宴》，实际上只有第一首写宴，其余三首主要写春光明媚的景色。③"春盘"句：古代民俗，于立春日，将莴苣之类可以生吃的菜、水果、春饼等食物置于盘中，邀请亲友聚会宴饮。这一习俗自隋唐以来就有，杜甫《立春》诗有"春日春盘细生菜"之句。三生菜：并非实指三样生菜，意谓多样，下句七宝钗的"七"，亦同此意。④"春燕"句：指与会妇女头

饰之美。⑤春酝：即春酒。

【赏析】

这支曲带有《春宴》组诗点题的性质，突出宴会的时令特色，着意描写宴上的三生菜，女眷头饰的华美入时，春风拂面，开怀畅饮醇美的春酒，构成一幅温馨、和谐、欢悦的亲友聚会迎春图。在这祥和欢乐的气氛中，情不自禁地齐声唱起迎春曲，喜庆美好的春天又来临。全首五句都含有特定意义的"春"字，春盘、春燕、春风、春酝、春宴、喜春来，俗中显雅，春意洋溢，生机勃然，富有浓郁的生活气息。

中吕·喜春来·春宴之二

梅残玉靥香犹在①，柳破金梢眼未开②。东风和气满楼台。桃杏折③，宜唱喜春来。

【注释】

①"梅残"句：意谓洁白如玉的梅花虽已凋残，而幽香尚在。靥：原是人微笑时脸上显现的酒窝。玉靥：用以形容梅花洁白的颜色和优美的神韵。②"柳破金梢"句：描写初春时节柳色，柳梢才吐出金黄色的嫩芽，有如蒙眬醉眼尚未张开。③桃杏折：桃花杏花也刚绽露花苞。折：应是"拆"字之误，此指花苞初绽。

【赏析】

该曲重在写景，寓情于景。在楼台上俯视春景，残梅的幽香风神，柳梢的嫩芽，初开的桃杏，一派生气盎

然的景象，包含着诗人热爱生活的情趣。末句"宜唱喜春来"，迸发出作者对春的激情。组曲在着意写景中，很自然地抒发感情，既明快，又逐步深化。

双调·骤雨打新荷

绿叶阴浓，遍池塘水阁，偏趁凉多。海榴①初绽，妖艳喷香罗②。老燕携雏弄语，有高柳鸣蝉相和。骤雨过，珍珠乱撒，打遍新荷。人生有几，念良辰美景，一梦初过。穷通③前定，何用苦张罗④。命友邀宾玩赏，对芳樽⑤浅斟低歌。且酩酊⑥任他两轮日月，来往如梭。

【注释】

①海榴：即石榴，因从西域移植，故名。绽：音 zhàn，开放。②罗：稀疏而轻软的丝织品。③穷通：处境的困窘（穷）和顺利（通）。这里指人命运的好坏。④张罗：料理，筹划。⑤芳樽：美好的酒杯。这里指代美酒。⑥酩酊：音 mǐng dǐng，大醉的样子。

【赏析】

此曲分上下两阕，上阕写景，作者以比兴的艺术手法，绘出一幅完美的自然图画。"老燕携雏弄语，有高柳鸣蝉相和"句，写得绝妙逼真，堪称名句。下阕抒情，"人生有几"、"浅酌低歌"，虽有消极因素，但更多表现了作者达观的情绪，给人以心情洒脱之感。

仙吕①·赏花时·春情

花点苍苔绣不匀②，莺唤垂杨语未真③。帘幕絮纷纷④。日长人困，风暖兽烟⑤喷。

3

〔幺〕一自檀郎⑥共锦衾,再不曾暗掷金钱⑦卜远人。香脸笑生春。旧时衣褪⑧,宽放出二三分。

〔赚煞尾〕调养就旧精神,妆点出娇风韵。将息划损苔墙玉笋⑨。拂掉了香冷妆奁宝鉴⑩尘,舒开系东风两叶眉颦。晓妆新。高绾起乌云⑪。再不管暖日朱帘鹊噪频。从今听鸦鸣⑫不嗔,灯花⑬谁信,一任教子规声啼破海棠魂⑭。

【注释】

①仙吕:宫调名。《中原音韵》称:"仙吕调清新绵邈。"元人杂剧楔子和第一折常用之。②"花点苍苔"句:落花飘撒在长满苍苔的庭院中,美如锦绣,因非人工着意刺绣,故曰"绣不匀"。③"莺唤垂杨"句:从垂杨中传来莺鸣之声,鸣声时强时弱,听不真切。④絮纷纷:柳絮飘落的样子。⑤兽烟:古人喜欢在室内薰香,用香料调和炭末,制成各种兽形,叫香兽,置于炉中点燃,兽烟从炉内喷出。⑥檀郎:晋人潘安,小字檀奴,风姿俊秀,后遂以檀郎为美男子的代称。⑦暗掷金钱:掷钱币以卜吉凶。⑧衣褪:女衣腰部褶线,可按照穿着者腰身的肥瘦变化,放宽或收紧。⑨玉笋:喻女人手指。思妇为计算丈夫别后的日期,用手指在长苔的墙上划痕。⑩妆奁:置放化妆品之类的梳妆盒。宝鉴:镜子,古代以铜磨镜,故称宝鉴。⑪绾:盘结。乌云:喻女人头发。⑫鹊噪、鸦鸣:古代民间认为喜鹊叫客人到,乌鸦叫不祥兆。⑬灯花:古代油灯,以灯草作芯,点燃后芯灰结成灯花,民俗视为喜讯。⑭子规:杜鹃,其啼声似"不如归去",旧时诗词借以表现离愁。啼破海棠魂:苏轼有《海棠》诗云,"只恐夜深花睡去,故烧高烛照红妆。"后人遂以海棠喻睡美人。全句意谓任凭子规鸟如何啼鸣,也难以惊破我的睡梦了。

【赏析】

这套散曲中的主人是闺中少妇,抒发她自从与郎君欢聚后特有的情怀。本套曲子写的是闺中少妇在春天的欢悦之情。作者首先用一支〔赏花时〕曲子,借助少妇对春色的视觉、听觉和主观感受,描绘出暮春时节落英缤纷、莺燕啼鸣、柳絮飞扬、房中兽烟缭绕的环境氛围,给人以优美、温馨、和谐之感。接着以〔幺〕和〔赚尾煞〕两支曲子,尽情抒发少妇"一自檀郎共锦衾"后的喜悦、欢快心情。作者的艺术表现手法非常巧妙,既不是直接描写少妇眼前如何欢悦,也不是直接倾诉往日的愁苦,而是着力描写她与夫婿欢聚后形神心态的变化,把今昔两种截然不同的举止心情形象地表现出来。

杨果

杨果(1195~1269),字正卿,号西庵,祈州蒲阳(河北安国县)人。金正大初(1224)中进士,为偃师令,以廉洁精干著称。元中统元年(1260),拜北京宣抚使,次年拜参政知事。工文章,尤长于乐府散曲,是元初较著名的曲家,有《西庵集》。《全元散曲》存其小令11首,套数5篇。

仙吕·翠裙腰①

莺穿细柳翻金翅,迁上最高枝。海棠零乱飘阶址,堕胭脂。共谁同唱送春词。

[金盏儿]②减容姿,瘦腰肢,绣床尘满慵针指。眉懒画,粉羞施,憔悴死。无尽闲愁将甚比,恰如梅子雨③丝丝。

[绿窗愁]④有客持书至,还喜却嗟咨。未委归期约几时,先拆破鸳鸯字⑤。原来则是卖弄他风流浪子,夸翰墨,显文词。枉用了身心空费了纸。

[赚尾]⑥总虚脾⑦,无实事,乔⑧问候的言辞怎使?复别了花笺重作念,偏自家少负你相思?唱道⑨再展放重读,读罢也无言暗切齿。沉吟了数次,骂你个负心贼堪恨,把一封寄来书都扯做纸条儿。

【注释】

①仙吕·翠裙腰:意为使用[仙吕]中的曲调,第一支曲子为[翠裙

腰]，结尾用[赚尾]和[后庭花煞]的套数。[翠裙腰]的句式为：七五，七三，七。凡五句五韵。②金盏儿：[仙吕]曲调。又名[醉金盏]。仅用于套数。③梅子雨：亦称黄梅雨。初夏产生在江淮流域持续较长的阴雨天气，时值梅子黄熟，故云。④绿窗愁：[仙吕]曲调。仅用于套数。句式为五五，七五，六三三七。凡八句七韵（第六句可不入韵）。⑤先拆破句：意谓男方写来的绝情信。⑥赚尾：又名[赚煞尾]，用作结曲。句式常格为：三三六（七），七六（七），三（二）四七，四四七。凡十一句十韵（第一句可不入韵）。⑦虚脾：虚情假意。⑧乔：假装。⑨唱道：元曲中衬字，无实义。

【赏析】

这套数曲写闺中女子对远游的负心汉的愤恨。以白描手法刻画女子的形象，活灵活现，具有很强的感染力。

越调·小桃红

满城烟水月微茫①，人倚兰舟②唱，常记相逢若耶③上。隔三湘，碧云望断空惆怅。美人笑道：莲花相似，情短藕丝长。

【注释】

①烟水：指湖面泛起水气，缥缈似烟。微茫：若明若暗，朦胧不清。②兰舟：形容船的华美，在此指采莲船。③若耶：指若耶溪，在浙江绍兴南诸暨县，西施曾在此溪上浣纱。

【赏析】

这支曲写采莲女对爱情的坚贞。在这满城烟水的月光下，采莲女一面劳动，一面忆起当初和情人相互唱和的情形。如今，一对伴侣已被隔断，采莲女只有望断碧云空自惆怅了。然而，她不是绝情的，她以莲自比，他们间的情丝恰如藕丝一样，永远无法割断。

越调·小桃红

采莲人和采莲歌①,柳外兰舟②过,不管鸳鸯梦惊破。应如何?有人独上江楼卧。伤心莫唱:南朝旧曲③,司马④泪痕多。

【注释】

①采莲歌:南朝乐府歌曲名,此泛指采莲女所唱之歌。②兰舟:木兰之木所造的船,实是对优美舟船的一种形容。③南朝旧曲:疑指梁元帝所制之《采莲曲》,词有"碧玉小家女,来嫁江南王"、"因持荐君子,愿袭芙蓉裳"句。④司马:以中唐诗人白居易喻指作者自己。白在被贬官江州司马时写过长诗《琵琶行》,由同情沦落天涯的琵琶女,联想到自己遭谪远窜的不幸,因而涕下沾襟,青衫为湿。

【赏析】

此曲运用以欢乐反衬孤独的写法,冷热相间、悲喜交错,尤为别致。

越调·小桃红

采莲湖上棹①船回,风约②湘裙翠③。一曲琵琶数行泪,望君归,芙蓉④开尽无消息。晚凉多少,红鸳白鹭,何处不双飞。

【注释】

①棹:桨,作动词用,指"划"。②约:束,裹。③湘裙翠:用湘地丝织品制成的翠绿色的裙子。④芙蓉:荷花的别名。谐"夫容",一语双关。

【赏析】

这是一支写少妇思念远方之人的抒情小曲,既显示出文人高雅典丽的艺术修养,又体现了民歌自然清新的艺术特色。

刘秉忠

刘秉忠(1216~1274),字仲晦,邢州(今河北邢台县)人。年十七,为邢台节度使府令史,后弃去,隐武安山中为僧,法名子聪。后游云中,被召见,元世祖忽必烈见他博学多才,留侍左右更名秉忠。至元初(1264),拜光禄大夫,位太保,参预中书省事。卒年五十九岁。赠太傅,封赵国公,常山王,谥文贞秉忠自幼好学,至老不衰,终日斋居蔬食,每以吟咏自适,不为名利所动,自号藏春散人,有《藏春散人集》。《全元散曲》录其小令12首。

南吕·干荷叶

干荷叶,色苍苍①,老柄风摇荡。减了清香,越添黄。都因昨夜一场霜,寂寞在秋江上。

【注释】

①苍苍:深暗的颜色。

【赏析】

这支曲描绘了一派萧疏、寂寥的深秋景象。"干荷叶,色苍苍;老柄风摇荡。"起始一句,作者便用洗练的笔墨勾勒出一幅色彩鲜明、富有动感的干荷图。作者从残荷的形,写到色;"风摇荡",荷叶不停地摇晃,呈现出一种动态的美。这种从形到色、从静到动的层层剖写,使残荷的形象鲜明突出,并略带几分凄婉。第二句"减了清香,越添黄",并非仅写残荷的味和色,一个"减"字、一个"添"字写出了荷叶由盛到衰的全过程。当初是翠叶红花出绿波、清香沁人的盛景,而今却是叶黄香消、干叶枯柄的残态,怎不叫人生出一段怜荷之情?全曲总收于怜荷怨霜的抒情之中:"都因昨夜一场霜。寂寞在秋江上。"原先那"接天莲叶无穷碧,映日荷花别样红"的盛况,为何变成如今这般清冷落魄?原因都在昨夜那场冷酷无情的严霜!"都因"二字将作者无限怨情表露无遗。"秋江"渲染出一种萧疏的氛围,"寂寞"则传神地表现出干荷叶孤寂的气韵。霜打的荷叶和经霜的江水,一个是叶枯色苍,一个是清凉寒冷,一种萧疏寂寞之气扑面而来,那种对美受摧残、被毁灭的同情与怜悯,便更真切地袭上心头。这首小令锤字炼句,构思新颖,物我合一,情景交融,达到很高的艺术境界。

双调·蟾宫曲·夏

炎天地热如烧。散发披襟,纨扇①轻摇。积雪敲冰②,沉李浮瓜③,不用百尺楼高。避暑凉亭静扫,树阴稠绿波池沼。流水溪桥,右军观鹅④,散诞⑤逍遥。

【注释】

①纨扇:细绢制成的团扇。②积雪敲冰:此指将冬日储存的冰块拿出来消暑。③沉李浮瓜:此言吃李吃瓜消暑。因李重瓜轻,水洗时李沉瓜浮,故言。④右军观鹅:右军,指东晋大书法家王羲之。《晋书·王羲之传》云:"(羲之)性爱鹅。山阴有一道士养好鹅,羲之往观焉。意甚悦,固求市之。道士云:'为写《道德经》,当举群相赠耳'。羲之欣然,写毕,笼鹅而归"。⑤散诞:逍遥自在。范成大《步入衡山》有"更无骑吹喧相逐,散诞闲身信马蹄"诗句。

【赏析】

这支曲子写夏日消暑的闲适。起句以"炎"极写酷暑难当,"散发"二句写消暑人潇洒自如的风度,摇之轻,风雅活脱可喜。"积雪"三句进一步铺写主人公的悠然自乐。"避暑"二句写景,以树绿、水绿强调凉亭的幽雅环境,与首句遥相呼应,形成鲜明对比。结三句用典,借王右军观鹅之事写夏日的逍遥自乐。整个曲子活画出士大夫生活的情趣,但情调不高,使人很自然地想起"赤日炎炎似火烧,野田禾稻半枯焦。农夫心内如汤煮,公子王孙把扇摇"的诗句。

王和卿

王和卿,河北大名人,生卒年不详,世祖至元中(1279)前后尚在世,与关汉卿过从甚密。为人滑稽佻达,常讥谑汉卿,汉卿极意还答,终不能胜。无杂剧传世,善为散曲,《辍耕录》载有他作《醉中天》小令声名播于燕市的情形。今存小令21首、套数3篇(内残套2篇)。作品多写男女情事,次为杂咏,风格俚俗诙谐。

仙吕·醉中天·咏大蝴蝶

弹破庄周梦①,两翅驾东风,三百座名园,一采一个空②。难道风流种③,吓杀④寻芳的蜜蜂。轻轻飞动,把卖花人扇过桥东⑤。

【注释】

①弹破:借用庄周梦被弹破来形容蝴蝶之大。庄周梦:庄周梦见自己变成大蝴蝶在花丛中飞舞,见《庄子·齐物论》。②采空:采尽,采完。③风流种:指喜

爱情色、对妇女多情的人。④吓杀：吓死。⑤扇过桥东：极言蝴蝶翅膀之大。

【赏析】

  蝴蝶是采花蜜的，世人因以喻指那些寻花问柳的人。所谓"采花"，即是此等人的行径。另外，蝴蝶的花翅同纨袴子弟花花绿绿的服饰、蝴蝶翩翩飞动的样子与浮浪轻薄者的轻狂，都有类似之处。此曲即抓住这些形貌状态的相似，嘲讽元代社会上"花花太岁"之类人物的恶劣行径。它以浪漫和夸张的手法，使用庄周梦中大蝴蝶的形象，和前人诗歌里蝴蝶追赶卖花人过桥的情境，凸显了浮浪"子弟"的轻狂、嚣张、有恃无恐、作恶多端。缺点是没有表现出作者应有的义愤和憎恶感情来，因而批判力度不足。

仙吕·一半儿·题情

  别来宽褪缕金衣，粉悴烟憔①减玉肌。泪点儿只除衫袖知。盼佳期，一半儿才干一半儿湿。

【注释】

①粉悴烟憔：这里"粉"、"烟"均指女子容貌。

【赏析】

  这首小令写得凄怆动人，隽永悠扬，并巧妙地利用"一半儿××一半儿×"的曲牌格式，将思妇肝肠寸断的心情深刻地表现出来。

双调·拨不断·大鱼

  胜神鳌①，夯②风涛，脊梁上轻负着蓬莱岛③。万里夕阳锦背④高，翻身犹恨东洋小。太公⑤怎钓？

【注释】

①神鳌：神话传说里的海中大鳌。②夯：音 hāng，扛着。③蓬莱岛：海中仙岛，即前述五座神山之一。④锦背：指夕阳照耀下的大鱼美丽的脊背。⑤太公：姜子牙。他曾在渭水之滨钓鱼，遇周文王后才受到重用。

【赏析】

世传姜子牙渭滨垂钓时方法很特殊：钓钩离水面三尺，尚高言曰："负命者上钓来！"他虽没有钓得鱼，却得遇周文王，被委以重任，建立了功业，钓到了功名利禄。所谓"太公钓鱼，愿者上钩"，说的就是这种情形。后人往往用以比喻统治者用利禄权位引诱和笼络士人。这首小令即以此故事立意，抒写了胸有韬略、高视一世的知识分子虽然处境逼仄，逆风负重，却绝不会汲汲于功名，不会为统治者的诱饵所动的高傲情志，表现了一种固守高尚志节、蔑视权豪势要的思想态度。曲文立意超卓，想象丰富，形象鲜明，主旨显豁。

双调·拨不断·自叹

恰①春朝，又秋宵，春花秋月何时了②。花到三春③颜色消，月过十五光明少。月残花落。

【注释】

①恰：才，刚刚。②春花秋月何时了：李煜《虞美人》："春花秋月何时了，往事知多少。"③三春：此指春末。

【赏析】

此曲由叹时光流逝之迅疾而生"月残花落"之深慨，抒发了一种老大无奈的伤感情绪，自叹亦复叹人。若就诗意看，无非如此，似不足誉扬。然而若就律艺方面看，此曲由"春"、"秋"而衍"花"、"月"，然后似辘轳蝉联而下，一脉贯通。短短三十一字中，两用对偶，一为工对，一为流水，神于变化，显得和顺谐畅；用典自然浑化，若出己手，这一切却又使得它流光溢彩，具有了不可或缺的艺术价值。

胡祗遹

  胡祗遹（zhī yù）（1227～1293），字绍开，号紫山，磁州武安（今属河北省）人。早年丧父，后刻苦读书得知于名流。元世祖时出仕，政绩显著。诗、文、词、曲、书法都有成就。著有《易经直解》、《紫山大全集》、散曲作品"如秋潭孤月"（《太和正音谱》），现存小令11首、收于《全元散曲》。

中吕·快活三过朝天子①·赏春

  梨花白雪飘，杏艳紫霞消。柳丝午困小蛮②腰。显得东风恶。野桥，路迢，一弄儿③春光闹。夜来微雨洒芳郊，绿遍江南草。蹇④驴山翁，轻衫乌帽，醉模糊归去好。杖藜头酒挑，花梢上月高，任拍手儿童笑。

【注释】

  ①快活三过朝天子：属中吕宫的带过曲，由快活三和朝天子两支曲子组成。②小蛮：白居易侍女，善舞。此指柳丝，习惯上以柳丝比喻女子细腰，这里则将柳丝人格化。③一弄儿：犹言一派。此指野外一派春光。④蹇：驽钝的坐骑。

【赏析】

  这是一幅非常潇洒的游春图。以写春景之美为背景，而重在表现赏春之人欢快、自得的心境。

双调·沉醉东风①

月底花间酒壶,水边林下茅庐。避虎狼,盟鸥鹭,是个识字的渔夫。蓑笠纶竿②钓今古,一任他斜风细雨。

【注释】

①沉醉东风:[双调]常用曲调。句式为:六(七)六(七),三三七,七七(六)。凡七句六韵(第三句可不入韵)。首二句和三四句各自多作对仗。②纶竿:挂钓丝之鱼竿。

【赏析】

"识字的渔夫",是披着蓑衣的知识分子。他们在虎狼当道时,只好和鸥鹭为盟,表明文人处境的不得已。结句以白眼冷看今古,感慨颇深。

双调·沉醉东风

渔①得鱼心满意足,樵得樵眼笑眉舒。一个罢了钓竿,一个收了斤斧,林泉下偶然相遇。是两个不识字的渔樵士大夫,他两个笑加加②的谈今论古。

【注释】

①渔:打鱼的人。下句第一个"樵"字,指樵夫,砍柴的人。第二个"樵"字,指柴火。②笑加加:笑吟吟。

【赏析】

写渔夫和樵夫的生活乐趣。作者肯定他们的放情不羁,敢于在谈笑中"评今论古";称赞他们是不识字的士大夫,借此发泄了对现实政治的不满和嘲讽。

双调·沉醉东风·赠妓朱帘秀①

锦织江边翠竹,绒穿海上明珠。月淡时,风清处,都隔断落红②尘土。一片闲云任卷舒,挂尽朝云暮雨③。

【注释】

①朱帘秀:即珠帘秀,元世祖时杂剧女演员,兼擅驾头、花旦、软末泥,时称"当今独步",人称朱四姐,尊称朱娘娘。元初在大都,宋亡后南下江淮间,名公文士颇推重之,胡祗遹、关汉卿、冯子振、王恽皆有词曲相赠。后嫁道士王洪舟,卒于杭。②落红:落花。③朝云暮雨:《文选》宋玉《高唐赋》序记巫山神女言:"妾寻在巫山之阳,高丘之阻,朝为行云,暮为行雨。"又王勃《滕王阁》诗:"画栋朝飞南浦云,珠帘暮卷西山雨。"

【赏析】

本曲中运用了暗示、双关的艺术手法,意味悠长。如"锦织江边翠竹,绒穿海上明珠",以"江边翠竹"之秀、"海上明珠"之贵配上锦织绒穿的精致,合映出朱帘秀的色艺双全;"月淡时风清处,都隔断落红尘土",既暗点朱帘秀寄身"风月场"的处境,又表现出她的脱俗厌嚣、纤尘不染。末二句从王勃《滕王阁序》"画栋朝飞南浦云,珠帘暮卷西山雨"的句境化出,又兼具"高唐云雨"典故的风情意味,显示了朱帘秀婉娩风流,而又勘破情关的秀慧形象。从一挂帘子开掘出这样多的浪漫色彩,足见作者的艺术功力。

徐琰

徐琰(？~1301)，字子方，号容斋，一号养斋，又号汶叟，东平（今属山东）人。元初为陕西行省郎中。至元末年，历任岭北湖南道提刑按察使、南台中丞。后升任江南浙西肃政廉访使、翰林学士承旨。与侯克中、姚燧、王恽等人交好。《全元散曲》收有小令12首，套数1篇，著有《爱兰轩诗集》。

双调·沉醉东风

御食①饱清茶漱口，锦衣穿翠袖②梳头。有几个省部交③，朝廷友，樽席上玉盏金瓯④。封却公男伯子侯⑤，也强如不识字烟波钓叟。

【注释】

①御食：指皇帝御赐筵席上的食品，此指美味佳肴。②翠袖：指美女。③省部交：省，中书省，总管国家政务；部，指吏、户、礼、兵、刑、工六部。这里指所结交的朋友都是高官显贵。④樽：盛酒的器具。玉盏金瓯：盏是浅而小的杯子，瓯是小盆子，均为酒具。⑤公男伯子侯：自古以来的五等爵位名称，一直沿用至清朝。

【赏析】

作者运用白描手法，假借歌者之口，触景生情，刺讽王公，抒发内心不满朝政之情。表现了一代文人的胆量。

南吕·一枝花·间阻①

风吹散楚岫云②,水断蓝桥路③;死分开莺燕友,生拆散凤鸾雏④。想起当初,指望待常相聚,谁承望巧姻缘遭间阻。月初圆忽被⑤阴云,花正发频遭骤雨。

[梁州]他为我画阁⑥中倦拈针指,我因他在绿窗⑦前懒看诗书。这些时不由我心忧虑,这些时琴闲了雁足⑧,歌歇骊珠⑨。叫我这身心恍惚,鬼病揶揄⑩。望夕阳对景嗟吁,倚危楼朝夜踌躇⑪。我觑不的小池中一来一往交颈鸳鸯,听不的疏林外一递一声啼红杜宇⑫,看不的画檐间一上一下斗巧蜘蛛。景物,态度。蜘蛛丝一丝丝又被风吹去,杜宇声一声声唤不住,鸳鸯对一对对分飞不趁逐,感起我一弄儿嗟吁。

[尾声]再几时能够那柔条儿再接上连枝树,再几时能够那暖水儿重温活比目鱼⑬。那的是着人断肠处,窗儿外夜雨,枕边厢泪珠,和我这一点芳心做不的主。

【注释】

①间阻:隔离,离别。②楚岫云:典出宋玉《高唐赋·序》,说当年楚怀王游于云梦之台,昼寝之时遇一神女,二人相爱。这里说的楚岫(xiù)就

是云梦的一个山洞,神女与怀王在云雾之中亲爱之处。③蓝桥路:通往蓝桥的路。《庄子·盗跖》说,一个叫尾生的青年同相爱的女子相约在蓝桥下会面。女子未来而大水忽至,尾生紧抱桥柱而死。头一句和这一句都比喻爱情受挫。④莺燕友,凤鸾雏:像莺燕凤鸾一样的恋人。雏:本作幼禽解,此处指年轻的情人。⑤被:遮盖。⑥画阁:华丽的楼阁。⑦绿窗:指书房。⑧雁足:原指传书带信的人。《汉书·苏武传》说汉昭帝遣使者向匈奴索要长期被扣押的汉使苏武。匈奴说苏武早已故去。使者说昭帝射下一只雁,雁足上拴着苏武的信,说他还在某地。这里说的"琴闲了雁足",应指雁足状的琴的弹拨器。⑨骊珠:一种极珍贵的珠子,据说出于骊龙的颔下。此处喻美妙的歌声。⑩鬼病揶揄:相思病的捉弄。揶:音 yē。揄:音 yú。⑪危楼:高楼。踌躇:犹豫不决。⑫啼红杜宇:杜鹃鸟在春天不住地啼叫,传说直到吐血,所以说啼红。⑬比目鱼:《韩诗外传》说:"东海之鱼名曰'鲽',比目而行,不相得不能达。"连枝树、比目鱼都是比喻感情深厚的夫妻或恋人。

【赏析】

这是写一对热恋中的年轻人被强行拆散隔离后的刻骨相思。主人公是一位饱读书又多情多义的人,这也就决定了这首小令的语言特色:用典多,骈偶句多,形象丰富、激切的言辞多。总的风格是直抒胸臆。

王恽

王恽(1227~1304),字仲谋,号秋涧,卫州汲县(今属河南)人。元初文学家,金元著名作家元好问弟子。自幼年至老年勤奋好学,手不释卷。为人耿直,知无不言。诗、词、曲、文都有佳作。与王博文、王旭齐名。有《秋涧先生大全文集》100卷,《全元散曲》辑其小令41首。《元史》有传。

正宫·黑漆弩·游金山寺并序

邻曲子①严伯昌,常以《黑漆弩》侑酒②。省郎仲先③谓余曰:"词虽佳,曲名似未雅。若就以'江南烟雨'目之何如④?"予曰:"昔东坡作《念奴》曲⑤,后人爱之,易其名曰'酹江月⑥',其谁曰不然?"仲先因请余效颦⑦,追赋⑧《游金山寺》一阕,倚其声而歌之。昔汉儒家畜声妓⑨,唐人例有音学⑩,而今之乐府⑪,用力多而难为工。纵使成,未免笔墨劝淫为狭耳⑫。渠辈⑬年少气锐,渊源正学,不致费日力⑭于此也。其词曰:

苍波万顷孤岑矗,是一片水面上天竺。金鳌头⑮满咽三杯,吸尽江山浓绿。蛟龙虑恐下燃犀⑯,风起浪翻如屋。任夕阳归棹纵横,待偿我平生不足⑰。

【注释】

①邻曲子:邻居家的年轻人。②黑漆弩:曲牌名。因白无咎以此调写过"侬家鹦鹉洲边住"的名句,故后来又名[鹦鹉曲]。侑酒:劝酒,唱曲以助酒兴。侑,音yòu。③省郎:在中书省供职的官员。仲先:作者的友人,事迹不详。④若就以句:就把[黑漆弩]曲牌改名为[江南烟雨]怎么样?因白无咎[黑漆弩]中有"睡煞江南烟雨"一句,故有改曲名之议。⑤《念奴》曲:指苏东坡所作《念奴娇·赤壁怀古》词。⑥酹江月:因苏词[念奴娇]中有"一尊还酹江月"之句,故[念奴娇]又称[酹江月]。⑦效颦:原意东施效颦,这是谦词,指模仿之作。⑧追赋:事后补作。⑨汉儒家畜声妓:汉代的儒学大师往往喜养家庭歌舞女伎。最著名者为东汉马融,据记载,他讲学时是"前授生徒,后列女乐。"⑩唐人例有音乐:唐代士大夫家养歌伎也很普遍。⑪今之乐府:指散曲。⑫笔墨劝淫为狭:以文字宣扬色情,引诱人不学好。⑬渠辈:他们这些(年轻)人。⑭日力:指光阴和精力。⑮金鳌头:金山最高处有金鳌峰,此指金鳌峰巅。⑯"蛟龙虑恐"句:意为水中蛟龙水怪害怕有人点燃犀牛角照见它们的原形,所以兴风作浪,把江水搅得翻腾不

已。燃犀照水怪事,见《晋书·温峤传》。⑰待偿我平生不足:来补偿我平生为官场所缚,不能享受山水之乐的遗憾。

【赏析】

这首小令是作者游览镇江金山寺的追忆。首先写远望,次写登临,最后描写夕阳下的归舟。全篇意境雄阔,具有笼天地江山于袖中的豪迈气概。

越调·平湖乐·尧庙秋社①

社坛烟淡散林鸦,把酒观多稼②。霹雳弦③声斗高下,笑喧哗。壤歌亭④外山如画。朝来致有,西山爽气⑤,不羡日夕佳⑥。

【注释】

①尧庙:在平阳(今山西临汾市)城南10里,每遇丰收,农民常祭祀于尧庙。秋社:立秋后的第五个戊日,是古代祭祀土神、庆祝丰收的节日,称为秋社。②多稼:语出《诗经·小雅·大田》:"大田多稼……"本指广种,后常用来指丰收。③霹雳弦:指霹雳琴上的琴弦。柳宗元《霹雳琴赞引》对霹雳琴有所介绍:"霹雳琴,零陵湘水西,震余枯桐之为也。"④壤歌亭:即击壤亭。传说在尧时,有老人击壤而歌,其地在平阳城北三里,古时筑有击壤亭。⑤朝来致有,西山爽气:语出《世说新语·简傲》:晋王子猷为桓冲骑兵参军,生性简傲,不屑理事。"桓谓王曰:'卿在府久,比当相料理。'初不答,直高视,以手版拄颊云:'西山朝来,致有爽气。'"作者用此典形容秋社美景,空气清爽宜人,也隐含了作者高雅的兴致。⑥日夕佳:典出"山气日夕佳",意谓夕阳西下,山上云雾朦胧,景色美好。陶渊明《饮酒》诗:"山气日夕佳,飞鸟相与还。"

【赏析】

这首小令,描绘人们怀着丰收的喜悦,秋社日在尧庙祭神的欢乐景象,同时,也抒发了作者自己的心情和感受。

卢挚

卢挚（1235～?），字处道，一字莘老，号疏斋，又号嵩翁，涿郡（今河北涿州市人）。元至五年（1268）进士，累迁河南路总管。大德初授集贤学士，持宪湖南，迁江东道廉访使。仕至翰林承旨。元初文坛，卢挚文与姚燧齐名，诗与刘因并称，曲则与黎琰、鲜于枢雁行。他代表了初期北散曲的风格特征，影响甚大。有《疏斋集》，已佚。《全元散曲》收其小令120首。

双调·沉醉东风·秋景

挂绝壁枯松倒倚，落残霞孤鹜齐飞①。四围不尽山，一望无穷水。散西风满天秋意。夜静云帆月影低，载我在潇湘画里②。

【注释】

①"落残霞"句：化用唐代王勃《滕王阁序》"落霞与孤鹜齐飞，秋水共长天一色"成句。鹜：野鸭。②潇湘画：指精工的山水画。宋朝沈括《梦溪笔谈》载："度支员外郎宋迪，工画，尤善为平远山水，其得意者，有平沙落雁、远浦归帆、山市晴岚、江天暮雪、洞庭秋月、潇湘夜雨、烟寺晚钟、渔村夕阳，谓之潇湘八景。好事者多传之。"

【赏析】

描写秋天夜晚的迷人景色，气象空阔，意境飞动，令人陶醉，连作者似乎也融进曲中的山水画里了。

双调·沉醉东风·闲居

恰离了绿水青山那答①,早②来到竹篱舍人家。野花路畔开,村酒槽头榨③。直吃的欠欠答答④,醉了山童不劝咱,白发上黄花⑤乱插。

【注释】

①那答:那边,那里。一作"那搭"。②早:已经。③槽头:榨酒时酒液流泻而出的地方。④欠欠答答:形容口唇颤动,痴痴呆呆。⑤黄花:菊花。

【赏析】

这首曲作者写得非常洒脱、狂放。全用白描手法,画出一张醉翁图。用语也是平民百姓的语言。既没有道学气,也没有官僚气。山童不劝,白发黄花在头,老少扮演了一出极好的生活喜剧。

双调·折桂令·寒食新野道中①

柳烟梨雪参差②。犬吠柴荆③,燕语茅茨④。老瓦盆边,田家翁媪⑤,鬓发如丝。桑柘外秋千女儿⑥,髻双鸦斜插花枝⑦。转眄移时⑧,应叹行人,马上哦诗⑨。

【注释】

①寒食:节名,在清明前两日。新野:今河南新野县。②柳烟梨雪参差:绿柳上弥漫着一层轻烟,洁白的梨花犹如一团白雪。参差:音 cēn cī,不齐样子。③犬吠柴荆:犬在柴门见行人不住汪汪地吠叫。柴荆:柴门。④燕语茅茨:小燕在檐间不住地呢喃鸣啼。茅茨:茅檐。⑤媪:音 ǎo,年老的妇人。⑥桑柘外秋千女儿:桑柘树的外边女孩们正在打秋千。柘:音 zhè,常绿灌木,叶可喂蚕。⑦髻双鸦斜插花枝:两个乌黑的发髻上斜插着鲜艳的花枝。

鬓双鸦：形容两个发鬓像乌鸦羽毛那样黑。⑧转眄移时：转动着眼睛看了一会儿。眄面：眄：音 miàn，斜视。移时：一会儿。⑨哦：音 é，低声吟咏。指在马上吟咏看到的景象。

【赏析】

这支曲是写作者在清明前在新野道中看到的农村景象。开头三句是写农村的自然风光。下三句是写农村老年人的悠闲生活。"桑柘"两句是写农村孩子们的快乐生活。最后三句是写作者看到这些迷人的景象，感到无比的喜爱，情不自禁地"转眄移时"，在马上不住吟诗颂赞。这支曲可能是作者做河南路总管时写的，写得景象喜人，表现出作者对农民怀有深厚的感情。

双调·寿阳曲·夜忆二首①

一

窗间月，檐外铁②，这凄凉对谁分说。剔银灯欲将心事写，长吁气把灯吹灭。

二

灯将残，人睡也，空留得半窗明月。孤眠心硬熬浑似铁，这凄凉怎捱今夜。

【注释】

①本题四首，此选第一、第二。②檐外铁：指悬挂在屋檐上的铁马，即金属片，风吹时撞击发声。

【赏析】

这两支曲写相思之苦，抓住"凄凉"二字做文章，将月色之静与铁马之动相结合，既烘托出一幅凄凉的夜景，又写出主人公在平静的夜晚内心的不平静。长吁一口气能把灯吹灭,说明主人公心中痛苦之深。而灯油将尽,月色也已西斜,只剩下了半窗,极写夜之深。这么晚了还睡不着,只好像铁一样硬熬,进一步展示主人公心中深深的痛苦。作者抓住铁之坚硬与人之难捱的相通之处,把这种痛苦写得无以复加。通过借景象征心境,以动作展现心境,用比喻直写心境,层层递进,把这一份"凄凉"充分表达了出来。

双调·沉醉东风·重九

题红叶清流御沟,赏黄花人醉歌楼。天长雁影稀,月落山容瘦。冷清清暮秋时候。衰柳寒蝉一片愁,谁肯教白衣送酒①?

【注释】

①白衣送酒:檀道鸾《续晋阳秋》云:"陶潜好酒而不能常得。九月九日于宅边东篱下摘菊盈把,坐于其侧。未几,江州刺史王弘命白衣人送酒至,即便就酌,酣饮而归。"白衣:仆人。

【赏析】

该曲运用拟人的手法,写出了秋天草木凋零,月落时分山影斜长显得清瘦的姿态。表达了作者在重阳佳节,面对衰柳寒蝉的满目秋景,却无人作陪的淡淡哀愁。

双调·殿前欢

酒杯浓,一葫芦春色醉山翁①,一葫芦酒压花梢重。随我奚童②,葫芦干、兴不穷。谁人共?一带青山送。乘风列子③,列子乘风。

【注释】

①山翁：山简，晋代襄阳镇守，生性喜好喝酒，出外嬉游时，常常醉酒而归。②奚童：书童。③列子：列御寇，战国时代郑国人，被道教徒称为能"御风而行"、超凡脱俗的仙人。

【赏析】

题为"酒兴"，所以这首小令通篇扣住"酒"与"兴"，写酒浓，写兴高。全曲一开篇便把杯中、葫芦中全都注满浓浓的美酒，又借醉倒之态衬出酒的香醇浓烈。然而，通读全曲，我们却发现，作者重在写"兴"，酒只是借托而已。与其说主人公是因酒而醉，不如说是因大自然的美丽春色而醉。

黄钟·节节高·题洞庭鹿角[①]庙壁

雨晴云散，满江明月。风微浪息，扁舟一叶。半夜心，三生[②]梦，万里别，闷倚篷窗睡些[③]。

【注释】

①鹿角：镇名，在洞庭湖边上。鹿角庙在此镇附近。②三生：前生、今生、来生。③睡些：睡上一会儿。

【赏析】

元成宗大德初年，作者出任岭北湖南道肃政廉访使，这首小令作于上任途中。前四句以细腻的笔触描画一幅境界廓大的雨后澄江明月图：乌云散去，天复蔚蓝，一轮圆月，高挂当空；天宇下，和风温煦，水波不兴，月光如水，铺洒江面；江面上一叶扁舟随流漂荡。整幅画面平和安详，令人心凝神聚。廓大澄明的境界与一叶扁舟形成强烈的反差，在不动声色之中，巧妙地流露出舟中之人内心的孤单与寂寞之情。"半夜心，三生梦，万里别"，在宁静中陡生波澜，把因"三生梦，万里别"而引起的强烈的离愁别绪寓于画面之中，在自然客观的祥和与内心主观的愁思交融之中，主观的情调得到了充分的显现。

双调·蟾宫曲

奴耕婢织①生涯，门前栽柳，院后桑麻。有客来，汲清泉，自煮茶芽。稚子谦和礼法②，山妻软弱③贤达。守着些实善④邻家。无是无非，问甚么富贵荣华！

【注释】

①奴耕婢织：即男耕女织。②谦和礼法：意即谦逊和蔼懂得礼义法度。③软弱：柔顺、温柔。④实善：即善良朴实之意。

【赏析】

厌倦城市生活的喧嚣，谙熟官场黑暗的内幕，往往把羡慕的目光投向宁静恬淡的田园生活并歌咏之。这是旧时中国知识分子甚至达官贵人的一种共同倾向，也是长期以来中国知识分子儒道互补思想的表现之一。

全篇语言朴实无华，无一生僻字，表现出直率质朴的风格特色。

双调·蟾宫曲·丽华①

叹南朝六代倾危，结绮临春②，今已成灰，惟有台城③，挂残阳水绕山围④。胭脂井⑤金陵草萋，后庭空玉树花飞⑥。燕舞莺啼，王谢堂前，待得春归⑦。

【注释】

①丽华：张丽华，南朝陈后主的宠妃。后主建筑临春、结绮、望仙三阁，自居临春，使其住结绮游宴无度。隋军破建康，她跟随后主逃匿井中，被杀。②结绮临春：宋张敦颐《六朝事迹·楼台门第四》："陈后主至德二年，于光昭殿前起'临春'、'结绮'、'望仙'三阁，高数十丈，并数十间。"此曲，

诗人以结绮、临春二阁的摧颓，抒发了沧桑之叹。③台城：六朝君主居住的皇城，故址在南京市鸡鸣山北。④水绕山围：化用唐刘禹锡《石头城》诗句："山围故国周遭在，潮打空城寂寞回。淮水东边旧时月，夜深还过女墙来。"形容金陵城池形势。⑤胭脂井：又名辱井，即陈朝景阳宫内的景阳井。隋灭陈时，陈后主和张丽华曾躲入井中，后人因称胭脂井。⑥"后庭"句：玉树后庭花，陈后主所作，其词哀怨靡丽，后来被视作亡国之音。⑦"燕舞"句：化用唐刘禹锡诗《乌衣巷》诗句"旧时王谢堂前燕，飞入寻常百姓家。"王谢，是东晋两大豪门世族。

【赏析】

这是一支借金陵怀古，以抒历史兴亡之感的曲作。诗人喟叹昔日繁华的六朝古都，随着历史的淘洗，已坍塌成灰。唯有残存的城垛、护城河的水，带着历史的烙印，诉说着历史的惨痛和变迁。"残阳"二字，极尽伤感之情。诗人联想到昔日繁华豪奢的王谢宅已作了古，唯有曾栖息过的莺燕依旧哀鸣着徘徊于废墟间，等待着春天的到来，熔铸了诗人深深的历史兴亡之感和富贵如过眼烟云的独特感受。

双调·蟾宫曲·长沙怀古

朝瀛洲暮舣湖滨①，向衡麓②寻诗，湘水寻春。泽国纫兰③、汀洲搴若④，谁与招魂⑤？空目断苍梧⑥暮云，黯黄陵宝瑟凝尘。世态纷纷，千古长沙，几度词臣！

【注释】

①瀛洲：卢挚在大都的官衔为大中大夫，集贤学士。唐初房玄龄等十八人都曾以本官兼任学士，号"十八学士"。入选此官在当时称为"登瀛洲"，被视为登临仙境一样的幸运。舣：靠船。湖：指洞庭湖。②衡麓：即岳麓山。③泽国：水乡。纫兰：典出屈原《离骚》中"纫秋兰以为佩"一句，纫：编织；兰：兰草，一种香草。④汀洲搴若：典出屈原《湘夫人》中"搴汀洲兮

杜若"一句。汀洲：水中的小陆地；搴：拨取，采摘；若：杜若，香草名。⑤招魂：屈原写有《招魂》篇，但以前人们都认为是宋玉所写。而这里的意思当指宋玉为屈原招魂，而不是屈原自招生魂或招楚怀王魂。⑥苍梧：山名，在今湖南宁远，又名九嶷山，相传舜帝死于此山。

【赏析】

这是一支怀古小令。卢挚虽已登上"瀛洲"，却被外放湖南；境遇的变迁，使他见景伤古，感慨万千。一"朝"一"暮"，形势急转直下，一下由瀛洲仙境跌入长沙这个悲凉境地。因此，他"写诗"、"写春"的结果必然是伤心千古以自伤。招屈原魂又何尝不是招自己的魂？叹黄陵庙的宝瑟已盖满尘土，发不出清音，又何尝不是自叹外放湖南，不能有所建树？长沙是屈原、贾谊等人失宠悲吟之地，卢挚不正是借以自况吗？吊古实为伤今，写人实为写己，正是此曲真挚感人之所在。

双调·蟾宫曲·箕山①感怀

巢由②后隐者谁何？试屈指高人，却也无多。渔父严陵③，农夫陶令④，尽会婆娑。五柳庄⑤瓷瓯瓦钵，七里滩⑥雨笠烟蓑。好处如何？三径⑦秋香，万古苍波。

【注释】

①箕山：在河南省登封县东南，相传是尧时巢父、许由隐居之地。此曲借箕山抒怀，发出感叹，歌颂历史上的隐士。②巢由：巢父和许由。相传是唐尧时人，隐居不仕，亦作巢许。③严陵：即严子陵，名同光，少时与光武帝同游，光武帝找到他，要他做谏议大夫，他不肯，归隐富春山，以耕田钓鱼过活，直到老死。④陶令：陶渊明，因曾任彭泽令，故称。陶潜因不满东晋社会现实，归隐田园，耕植以自给。⑤五柳庄：因陶潜宅边有五棵柳树，自号五柳先生，并作《五柳先生传》，故后人称他的住处为五柳庄。⑥七里滩：在富春江上游，是严子陵垂钓处。⑦三径：指箕山隐士的居所。

【赏析】

　　这是一支借巢父、许由歌颂隐者的曲作。诗人观箕山，想起古代隐于箕山的巢、许，感古伤今，不胜感慨。谁能与巢、许相比，唯有严陵、陶渊明而已。诗人状其躬耕田亩，垂钓滩头的恬淡、高洁，仰慕追顺之意，寄寓其中。"三径秋香，万古苍波"，写出隐者独特感受，意境高洁，流露出诗人对现实的不满和独特的人生追求。本曲用典多，善推陈出新，愈见神奇，格调自然，不愧清丽派力作。

陈草庵

　　陈草庵（1245～1320?），名英，字彦卿，号草庵，析津（今北京）人。一生仕履显赫，内而监察御史，外而宣抚诸道。延祐戊午（1318），任河南左丞。卒年近八十。《全元散曲》存其小令26首。

中吕·山坡羊

　　渊明图醉，陈抟①贪睡。此时人不解当时意。志相违，事难随，不由他醉了睡②。今日世途非向日。贤，谁问你；愚，谁问你。

【注释】

　　①陈抟：后唐落榜举子，先后修道武当山、华山，一睡常百余日不起，道家称之陈抟老祖。②睡：音 hōu，打鼾，熟睡的神态。

【赏析】

　　这是劝世志隐之作。昔日隐者渊明、陈抟之醉且狂、鄙弃世俗，同诗人追求回归自然、隐居山泽之愿同构。诗人从探索隐者之意入手,析其归隐之因在于"志相违,事难随",揭示出昔不可堪,今不如昔,贤愚不分,正邪颠倒的社会现实。这是诗人对历史、现实的深刻反思,体现了诗人不甘同流合污、志在山野的感情。

中吕·山坡羊

风波实怕,唇舌休挂。鹤长凫①短天生下。劝渔家,共樵家,从今莫讲贤愚话。得道多助失道寡。贤,也在他;愚,也在他。

【注释】
①凫:野鸭子。

【赏析】
此曲表达了作者对元朝统治者禁锢议论的行为的极大愤慨。

中吕·山坡羊

晨鸡初叫,昏鸦争噪。那个不去红尘①闹。路迢遥,水迢迢,功名尽在长安②道。今日少年明日老。山,依旧好;人,憔悴了。

【注释】
①红尘:飞扬的尘土,形容都市的繁华热闹。②长安:此指京都。

【赏析】
这是劝人谕世之作。前三句从时间上,状写世人从早到晚,在热闹的名利场闹腾;接着三句,从空间上,状世人不顾路迢水远,求取功名利禄。前者以"闹"为眼,后者以"尽"为神,极尽形容,对争名夺利者之憎之恶溢于言表。后几句,写追求功名之害,劝谕世人弃功名、富贵等身外之物,归返自然。"山依旧好,人憔悴",意味深长,令人深思。

中吕·山坡羊

伏①低伏弱,装呆装落②,是非犹自来着莫③。任从他,待如何。天公尚有妨农过④,蚕怕雨寒苗怕火。阴,也是错;晴,也是错。

【注释】

①伏:通"服",屈服。②落:衰朽。③着莫:撩惹,沾惹。④妨农过:妨碍农时的罪过。

【赏析】

小令用深刻的笔触,揭露了封建社会人们动辄得咎、常遭横祸的险恶现实,以及百姓无可奈何的痛苦处境。

奥敦周卿

奥敦周卿,元初人。女真姓为奥敦(汉译又作奥屯),名希鲁,字周卿。至元六年(1269)为怀孟路总管府判官,后为河北、河南道提刑按察使佥事,其后入为侍御史。当与杨果、白朴为同时人。《全元散曲》存其小令2首,套数3篇。

双调·蟾宫曲·咏西湖①

西湖烟水茫茫。百顷风潭②,十里荷香③。宜雨宜晴,宜西施淡抹浓妆④。尾尾相衔画舫,尽欢声无日不笙簧⑤。春暖花香,岁稔时康⑥。真乃上有天堂,下有苏杭。

【注释】

①据《乐府群珠》题作《咏西湖》。②百顷风潭:百顷是概言西湖之大,潭言湖水之深。③十里荷香:柳永[望海潮]词咏杭州,描绘西湖:"有三秋桂子,十里荷花。"④"宜雨宜晴"二句:苏轼《饮湖上初晴后雨》诗:"水光潋滟晴方好,山色空雨亦奇。欲把西湖比西子,淡妆浓抹总相宜。"此化用其句。⑤"尾尾相衔画舫"二句:描写游人之盛。彩船一条紧接一条,每日欢乐的音乐之声不停。笙簧:即笙,簧指笙中的簧片,这里泛指吹奏乐器。⑥稔:庄稼丰收。时康:指国泰民安。

【赏析】

歌咏西湖的诗词曲很多,从不同角度赞美西湖,因而各有特色。奥敦周卿在南宋灭亡后也曾到杭州游览西湖,从"尾尾相衔画舫,尽欢声无日不笙簧"的景象可见,西湖已经恢复南宋时代的盛况。作者巧妙地点化宋人诗词意境乃至成句,描写西湖之美,与游人的欢歌笑语融合为一幅

天然图画；而用"上有天堂，下有苏杭"的俗谚作结，起了画龙点睛的作用。这时作者已是元朝贵官，在游览胜境中，与一般文士自然有一种不同的感受。把赞美西湖景色之美，与歌颂太平盛世联系在一起，也是这首曲子的特色之一。

关汉卿

关汉卿，号已斋叟，大都（今北京）人，生活于13世纪20年代前后到14世纪初年之间。他把一生的主要精力贡献给当时正在蓬勃兴起的元杂剧，是我国最早的伟大戏曲家，被称为"元曲四大家"之首。一生写了60多种杂剧，流传至今的还有《窦娥冤》、《救风尘》等15种以上。他同时是重要的散曲名家，留下小令57首、套曲14篇、残套2篇。

仙吕·一半儿·题情

云鬟雾鬓胜堆鸦①，浅露金莲簌绛纱②，不比等闲墙外花③。骂你个俏冤家④，一半儿难当一半儿耍⑤。

【注释】

①云鬟雾鬓：形容女子头发乌黑蓬松的样子。堆鸦：鸦鬟，妇女盘起头发作成的一种发式。②浅露：微微露出。金莲：旧时指女子缠过的纤足，俗称"三寸金莲"。簌：风吹动的样子。绛纱：深红色纱裙。③等闲：寻常的，一般的。墙外花：妓女的代称。④冤家：相爱的男女，尤其是女子对爱人的昵称。⑤难当：赌气、使气。耍：戏耍。

【赏析】

关汉卿这组曲共四首,这里是第一首。整首小令共五句,可以分成两层,前三句写形,后二句写神。

仙吕·一半儿·题情

碧纱窗外静无人,跪在床前忙要亲,骂了个负心回转身。虽是我话儿嗔①,一半儿推辞一半儿肯。

【注释】

①嗔:音 chēn,生气,发怒。

【赏析】

流传至今的关汉卿散曲,套曲中最有名的自然是［南吕·一枝花］《不伏老》,小令恐怕就要数这首［一半儿］了。它极生动地体现了早期元曲语言本色的特点,用白描手法勾勒出生活中一个充满情趣的画面。

南吕·四块玉·别情

自送别,心难舍,一点相思几时绝。凭阑袖拂杨花雪①,溪又斜,山又遮,人去也!

【注释】

①杨花雪:白色的杨花纷纷飘落,像下雪一样。

【赏析】

写妇女对情人的相思之情。后四句寄情于景,描绘了一幅令人难堪的景色,衬托出主人公内心的孤寂与苦闷。

南吕·四块玉·闲适

旧酒投,新醅①泼。老瓦盆边笑呵呵,共山僧野叟闲吟和。他出一对鸡,我出一个鹅,闲快活。

【注释】

①醅:音 pēi,未滤的酒。

【赏析】

《闲适》曲共四首,这是第二首,曲中描写家酿的酒和醅,家养的禽,粗糙的老瓦盆,与山僧野叟无拘无束地畅饮畅谈,优哉游哉,好一幅闲居野趣图!

双调·大德歌·春

子规①啼,不如归,道是春归人未归。几日添憔悴,虚飘飘柳絮飞。一春鱼雁②无消息,则见双燕斗③衔泥。

【注释】

①子规:又名杜鹃。古人认为它的啼声好像在叫"不如归去"。②鱼雁:喻书信。③斗:争着。

【赏析】

这是一支暮春闺怨曲。暮春时节,杜鹃声声啼鸣着"不如归去",眼见得春将去,可是夫婿在哪儿呢?怎么还不归来?岂不辜负三春美景,岂不辜负美好青春!

双调·大德歌·夏

俏冤家①,在天涯,偏那里绿杨堪系马②。困坐南窗下③,数对清风想念他④。蛾眉淡了谁教画⑤?瘦岩岩羞带石榴花⑥。

【注释】

①俏冤家:指在天涯的爱人。②偏那里绿杨堪系马:偏是那里的绿杨可以拴住你的马?这是一句怨词,恨她爱人久游不归。③困坐南窗下:无精打采地坐在南窗下。④数对清风想念他:想念他,对着清风屈指计算他离去有多少日子了。⑤蛾眉淡了教谁画:眉毛淡了教谁来给我描画呢?蛾眉:弯而长的眉毛。⑥瘦岩岩羞戴石榴花:脸瘦得露骨,羞戴鲜艳的石榴花。

【赏析】

作者选择了"绿杨"、"石榴花"作为夏日的特征,用来衬托人物内心思念的深切。

双调·大德歌·秋

风飘飘,雨潇潇①,便做陈抟②睡不着。懊恼伤怀抱,扑簌簌③泪点抛。秋蝉儿噪罢寒蛩儿④叫,渐零零细雨打芭蕉。

【注释】

①潇潇:音xiāo xiāo,形容雨声。②便做:即便是。陈抟:五代宋初的道士,曾隐居华山修道,传说他极能睡眠,往往一入睡就百天不醒。③扑簌簌:眼泪纷纷落下的样子。簌:音sù。④寒蛩儿:秋天的蟋蟀。蛩:音qióng。

【赏析】

这首小令既描绘秋景又刻画人物，可以说是情景交融、浑然一体的作品。

双调·大德歌·冬

雪纷纷，掩重门，不由人不断魂①，瘦损江梅韵②。那里是清江江上村③，香闺里冷落谁瞅问？好一个憔悴的凭栏人④。

【注释】

①不由人不断魂：不由人不悲伤，都像是失去了魂魄。魂：与"销魂"同义，形容人极度悲伤。②瘦损江梅韵：瘦损了像梅妃那样的风韵。梅韵：是离妇自比有像梅妃那样的风韵。③这句是离妇遥望远处的景象。④这句是离妇说自己在大雪纷飞中倚着楼栏翘望远人的归来。

【赏析】

作者用"雪纷纷，掩重门"表示冬天的季节，用梅妃的故事表明思妇由于怀念远人瘦损了自己的容颜，失去了旧日的风韵。这首曲作的重点句是最后的"好一个憔悴的凭栏人"。在大雪纷飞，家家紧闭重门这样寒冷的天气里，不是思念难忍，怎能冒雪凭栏遥望归人呢？她憔悴、沮丧的神态可以想象得出。

双调·新水令·单刀会

大江东去浪千叠，引着这数十人驾着这小舟一叶。又不比九重龙凤阙①，可正是千丈虎狼穴。大丈夫心别，我觑这单刀会似赛村社②。

〔驻马听〕水涌山叠,年少周郎何处也?不觉的灰飞烟灭。可怜黄盖[3]转伤嗟,破曹的樯橹[4]一时绝,鏖兵[5]的江水犹然热,好教我情惨切!这也不是江水,二十年流不尽的英雄血!

【注释】

①九重龙凤阙:指皇帝宫阙。②赛村社:旧时每逢春、秋社日祭祀土地神,照例要迎神、演戏,称赛社、赛会。③可怜黄盖:黄盖为周瑜部将,赤壁之战施诈降计火烧曹军。本剧作者认为黄盖战死,故云"可怜"。下又云"折了首将黄盖",与后世小说所演不同。④樯橹:桅杆与桨,此代指船。按:以上数句化用苏轼《念奴娇·赤壁怀古》:"大江东去,浪淘尽、千古风流人物。……遥想公瑾当年,小乔初嫁了,雄姿英发。羽扇纶巾,谈笑间、樯橹灰飞烟灭。"⑤鏖兵:激烈的战斗。

【赏析】

该曲选自杂剧《关大王独赴单刀会》第四折。这个戏的剧情是:鲁肃为索取荆州,约请关羽过江赴宴。关羽明知是计,但仍在正确分析形势、做了充分思想准备的情况下,毅然决然带着大刀和几个随从,乘一叶小舟,过江赴会,表现出超群的勇气和智慧。这首曲子历来为人传诵。它通过对波涛汹涌的大江的赞叹,对古战场的凭吊以及对前代英雄的缅怀,表现了关羽无所畏惧的英雄情怀和豪迈气概。

双调·碧玉箫

秋景堪题[1],红叶满山溪。松径偏宜,黄菊绕东篱[2]。正清樽斟泼醅[3],有白衣劝酒[4]杯。官品极[5],到底成何济[6]?归,学取他渊明[7]醉。

【注释】

①堪题:值得描写。②"松径"二句:陶渊明《归去来辞》:"三径就荒,松菊犹存。"又《饮酒》诗:"采菊东篱下,悠然见南山。"这里化用陶语写隐居环境。③泼醅:初酿好而没有滤的酒。醅,音pēi。李白《襄阳歌》:

"遥看汉水鸭头绿，恰似葡萄初泼醅。"《续晋阳秋》载。④白衣劝酒：陶渊明九月九日于宅边菊丛中，摘菊盈把，坐于其侧，忽值江州刺史王弘使白衣人送酒至，即便就酌，酣饮而归。白衣：官府给役小吏之服。⑤官品极：达到最高的官阶。⑥成何济：有何益处。⑦渊明：陶潜字渊明。他只做了八十多天的彭泽令，即弃官归。其《归去来辞》及诗中多咏饮酒避世之情。

【赏析】

这首小令描写了秋山景色的绚丽宜人，诗人游山的诗酒豪兴和由此而生的归隐之叹，表现出作者对大自然的热爱和对污浊现实的不满。从艺术手法来看，对偶精美自然，音律畅适和谐，抒情十分自然，堪称声文并茂。

双调·沉醉东风

咫尺的天南地北，霎时间月缺花飞。手执着饯行杯，眼阁①着别离泪。刚道得声"保重将息"②，痛煞煞教人舍不得。"好去者望前程万里"。

【注释】

①阁：通"搁"。②将息：休养，养息。

【赏析】

"黯然销魂者，唯别而已矣"（江淹《别赋》），自古写离情别绪的作品不胜枚举，关汉卿这首小令当为其中佳品。亲爱的人要离别而去，主人公感到如月缺花飞，热泪盈眶。可是为了不将伤感影响对方，却强忍泪水道：千万保重，好好保重身体呀！这里应扬却抑，这一转折正衬出主人公的情深意切。

双调·碧玉箫

你性随邪①,迷恋不来也。我心痴呆,等到月儿斜。你欢娱受用②别,我凄凉为甚迭③!休谎说,不索寻吴越④。咱,负心的教天灭!

【注释】

①随邪:又作随斜,意谓随顺邪恶,着魔。②受用:好处,享受。③甚迭:什么。迭:同"的"。④不索:不要。吴越:春秋时吴国与越国互相攻打,后因以指敌对双方。

【赏析】

这首小令描写一个女子对负心男子的怨恨。作者塑造了一个痴心女子的形象,并模拟她的语气,对不来赴约的情人的指责。这位女子按约等着与情人相会,然而久等不见情人来。因此,她认为情人必定被别的女子所迷住,"迷恋不来也"。"我心痴呆"二句,则表明自己的痴情,并以此指责情人的薄情。"你欢娱"二句,写负心的情人有了新的"欢娱受用"处,而自己痴心不变,却落得如此凄凉。想到此,心中的怨气便愈来愈强烈,终于由怨发展为恨,"休谎说,不索寻吴越",她警告男子,不要说谎哄骗,否则恋人会变成冤家对头。最后一句,这种怨恨则发展到了极点,指天发咒,表达了对负心薄情的痛恨。

双调·碧玉箫·离愁

膝上琴横,哀愁动离情。指下风生,潇洒①弄清声。锁窗前月色明,雕阑外夜气清②。指法轻,助起骚人兴。听,正漏断③人初静!

【注释】

①潇洒：凄凉。与洒脱之意不同。②锁窗、雕阑：非实指刻有图案之窗、雕花之栏，"锁"与"雕"均属修饰性的字，这在词曲中习以为常。③漏断：古代以铜壶滴漏计时。漏断：犹言漏尽，夜已深。

【赏析】

关汉卿用［碧玉箫］曲牌作的小令有十首，主题不一，以写离愁、相思居多，也有描写少女荡秋千天真烂漫的情态，或士大夫效渊明归隐之致的。这是第七首，也写离愁，但在手法上与一般抒发闺中少妇的离情别绪不同，作品描绘的是一对文化素养较高的情侣，在离别前夜，以抚琴吟诗倾诉哀愁离情。

商调·梧叶儿·别情

别离易，相见难，何处锁雕鞍①？春将去，人未还。这其间，殃及杀愁眉泪眼。

【注释】

①锁雕鞍：柳永《定风波》："早知恁么，悔当初不把雕鞍锁。"

【赏析】

"别离"总领全曲，"易"与"难"相对，将离情层层展开。言在不语中，"春将去"，既点明伤春因"人未还"的内容，又为"这其间"蓄势，把离别后的愁情发挥得淋漓尽致。

正宫·端正好·窦娥冤

没来由犯王法，不防遭刑宪，叫声屈动地惊天。顷刻间游魂先赴森罗殿①，怎不将天地也生埋怨！

[滚绣球] 有日月朝暮悬，有鬼神掌著生死权。天地也只合把清浊分辨，可怎生糊突了盗跖颜渊②！为善的受贫穷更命短，造恶的享富贵又寿延。天地也做得个怕硬欺软，却元来也这般顺水推船。地也，你不分好歹何为地！天也，你错勘贤愚枉做天！哎，只落得两泪涟涟。

【注释】

①森罗殿：迷信说法指阎王殿。②盗跖颜渊：跖（zhí）是古代传说中反抗贵族统治的领袖，被统治者诬为"盗跖"，此代表坏人。颜渊是孔子的得意门徒，贫而好学，此代表贤人。此句意在控诉不辨善恶、颠倒黑白。

【赏析】

第三折是全剧的高潮，七百多年来常以《六月雪》、《法场》等剧名上演不衰。窦娥在公堂上的屈招是为了救婆婆，不是认罪。对于这位秉性刚直的妇女，屈招本身就使她在精神上蒙受极大的冤屈。她以为还有辩白的机会，谁知像宰一只羔羊一样就被判了斩。她憋了一肚子的怨气更加郁结，满腔悲愤无处发泄，"要忍耐如何耐？"她无论如何也咽不下这口气，临刑时像一只充气超过容量的气球终于爆炸开来。在中国封建社会的传统观念里，天地是世界万物的主宰。此时的窦娥不是骂张驴儿和太守，而是埋怨天地，咒骂天地："地也，你不分好歹何为地？天也，你错勘贤愚枉做天！"其意义已超出对一个具体冤狱的不平，实际上已上升到对整个封建秩序的怀疑和指斥。

南吕·一枝花·赠朱帘秀

　　轻裁虾万须①，巧织珠千串②。金钩光错落，绣带舞蹁跹。似雾非烟，妆点就深闺院，不许那等闲人取次展。摇四壁翡翠浓阴，射万瓦琉璃色浅。

　　[梁州] 富贵似侯家紫帐，风流如谢府③红莲，锁④春愁不放双飞燕。绮窗相近，翠户相连，雕栊相映，绣幕相牵。拂苔痕满砌榆钱，惹杨花飞点如绵。愁的是抹回廊暮雨萧萧，恨的是筛曲槛西风剪剪⑤，爱的是透长门夜月娟娟。凌波殿⑥前，碧玲珑掩映湘妃⑦面，没福怎能够见？十里扬州风物妍，出落着神仙。

　　[尾] 恰便似一池秋水通宵展，一片朝云尽日悬。你个守户的先生⑧肯相恋，煞是可怜，则要你手掌儿里奇⑨擎着耐心的儿卷。

【注释】

①虾万须：虾须为帘的一种，后亦作为帘的美称。②珠千串：帘多用珠串缀成、旧时惯以成串的珍珠形容歌声的清圆，此处意含双关。③谢府：晋时谢氏为望族，此处代指贵家。④锁：幽闭。⑤剪剪：此形容风轻微而带有寒意。⑥凌波殿：唐代洛阳宫殿名。⑦湘妃：湘水女神娥皇、女英。相传她们是尧女舜妻。舜南巡死于苍梧，她俩痛哭于湘水，泪滴竹上成斑痕，后人称之为湘妃竹。⑧先生：宋元时称道士为先生。朱帘秀在杭州嫁一道士，当指此人。⑨奇：语音助词，无意义。

【赏析】

　　朱帘秀是元代著名的戏曲女演员，元代夏庭芝的《青楼集》说她"杂剧为当今独步"，花旦、小生等"悉造其妙"。全曲用珠帘的华美异常，写朱氏容貌的秀丽、歌喉的圆润；用珠帘的光芒四射，写朱氏神采奕奕、光可照人；用珠帘的华贵，比喻朱氏的品质高洁。字字句句皆是发自作者内心由衷的赞叹。珠帘似思春少女一般，脉脉含情，怎不令人神往？而这正如同作者对朱氏貌美品洁的爱恋之情。却可恨"剪剪西风"这恶毒的中伤，使朱氏好不神伤，独自掩面。叹只叹，一个有着像一池秋水通宵舒展、一片莹莹朝云尽日悬空的人儿，最终竟只能委身于一个道士，好不公平！

南吕·一枝花·杭州景

[一枝花] 普天下锦绣乡，寰海内风流地①。大元朝新附国②亡宋家旧华夷③。水秀山奇，一到处堪④游戏。这答儿忒⑤富贵，满城中绣幕风帘，一哄地⑥人烟凑集。

[梁州第七] 百十里街衢整齐，万余家楼阁参差，并无半答儿⑦闲田地。松轩⑧竹径，药圃花蹊⑨，茶园稻陌，竹坞梅溪。一陀儿一句题诗⑩，行一步扇面屏帏。西盐场便似一带琼瑶，吴山色千叠翡翠，兀良⑪望钱塘江万顷玻璃。更有清溪、绿水，画船儿来往闲游戏。浙江亭紧相对，相对着险岭高峰长怪石，堪羡堪题。

[尾] 家家掩映渠流水，楼阁峥嵘出翠微⑫，遥望西湖暮山势。看了这壁，觑了那壁，纵有丹青⑬下不得笔。

【注释】

①寰海内：指整个中国。寰：广大的地域。海内：四海之内，古代传说中国的四周有海环绕，故以海内称国内。风流地：这里指风光最美好的地方。②新附国：元朝在至元十三年（1276）攻下杭州。这篇套曲写于南宋灭亡后不久，所以称南方为"新附国"。③"亡宋家"句：意为杭州是被灭掉的南宋王朝的旧领土。华夷：古代对汉族（华）和偏远少数民族（夷）的泛称，这里指国家疆域。④一到处：所到之处，处处。堪：可以。⑤这答儿：这地方。忒：音tè，太。⑥一哄地：形容人多嘈杂的样子。⑦半答儿：半点儿，半块。⑧松轩：松下的长廊。轩：有窗的廊。⑨蹊：音xī，小路。⑩"一陀儿"二句：意为每到一处，都有作诗的题目；每走一步，都有入画的景致。一陀儿：一块、一处。屏帏：指有图画的屏风。⑪兀良：也作兀剌，语助词。这里起调节排句语气的作用。⑫峥嵘：这里是形容楼阁的高峻突出。翠微：

青绿的山色。这里指青翠的山峰。⑬丹青：红色和青色的颜料。这里指丹青手，即画家。

【赏析】

"钱塘自古繁华"，特别是南宋以杭州为都城，经过一百多年的经营，使它成为当时世界上少见的美丽城市。这篇《杭州景》就是赞美杭州绮丽风光、市井繁华的著名作品。

南吕·一枝花·不伏老

攀出墙朵朵花，折临路枝枝柳①。花攀红蕊嫩，柳折翠条柔②。浪子风流③，凭着我折柳攀花手，直煞得花残柳败休④。半生来弄柳拈花，一世里眠花卧柳。

[梁州第七] 我是个普天下郎君⑤领袖，盖世界浪子班头⑥。愿朱颜不改常依旧。花中消遣，酒内忘忧。分茶攧竹⑦，打马藏阄⑧。通五音六律滑熟⑨。甚闲愁到我心头！伴的是银筝女银台前理银筝倚银屏；伴的是玉天仙携玉手并玉肩同登玉楼；伴的是金钗客歌金缕捧金樽满泛金瓯⑩。你道我老也暂休，占排场风月功名首，更玲珑又剔透。⑪我是个锦阵花营都帅头⑫，曾玩府游州。

[隔尾] 子弟每是个茅草冈、沙土窝初生的兔羔儿，乍向围场上走；我是个经笼罩、受索网、苍翎毛老野鸡，踏踏的阵马儿熟。经了些窝弓冷箭蜡枪头，不曾落人后。恰不道人到中年万事休，我怎肯虚度了春秋！

[尾] 我是个蒸不烂、煮不熟、捶不扁、炒不爆、响珰珰一粒铜豌豆，恁子弟每谁教你钻入他锄不断、斫不下、解不开、顿不脱、慢腾腾千层锦套头？我玩的是梁园⑬月，饮的是东京酒，赏的是洛阳花，攀的是章台⑭柳。我也会围棋、会蹴鞠、会打围、会插科、会歌舞、会吹弹、会咽作、会吟诗、会双陆⑮。你便是落了我牙、歪了我嘴、瘸了我腿、折了我手，天赐与我这几般儿歹症候⑯，尚兀自⑰不肯休。则除是阎王亲自唤，神鬼自来勾，三魂归地府，七魄丧冥幽，天哪，那其间才不向烟花路儿上走⑱。

【注释】

①出墙花、临路柳：旧时多用来暗指被玩弄、遭践踏的娼优一类妇女。下文的"攀花折柳、眠花卧柳"，均是指在歌伎群里厮混。②红蕊嫩、翠条柔：均比喻歌伎的年轻貌美。③浪子风流：即风流浪子，指有才学、放荡不羁而无正当职业的人。④休：语助词。⑤郎君：公子，这里指花花公子之类。⑥浪子：浪荡公子。班头：即头领，头目。⑦分茶攧竹：旧时妓院里的技艺。分茶：指斟茶待客。攧竹：即画竹。⑧打马藏阄：古代的两种博戏。⑨五音六律：泛指音乐。五音，即古代音乐中宫、商、角、徵（zhǐ）、羽五个音阶；六律，指古代十二律中的六个阳律：黄钟、太簇、姑洗、蕤宾、夷则、无射（yì）。滑熟：非常熟悉。⑩金钗客：戴金钗的人，指歌伎。金缕：即《金缕衣》，歌曲名。金瓯：华贵的酒杯。⑪"你道我"三句：意为要成为花柳场中有地位的首领，就要非常灵活敏捷。⑫锦阵花营：指歌台舞榭和其他冶游场所。都帅头：总首领。⑬梁园：又名兔园，内有池馆林木，为汉代梁孝王所营建，在今河南省开封市附近。⑭章台：汉代都城长安的街名，是娼妓聚居的地方。⑮双陆：古代的一种赌博游戏。⑯歹症候：恶疾，这里指嗜好上述各种技艺。⑰兀自：还自，还是。⑱那其间：那时候。烟花路儿：指歌楼妓馆。

【赏析】

　　这是一篇书会才人的自叙，风流浪子的自白。相传元朝统治者把知识分子列为十等人中的第九等，所谓"九儒十丐"；而且长期废止科举，使知识分子置身仕林的梦想幻灭了。于是，知识分子有的隐居山林，与清风唱和；有的沉湎声色，放浪形骸；有的依附权贵，充当统治者的仆从。然而还有一些人，挣脱传统观念的束缚，走向方兴未艾的瓦舍书会等民间技艺场所，他们就成为中国文学史上特有的戏曲创作者——"书会才人"。关汉卿正是他们当中最杰出的代表。

越调·斗鹌鹑·女校尉①

　　换步那踪②，趋前退后，侧脚③傍行，垂肩嚲④袖。若说过论茶头⑤，赚答扳搂⑥，入来的掩⑦，出去的兜⑧。子要论道儿着人⑨，不要无拽样顺纽。

　　[紫花儿] 打的个桶子赚特顺，暗足窝腰，不揪拐⑩回头。不要那看的每侧面，子弟每凝眸。非是我胡诌，上下泛前后左右瞅，过从的圆就。三鲍敲⑪失落，五花气⑫从头。

　　[天净沙] 平生肥马轻裘⑬，何须锦带吴钩⑭？百岁光阴转首，休闲生受，叹功名似水上浮沤。

　　[寨儿令] 得自由，莫刚求。茶余饭饱邀故友，谢馆秦楼⑮，散闷消愁。惟蹴鞠最风流。演习得踢打温柔，施逞得解数滑熟。引脚蹳⑯龙斩眼，担枪拐凤摇头⑰。一左一右，折叠拐鹘胜游⑱。

　　[尾] 锦缠腕、叶底桃、鸳鸯叩⑲，入脚面⑳带黄河逆流。斗白打赛官场，三场儿尽皆有。

【注释】

　　①女校尉：宋元圆社中踢毬技艺高超的女艺人。《蹴鞠谱》中《须知》谈校尉名称来由时说："出入金门，驾前承应，赐为校尉之职。"同书又云："凡做校尉者，必用山岳比赛过，才见其奥妙。"②那踪：挪动脚步，那通

"挪"。蹴鞠（cù jū）的基本步法。③侧脚：蹴鞠的一种步法。宋汪云程《蹴鞠图谱·那展侧脚诀》："那脚（那踪）即是入步，侧脚须当步稳，务要随身倒步，不可乱那动脚。"④軃：音 duǒ，下垂的样子。⑤过论：发给对方。论：即。《蹴鞠图谱·官场下作》："背剑拐：论过头出，使左拐，从右肩后出，使踢出论。"茶头：蹴鞠的角色。《蹴鞠图谱·三人场户》："校尉一人，茶头一人，子弟一人，立站须用均停。校尉过轮（论）与子弟，子弟用右膁与茶头。"⑥膁答扳搂：踢球的几种动作。膁：音 qiǎn。《蹴鞠谱》："膁：须用肩尖对脚尖，要宜身倒腿微偏，直腰挺身脚跟出，方可平撞使放膁。搭：论众正面须当搭，脚放低垂眼放亲，若要踢牢轻入力，却思步活内中寻。"又《圆社锦语》："搭，上前。"答即搭。⑦掩：指隐蔽性的接动作。⑧兜：通"陡"，突然，迅速。⑨论道儿：指传行路线。着人：《事林广记》："膁辞远近着人侥。"⑩不揪拐：蹴鞠的一种技法。⑪三鲍敲：蹴鞠的技术动作。《蹴鞠图谱·中截解数》中有"三捧（棒）敲。"⑫五花气：蹴鞠的技术动作。⑬肥马轻裘：指服御豪华，形容生活豪奢。⑭锦带吴钩：化用鲍照《代结客少年行》中"骢马金络头，锦带佩吴钩"诗句。吴钩：指产于吴地的利剑。⑮谢馆秦楼：此指妓院。⑯引脚蹑：蹴鞠的踢法之一。斩眼：眨眼。⑰担枪拐：蹴鞠的踢法之一。《蹴鞠谱·官场侧脚踢蹬》："担抢搭拐：稍拐用高起出论。"同书《官场下作》："枪拐：下一或左拐、或右拐，直起直落，使搭出论。"凤摇头：《蹴鞠谱·下脚》："十字拐如凤摇头。"⑱折叠拐：踢

球的技艺。《蹴鞠图谱·官场下作》:"摺叠拐:左右上一般,或一边,或两边,连三拐四,五拐寻论。"鹘胜游:花样踢法的一种。《蹴鞠谱·下脚》:"堪观处似鲍老肩挠,鹘胜游,争似花脚银。"⑲叶底桃:气名。鸳鸯叩:不详。《蹴鞠图谱·踢搭名色》有"鸳鸯拐"、"鸳鸯足。"《水浒传》第二回:"那高俅见气来,也是一时的胆量,使个鸳鸯拐,踢还端王。"⑳入脚面:一种踢球的方法。《蹴鞠谱·诸踢法》有"白入脚面"。

【赏析】

套曲《女校尉》可谓关汉卿的优秀代表作之一。有三点值得注意:其一,关汉卿如实地描绘了当时市井园社中蹴鞠的女艺人,以艺术形象描绘了元代市井中风俗画的一个侧面。在第一、第二支曲子中以茶头、子弟蹴鞠中的两个角色衬托了女校尉的英姿,从而表达了对市井女艺人由衷的赞美。其二,后三支曲子由女校尉的蹴鞠转而抒发情怀,表现了一个书会才人浪迹市井,与统治者的决绝之情,在蹴鞠中寻找精神慰藉的形象。其三,关汉卿是元代早期的散曲作家,这套曲本色地透露出"浪子"精神的端倪,从某种意义上说,它是关汉卿的又一曲《南吕·一枝花·不伏老》。

白朴

白朴(1126～约1306),字太素,又字仁甫,号兰谷。原籍隩(yù)州(今山西河曲),后居真定(今河北正定)。其父白华为金枢密院判。蒙古灭金时,白华远出,白朴之母被蒙古兵掳走,他随父亲好友元好问居聊城(今属山东)。此时,他受到元好问的指教,打下良好的文学创作基础。元世祖时,虽有人多次举荐,却不肯出仕。元灭南宋后,他徙居金陵(今南京),与宋金遗老寄情山水,诗酒为事。他与关汉卿、马致远、郑光祖并称"元曲四大家",在元杂剧创作中占有重要地位。他写过杂剧16种,今存《梧桐雨》、《墙头马上》、《东墙记》3种爱情剧,前两种为元杂剧代表作品。他的散曲与杂剧风格相同，以绮丽婉约见长，多写恋情、风光与隐逸生活。现存小令37首，套曲4篇。

越调·天净沙·夏

云收雨过波添，楼高水冷瓜甜，绿树阴垂画檐。纱蔂簟①，玉人罗扇轻缣②。

【注释】

①纱：形状像橱一样的纱帐。藤簟：用藤做成的凉席。②轻缣：轻薄的丝绢衣衫。

【赏析】

好一幅美人夏景图。作者紧扣住"云收雨过"，着力写凉爽的夏日给人带来的快意。前三句笔墨重点放在写户外之景，后两句转入户内，把笔墨放在美人消夏的举止上。对其悠闲自得行为的描绘突出了雨过天晴、空气清新的氛围，给整个曲子带来了淡雅的格调。

越调·天净沙·冬

一声画角谯门①，半亭新月②黄昏，雪里山前水滨。竹篱茅舍，淡烟衰草孤村。

【注释】

①画角：饰以彩色的号角，为古时军中的乐器，并于早晚用以报时。谯：古时建筑在城门上用以瞭望的楼。谯门：即城门。②新月：初升的月亮。

【赏析】

"一声画角"三句，描写城楼上吹响了报时的画角，黄昏时刻，月亮初升，亭内半明半暗，山前水畔都被皑皑白雪所覆盖。"画角数声呜咽，雪漫漫"（牛峤词《定西番》）。那如人呜咽的画角声，给这冬天的景色增添了无限悲凉之意。"竹篱茅舍"两句，描绘了一幅乡村晚景图：枯草遍野，在淡淡的炊烟之中，静卧着一座孤村，竹篱茅舍，若隐若现。此情此景，动人哀思。字里行间，还隐藏着一股孤傲清高之气，这也许是作者人格的一种自况吧！

越调·天净沙·春

春山暖日和风，阑干楼阁帘栊。杨柳秋千院中。啼莺舞燕，小桥流水飞红①。

【注释】

①飞红：落花飞舞。

【赏析】

这支曲子运用绘画技法，春日、春山、春燕、黄莺、小桥、流水等构成整个画面的场景。曲中人物是一位女子，她站在栏杆之旁，帘栊之下，窥探着春天的景致。她眼中的春天显得更加细腻，更加秀美。该小令，依靠景物的巧妙排列，给读者留下想象的空间。动静结合的写法，增添了生气，也让静态的画面有了动感。

越调 · 天净沙 · 秋

孤村落日残霞①,轻烟老树寒鸦②。一点飞鸿影下。青山绿水,白草红叶黄花③。

【注释】

①残霞:傍晚的彩霞。②轻烟:指炊烟。寒鸦:秋深已有寒意,故着一"寒"字形容栖息老树上的乌鸦。③黄花:习惯上专指菊花。

【赏析】

在元人散曲中,写春、夏、秋、冬四季景色的作品较多,又往往采用天净沙曲调。写景贵在有特色,如写春,特写风和日丽、莺啼燕舞、落花飞舞,显得春意盎然。虽不直接写人,但写院中秋千,使人感到青春的活力。写秋景,落日残霞、老树寒鸦固然有萧瑟之感,而青山绿水,红叶黄花,却具秋高气爽、明净淡雅的意境。这是两幅各有季节特色的图画,语言精练,色彩鲜明,静景中却含飞动之致。

双调 · 沉醉东风 · 渔夫

黄芦岸白渡口①,绿杨堤红蓼②滩头。虽无刎颈交③,却有忘机友④。点⑤秋江白鹭沙鸥。傲杀人间万户侯⑥,不识字烟波⑦钓叟。

【注释】

①黄芦:枯黄的芦苇,一种多年生浅水水草。②蓼:音liǎo,一类水边植物名,红蓼指开着淡红色花的蓼。③刎颈交:生死与共的朋友。④忘机:忘

却计较与奸诈，甘心淡泊，与世无争。⑤点：一触即起。⑥傲杀：极为蔑视，看不起。万户侯：古代贵族封地以户数计算。汉代封侯，大的受封万户，习称万户侯。这里指高官显宦。⑦烟波：烟云和水浪，这里指江湖。

【赏析】

　　作者敢于面对现实"傲王侯"，难能可贵地表现了一代文人的勇气。曲中描写了渔夫生活，隐士行径，并以"白鹭"与"沙鸥"的名义，"傲杀人间万户侯"，蔑视功名富贵，讴歌"烟波钓叟"，反映出时代叛逆者的形象。

双调·庆东原·叹世

　　忘忧草，含笑花，劝君及早冠宜挂。那里也能言陆贾①？那里也良谋子牙②？那里也豪气张华③？千古是非心，一夕渔樵话。

【注释】

　　①陆贾：汉初创建与巩固汉朝政权的谋臣，著有《新书》。《史记》、《汉书》都有传。②子牙：即吕望，又名姜尚，字子牙。他佐周文王、武王灭商有功封于齐，人称姜太公。③张华：字茂先，西晋大臣，历任侍中，中书令，中书监，司空。后为赵王司马伦与孙秀所杀害。张华也是西晋文学家，有《张司空集》已佚，今存有《博物志》一书。

【赏析】

　　作者此曲情深义厚，语重心长。劝友人挂冠辞官，早归隐，莫贪功名富贵。超脱的思想，放达、潇洒的性格跃然纸上。白朴借姜子牙、陆贾、张华等历史

人物，说明人才哪里都有，就是元王朝不重人才，英雄无用武之地，不如早日归隐。

双调·得胜乐

独自走，踏成道，空走了千遭万遭。肯不肯疾①些儿通报，休直到教担阁②得天明了。

【注释】

①疾：快。②担阁：同"耽搁"，耽误之义。

【赏析】

白朴这一组［得胜乐］共四首。均为言情之作，这里选的是第三首。这首小令初看之下，难以断定抒情主人公是男是女，甚至可以说更像男性。但这组曲其余三首，均为闺阁口吻，这一首不应例外，仍是一首闺怨曲。只不过它不只内容独特，而词句也极为新颖。

双调·驻马听①·吹

裂石穿云，玉管宜横清更洁②。霜天沙漠，鹧鸪风里欲偏斜。凤凰台③上暮云遮，梅花惊作黄昏雪。人静也，一声吹落江楼月。

【注释】

①驻马听：曲牌名。头四句作扇面对。五六句作对。末句仄韵。句式为：四七四七，七七，三七。②玉管：泛指箫笛之类，文中说到"宜横"（横吹），所以指笛。清更洁：形容笛声的格调雅正。③凤凰台：在今南京市的南面，李白有《登金陵凤凰台》诗。

【赏析】

作者用同一曲牌写了四首小令，分别描写吹、弹、歌、舞，这一首是描写吹笛子。笛声怎样悦耳，并不直接说出，而是用了一连串形象化的比拟，让读者自己去体会。这种艺术构思是巧妙的。

双调·得胜乐①

红日晚，残霞在，秋水共长天一色②。寒雁儿呀呀的叫天外，怎生不捎带个字儿来③？

【注释】

①得胜乐：［双调］中的一个曲牌，句式是三三六、六六。②"秋水"句：此王勃《滕王阁序》的"落霞与孤鹜齐飞，秋水共长天一色"语，但将"孤鹜"变成"寒雁"，因而联想到"雁足传书"的故事，生起下文。③"怎生"句：此化用《尊前集》列于李白名下之《菩萨蛮》词："举头忽见衡阳雁，千声万字情何限。叵耐薄情夫，一行书也无。"

【赏析】

曲一开始，就在读者面前展现出一幅深秋日晚的景色。这是她独倚危楼、盼望归身时所见到的。正当她在"过尽千帆皆不是"的绝望中挣扎时，蓦然听到"寒雁儿呀呀的叫天外"，希望的火花又重新在她内心里燃烧起来。等到她再一次失望时，却把满腔哀怨发泄在"寒雁儿"身上。"怎生不捎带个字儿来？"这一问，问得多么无理，又问得多么痴情！然而正是这种无理反衬出她的有理，这种痴情烘托出她的有情，因而更能勾起读者的同情，这就是所谓"无理而妙"。

双调·驻马听

隐隐天涯，剩水残山五六搭①，萧萧林下，坏垣②破屋两三家。秦川③远树雾昏花，灞桥衰柳风潇洒④。煞⑤不如碧窗纱，晨光闪烁鸳鸯瓦⑥。

【注释】

①剩水残山：指没被敌人侵占的领土。搭：成。②垣：音 yuán，墙。③秦川：指今天陕西秦岭北面的平原地区。④灞桥：地名，在今西安市东面。潇洒：这里同"萧瑟"，草木被风吹动的声音，也表示凄凉。⑤煞：很，极。⑥鸳鸯瓦：互相成对的瓦。

【赏析】

此曲选自《梧桐雨》第三折，是李、杨悲剧的高潮。写安史之乱作，唐明皇偕杨贵妃仓皇出逃。军至马嵬，六军不发，以陈玄礼为首的军人以清君侧为名，杀了奸邪误国的杨国忠，又要处死杨玉环。唐明皇自身难保，眼睁睁看着心爱的妃子缢死，马践尸身！本折结尾时，明皇含悲忍痛，凄惶上路。

仙吕·点绛唇·东墙记①

万物乘春②，落花成阵。莺声嫩，垂柳黄匀③，越引起心间闷。

[混江龙] 三春时分，南园草木一时新；清和天气，淑景良辰。紫陌游人嫌日短，青闺素女④怕黄昏。寻芳俊士，拾翠佳人；千红万紫，花柳分春。对韶光半晌不开言，一天愁都结做人间恨。憔悴了玉肌金粉，瘦损了窈窕精神⑤。

[油葫芦] 杏朵桃枝似绛唇，柳絮纷，春光偏闪断肠人。微风细雨催花

信，闲愁万种心间印。罗帏绣被寒孤，欲断魂。掩重门尽日无人问，情不遂越伤神。

【注释】

①《东墙记》：杂剧名。写书生马文辅游学至松江，暂寓于董府后花园仅隔一东墙的山寿家之花木堂。一日攀墙看花，适遇董府小姐秀英同侍女梅香在花园内赏春，两人一见钟情，互递诗简，私下成欢。后被董母撞见，逼文辅进京应试。后文辅状元及第，夫妻团圆。②万物乘春：意谓万物随着春天的到来而复苏。③黄匀：淡黄色。④素女：善歌的女神。汉扬雄《太玄赋》："听素女之清声兮，观宓妃之妙曲。"⑤窈窕：美好貌。

【赏析】

此三支曲选自《东墙记》第一折，女主人公董秀英面对满园春色，唱出了她内心的苦闷。［点绛唇］曲，托物起兴，写女主人公的所见，引出其所感。大地回春，万物勃发，百花盛开，莺燕鸣叫。眼前春光明媚，鸟语花香，撩拨起女主人公万般愁思。［混江龙］曲，作者由游人的欢愉嬉戏反衬女主人公的孤寂。三春时节，在这个"淑景良辰"，女主人公想到京郊路上的游人，一定会嫌一天时光太短；而青闺中的素女，又害怕黄昏匆匆来临。于是，"寻芳俊士"、"拾翠佳人"在"千红万紫"、"花柳分春"中尽情嬉笑游玩。此时，女主人公却"对韶光半晌不开言，一天愁都结做人

间恨"。这种难言的抑闷，使这位窈窕淑女容颜憔悴，恹恹瘦损。[油葫芦]曲，女主人公抒发了春情难遣苦闷。桃花盛开，柳絮纷飞，而这美好春光偏偏抛弃了她这个"断肠人"，因为"罗帏绣被寒孤"、"掩重门尽日无人问"，这样的情景，怎能不使女主人公"闲愁万种心间印"，而且她的感伤、失望、沮丧，已经到了"情不遂越伤神"的地步。以上三支曲，作者通过写景、叙述、抒情，委婉而细腻地表露了受封建礼教束缚的闺中女子春情难遣的苦闷和对美好爱情生活的渴望。

大石调·青杏子①·咏雪

空外六花②翻，被大风洒落千山。穷冬节物偏③宜晚。冻凝沼沚④，寒侵帐幕，冷湿阑干。

[归塞北]⑤貂裘客，嘉庆卷帘看。好景画图收不尽，好题诗句咏尤难⑥。疑在玉壶⑦间。

[好观音]⑧富贵人家应须惯，红炉暖不畏初寒。开宴邀宾列翠鬟⑨，拼酡颜⑩，畅饮休辞惮。

[幺]劝酒佳人擎金盏，当歌者款撒香檀。歌罢喧喧笑语繁，夜将阑，画烛银光灿。

[结音]似觉筵间香风散，香风散非麝非兰⑪。醉眼朦腾问小蛮⑫，多管是南轩蜡梅绽⑬。

【注释】

①大石调：宫调名，属北曲。青杏子：曲牌名，也即青杏儿，可入小石调。②六花：雪花六瓣，所以称雪花为六花。③偏：最。④沼：音zhǎo，小池。沚：音zhǐ，水中的小洲。⑤归塞北：是词中的[望江南]。归塞北，是原名的反意。如夜行船叫日停舟，麻婆子叫美脸儿等都是。这个曲调的首句可以押韵，这首没有押。⑥这两句说：一些放纵不羁的富贵人，高兴地卷帘赏雪。⑦玉壶：月宫。⑧好观音：曲调名。后面的[幺]篇首句无变化，押韵也和前首同，叫

"重头"。⑨翠鬟：侍女。⑩酡颜：醉脸。酡：音tuó。⑪麝：音shè。麝香，一种著名的香料。兰：兰花。⑫朦腾：朦胧不清。小蛮：本是白居易的侍女名，后常作侍女的代称。⑬多管：多半、大概。绽：开放。

【赏析】
这篇作品以富豪人家隆冬醉酒宴饮的眼光来描写雪景，清丽婉约，别具一格。

梧桐雨·第四折

（高力士上）（云）自家高力士是也。自幼供奉内宫，蒙主上抬举，加为六宫提督太监①。往年主上悦杨氏容貌，命某取入宫中，宠爱无比，封为贵妃，赐号太真。后来逆胡称兵②，伪诛杨国忠为名，逼的主上幸蜀。行至中途，六军不进，右龙武将军陈玄礼奏过杀了国忠，祸连贵妃。无可奈何，只得从之，缢死马嵬驿中。今日贼平无事，主上还国，太子做了皇帝，主上养老，退居西宫，昼夜只是想贵妃娘娘。今日教某挂起真容③，朝夕哭奠，不免收拾停当，在此伺候咱。（正末上）（云）寡人自幸蜀还京，太子破了逆贼，即了帝位，寡人退居西宫养老，每日只是思量妃子。教画工画了一轴真容供养着，每日相对，越增烦恼也呵！（做哭科）（唱）

[正宫][端正好] 自从幸西川、还京兆④，甚的是月夜花朝。这半年来白发添多少？怎打迭⑤愁容貌？

[幺] 瘦岩岩不避群臣笑，玉叉儿将画轴高挑。荔枝花果香檀桌，目觑了伤怀抱。

（做看真容科）（唱）

[滚绣球] 险些把我气冲倒，身边靠，把太真妃放声高叫。叫不应雨泪嚎，这待诏⑥，手段高。画的来没半星儿差错，虽然是快染能描，画不出沉香亭畔回鸾舞⑦，花萼楼⑧前上马娇，一段儿妖娆。

[倘秀才] 妃子呵常记得千秋节华清宫⑨宴乐，七夕会长生殿乞巧。誓愿

学连理枝比翼鸟。谁想你乘彩凤，返丹霄、命夭。

（带云）寡人越看越添伤感，怎生是好？（唱）

[呆骨朵] 寡人有心待盖一座杨妃庙，争奈无权柄谢位辞朝！则俺这孤辰限⑩难熬，更打着离恨天⑪最高。在生时同衾枕，不能够死后也同棺椁，谁承望马嵬坡尘土中，可惜把一朵海棠花零落了⑫。

（带云）一会儿身子困乏，且下这亭子，去闲行一会咱！（唱）

[白鹤子] 挪身离殿宇，信步下亭皋。见杨柳袅翠蓝丝，芙蓉拆胭脂萼。

[幺] 见芙蓉怀媚脸，遇杨柳忆纤腰。依旧的两般儿点缀上阳宫⑬，他管一灵儿潇洒长安道。

[幺] 常记得碧梧桐阴下立，红牙箸⑭手中敲。他笑整缕金衣，舞按霓裳乐。

[幺] 到如今翠盘中荒草满⑮，芳树下暗香消。空对井梧阴，不见倾城貌。

（做叹科）（云）寡人也怕闲行，不如回去来。（唱）

[倘秀才] 本待闲散心追欢取乐，倒惹的感旧恨、天荒地老。快快归来凤帏悄。甚法儿，捱今宵、懊恼。

（带云）回到这寝殿中，一弄儿助人愁也！（唱）

[芙蓉花] 淡氤氲、串烟袅，昏惨剌⑯、银灯照。玉漏迢迢，才是初更报。暗觑清宵，盼梦里他来到。却不道口是心苗⑰，不住的频频叫。

（带云）不觉一阵昏迷上来，寡人试睡些儿。（唱）

[伴读书] 一会家心焦躁，四壁厢秋虫闹。忽见掀帘西风恶，遥观满地阴云罩。俺这里披衣闷把帏屏靠，业眼难交⑱。

[笑和尚] 原来是滴溜溜绕闲阶败叶飘，疏刺刺刷落叶被西风扫，忽鲁鲁风闪得银灯爆，厮琅琅鸣殿铎，扑簌簌动朱箔⑲，吉丁当玉马儿向檐间闹。（做睡科）（唱）

[倘秀才] 闷打颏⑳和衣卧倒，软兀剌㉑方才睡着。（旦上）（云）妾身贵妃是也，今日殿中设宴，宫娥，请主上赴席咱！（正末唱）忽见青衣走来报，道太真妃，将寡人邀宴乐。

（正末见旦科）（云）妃子，你在那里来？（旦云）今日长生殿排宴，请主上赴席。（正末云）分付梨园子弟齐备着。（旦下）（正末做惊醒科）（云）

呀！元来是一梦，分明梦见妃子，却又不见了。（唱）

〔双鸳鸯〕斜翠鸾翘，浑一似出浴的旧风标㉒，映着云屏一半儿娇。好梦将成还惊觉，半襟情泪湿鲛绡。

〔蛮姑儿〕懊恼，窨约㉓，惊我来的又不是楼头过雁，砌下寒蛩，檐前玉马，架上金鸡。是兀那窗儿外梧桐上雨潇潇。一声声洒残叶，一点点寒梢。会把愁人定虐。

〔滚绣球〕这雨呵又不是救旱苗，润枯草。洒开花萼，谁望道秋雨如膏。向青翠条、碧玉梢，碎声儿剥，增百十倍歇和㉔芭蕉。子管里珠连玉散飘千颗，平白地瀽瓮番盆下一宵，惹的人心焦。

〔叨叨令〕一会价紧呵似玉盘中万颗珍珠落；一会价响呵，似玳筵前几簇笙歌闹；一会价清呵似翠岩头一派寒泉瀑；一会价猛呵似绣旗下数面征鼙操。兀的不恼杀人也么哥，兀的不恼杀人也么哥，则被他诸般儿雨声相聒噪。

〔倘秀才〕这雨一阵阵打梧桐叶凋，一点点滴人心碎了。枉着金井银床㉕紧围绕。只好把泼枝叶做柴烧，锯倒。

（带云）当初妃子舞翠盘时，在此树下；寡人与妃子盟誓时，亦对此树。今日梦境相寻，又被他惊觉了！（唱）

〔滚绣球〕长生殿那一宵，转回廊说誓约，不合对梧桐并肩斜靠，尽言词絮絮叨叨。沉香亭那一朝，按霓裳舞六幺㉖，红牙箸、击成腔调，乱宫商、闹闹炒炒。是兀那当时欢会栽排下，今日凄凉厮着，暗地量度。

（高力士云）主上，这诸样草木，皆有雨声，岂独梧桐？（正末云）你那里知道？我说与你听者。（唱）

〔三煞〕润杨柳雨凄凄院宇侵帘幕，细丝丝梅子雨妆点江干满楼阁。杏花雨红湿阑干，梨花雨玉容寂寞，荷花雨翠盖翩翩，豆花雨绿叶潇条。都不似你惊魂破梦，助恨添愁，彻夜连宵。莫不是水仙㉗弄娇，蘸杨柳洒风飘。

〔二煞〕似喷泉瑞兽临双沼，刷刷似食叶春蚕散满箔。乱洒琼阶，水传宫漏，飞上雕檐，酒滴新槽。直下的更残漏断，枕冷衾寒，烛灭香消。可知道夏天不觉，把高凤麦来漂㉘。

〔黄钟煞〕顺西风低把纱窗哨，送寒气频将绣户敲。莫不是天故将人愁闷搅。度铃声、响栈道㉙。似花奴羯鼓㉚调，如伯牙水仙操。洗黄花润篱落，渍苍苔倒墙角。渲湖山漱石窍，浸枯荷溢池沼。沾残蝶粉渐消，洒流萤焰不着。

绿窗前促织叫,声相近雁影高。催邻砧处处捣,助新凉分外早。斟量来这一宵,雨和人紧厮熬,伴铜壶点点敲,雨更多泪不少。雨湿寒梢,泪染龙袍,不肯相饶,共隔着一树梧桐直滴到晓。

【注释】

①六官提督太监:指太监总管。②逆胡称兵:指安禄山叛乱,攻打长安,玄宗逃往四川,途经马嵬驿,六军不发,龙武将军陈玄礼请杀杨国忠与贵妃。这段情节,本剧第三折已铺演。③真容:画像。④京兆:此指长安。⑤打迭:打点,这里是收拾、整理之意。⑥待诏:此指供奉翰林院的画师。⑦沉香亭:在长安兴庆宫。杨贵妃与玄宗常在亭中赏花歌舞,李白《清平乐》有"沉香亭北倚阑干"句。回鸾:舞名。⑧花萼楼:花萼相辉楼,在内宫。⑨千秋节:八月五日,是唐玄宗生日。华清宫:唐玄宗在骊山建的行宫,有华清池。⑩孤辰限:旧时星命家认为不吉利的日子,此指孤寂有限的日子。⑪离恨天:传说中三十三重天的最高一重。⑫"谁承望"二句:化用《长恨歌》"马嵬坡下泥土中,不见玉颜空死处"句。海棠花:指贵妃,唐玄宗曾说她如"海棠春睡未足"。⑬上阳宫:在唐东都洛阳。此代指长安宫殿。⑭红牙箸:敲打乐器的红色象牙筷。本剧第二折有"红牙箸趁着五音击着梧桐板"句。⑮翠盘中荒草满:谓贵妃舞翠盘的地

方荒芜一片。本剧第一折中有贵妃舞盘的情节。⑯昏惨剌：昏惨惨。剌是语助。⑰口是心苗：即"言为心声"。⑱业眼难交：意谓难以入睡。业：同"孽"，曲词中常用以表示自恨、自责。⑲朱箔：珠箔。⑳闷打颏：即"闷"，闷闷不乐。打颏为语助。㉑软兀剌：软绵绵，无精打采。兀剌为语助。㉒出浴的旧风标：谓当年旧模样。《长恨歌》有"春寒赐浴华清池，温泉水滑洗凝脂"句。㉓窨约：暗中思量、忖度。㉔歇和：附和、相和。全句意为雨打在树梢、芭蕉上的声音交织，分外急骤响亮。㉕金井银床：指宫中园林内的井与井栏。㉖按霓裳舞六幺：霓裳与六幺均为舞曲名。白居易《琵琶行》："初为霓裳后六幺。"㉗水仙：此指观音，观音变相中有持杨枝洒甘露一相。㉘把高凤麦来漂：东汉人高凤，勤苦读书。有天晒麦，天忽下大雨，将麦漂走，他丝毫没察觉，仍在专心读书。㉙度铃声，响栈道：《明皇杂录》、《杨太真外传》等载，玄宗入蜀，经过栈道，天下雨，闻铃声与山相应，因悼念杨贵妃，采其声为《雨霖铃》曲以寄恨。㉚花奴羯鼓：汝阳王李琎小名花奴，擅长击羯鼓，玄宗与贵妃曾共赏之。羯鼓为一种形如桶的小鼓，击打时声音急促。

【赏析】

　　《梧桐雨》全名《唐明皇秋夜梧桐雨》，是根据白居易《长恨歌》及陈鸿《长恨歌传》、《杨太真外传》等传奇、笔记所改编，写唐玄宗与杨贵妃的生死爱情。全剧把重心放在唐玄宗身上，着力渲染他对爱情的执着，写得缠绵悱恻、凄怆感人，有浓郁的悲剧气氛。这里所选的第四折是全剧的重头戏，叙述安史乱后，官军收复长安，玄宗从四川返回宫中，对画像思念贵妃，梦中与贵妃相遇，梦醒后聆听着萧瑟秋风、雨打梧桐，不禁无限惆怅。作者巧妙地把秋雨与唐玄宗的愁苦相结合，即景生情；从意境、声响、变化等各方面抒发感受，描写生动细腻，词句优雅华美，情感曲折委婉，犹如一首抒情长诗。尤其是一连串的比喻，仿佛珠连玉叠，充分体现了作者遣词造句的高超技艺。

姚燧

姚燧（1238～1313），字端甫，号牧庵，原籍营州柳城（今辽宁省朝阳市），后迁居洛阳（今属河南省）。3岁丧父，由伯父姚枢抚养，并随他到苏门（今河南省辉县市西北苏门山）学习。24岁学韩愈文章，被国子祭酒许衡赏识，38岁作秦王府文学，后担任太子少傅、翰林学士承旨等职。以倡导并创作古文著名，与虞集并称于时，著有《牧庵文集》50卷。其散曲创作风格婉丽，语言浅白，笔调流畅，与卢挚齐名，时人并称"姚卢"。散曲现存小令29首，套数1篇。

中吕·满庭芳①

天风海涛，昔人曾此，酒圣诗豪②。我到此闲登眺，日远天高。山接水茫茫渺渺，水连天隐隐迢迢。供吟笑，功名事了，不待老僧招。

【注释】

①本题二首，此选第一。②酒圣：酒中的圣贤。诗豪：诗中的英豪。

【赏析】

此首小曲极有气魄，风格豪爽。"山接水茫茫渺渺，水连天隐隐迢迢"，对仗工整，可谓绝妙之笔，曲中绝唱。

中吕·醉高歌·感怀

十年燕月歌声①，几点吴霜鬓影②。西风吹起鲈鱼兴，已在桑榆暮景③。

【注释】

①十年燕月歌声：在京城度过了十年赏月听歌的生活。"燕"即指大都。这句是写他回顾过去在京城做官时的生活。②几点吴霜鬓影：来到吴地两鬓又增添了许多白发。吴：周时吴国领有今江苏省一带的地方，后人也沿称江苏省为吴地。霜：指白发。这句是写他到吴地做官几年不觉已经老了。③这两句是借引晋人张翰（字季鹰）当秋风起时思乡弃官的故事，说自己当秋风起时也想辞官归乡，可是已到了晚年。桑榆晚景，指日将夕时斜光照在桑榆之间的景象，古人常以"桑榆晚景"比喻人的晚年。王勃《滕王阁序》"东隅已逝，桑榆非晚"是表示不甘没落的意思。

【赏析】

此首小曲意境虽不及唐人刘禹锡的"莫道桑榆晚，为霞尚满天"，但"鲈鱼兴"一句仍有浓厚的生活气息，具有积极生活情调。

中吕·阳春曲

笔头风月①时时过，眼底儿曹②渐渐多。有人问我事如何，人海阔③，无日不风波④。

【注释】

①笔头风月：笔墨生涯中的美好光景。②眼底：眼下，眼前。儿曹：孩

子们，儿孙们。③人海阔：人生如同宽阔无边的大海。④无日不风波：没有一天不发生纠纷和祸乱。

【赏析】

作为赠答之作，极容易流于干涩和枯燥的说教。而这首小令虽然篇幅短小，但内蕴激越之情，感情的抒发既真实又自然，让人感到亲切。

越调·凭阑人

两处相思无计留，君上孤舟妾倚楼。这些兰叶舟①，怎载如许愁②！

【注释】

①兰叶舟：小船。②怎载如许愁：怎么能载下这么多的愁。如许：这么多。

【赏析】

这是写一个妇女送别丈夫的曲子，写得很凄苦。知道离后要两地相思，但又无计留住不走。想到江边送行，封建礼教又不允许跨出闺门，只好"君上孤舟妾倚楼"，从远处望自己的丈夫乘着一叶扁舟去到遥远的他乡。"这些兰叶舟"确实难装"如许愁"。这两句作者巧妙地化用李清照《武陵春》中"只恐双溪舴艋舟，载不动许多愁"的词意，翻做自己的语言，深刻地表达出离妇内心的凄楚。

越调·凭阑人① 二首

一

博带峨冠年少郎，高髻云鬟窈窕娘。我文章你艳妆，你一斤咱十六两。

二

马上墙头瞥见他,眼角眉尖拖逗②咱。论文章他爱咱,睹妖娆咱爱他。

【注释】

①本题七首,此选第一、第二。②拖逗:撩拨,勾引。

【赏析】

前一支曲子描写一对青年的美貌和才华。"博带峨冠",主要就少年的风度进行描绘。"高髻云鬟",写少女的美貌。"文章"与"艳妆"相呼应,突出了这一对佳人恰好是郎才配女貌。末二句通俗晓畅,直述情怀,真率纯朴。

后一支曲子描写一对青年暗中相见悄然相爱的情景。首句"瞥"字形象地刻画出了暗暗爱慕的心理状态,生动传神。"眼角眉尖",想看不敢看,反映出少女初恋时含蓄羞怯的神态。三、四句点明了这对青年(即作者的爱情观)是郎才女貌。描写细腻传神,语言通俗晓畅。可谓是白朴杂剧《墙头马上》的浓缩。

中吕·普天乐

浙江①秋，吴山②夜。愁随潮去，恨与山叠。塞雁来，芙蓉谢。冷雨青灯读书舍，怕离别又早离别。今宵醉也，明朝去也，宁奈些些③。

【注释】

①浙江：指钱塘江。②吴山：山名，在浙江省杭州西湖东南。③宁奈：宁耐，忍耐。些些：一些，一点。

【赏析】

这是一首抒写别离的小令，《中原音韵》题作《别友》。在深秋之夜，作者要与一位朋友分别了。离愁，如钱塘江潮，汹涌奔腾；别恨，如吴山峰峦，重重叠叠。这一动一静，便状写出作者心中无法抑制的离愁别绪。北雁南飞，荷花凋零。秋雨凄冷，油灯青幽，使静寂的书斋愈显得凄凉。"怕离别又早离别"，此句为全篇精辟之处，一笔点明作者愁恨之情、凄凉之感之由来。相聚苦短，别易会难，重见无期。一句直白情语，道尽作者此时此刻复杂心情。

越调·凭阑人·寄征衣

欲寄君①衣君不还，不寄君衣君又寒。寄与不寄间，妾身千万难。

【注释】

①君：这里是妻对夫的敬称。

【赏析】

如果寄去征衣，担心他因暖衣在身，不肯速速归来；如果不寄征衣，又担心他因无衣御寒而饱受寒冻之苦。这首小令以这种欲作不甘，欲罢不能的矛盾心理，开始了对闺怨这一类历代诗人似已把话说尽的传统题材进行创新。他没有沿袭传统的手法，正面直述闺中少妇无尽的思念，而是选择了一个颇多内蕴的细节，使澎湃的相思之情以委婉真切的方式得以表现。

双调·寿阳曲

酒可红双颊，愁能白二毛①。对樽②前尽可开怀抱。天若有情天亦老，且休教少年知道。

【注释】

①白二毛：白：使变白。二毛：黑白两种头发。意为满头黑发的人，过分忧愁会使一部分头发变白。②樽：盛酒器具。

【赏析】

这首曲子以"愁"字总领全篇，借酒浇愁，抒发对人生命运的感慨。"红双颊"、"白二毛"是对胸中之愁的形象刻画。因无法"开怀抱"，只有痛饮美酒，麻醉于幻境，只有这样才能暂时忘掉现实中的痛苦。长醉不醒固然消极颓废，但这是排谴愁闷，远避污俗的唯一途径。最后两句化用前人名句，进一步强化了愁的色彩。"且休教少年知道"凝聚了作者对现实命运的感叹和对理想生命的珍爱。

马致远

马致远，字千里，号东篱，大都（今北京市）人。曾一度出任江浙行省务官，后退出官场，隐居杭州附近，过"酒中仙、尘外客、林间友"的放诞生活。在大都曾参加李时中、花李郎、红字李二等的"元贞书会"，以才华出众，被推为"曲状元"。与关汉卿、白朴、郑光祖合称"元曲四大家"。著有杂剧16种，今存《汉宫秋》、《青衫泪》等7种；散曲今存小令115首，散套23篇，近人辑为《东篱乐府》。明朱权《太和正音谱·古今群英乐府格势》列于首位，评其词"典雅清丽"，"有振鬣长鸣，万马齐喑之意，又若神凤飞鸣于九霄。"被公认为元曲第一流作家。

南吕·金字经

夜来西风里，九天鹏鹗飞[①]。困煞中原一布衣[②]，悲！故人知未知？登楼意[③]，恨无上天梯[④]！

【注释】

①九天雕鹗飞：这是一句比喻词。是说一群像雕鹗一样的恶人，却在朝廷里飞黄腾达，掌握生杀之权。九天：高天。古代传说天有九重，九天是最高的一层。雕：凶猛的飞禽，以捕杀弱小的兽禽为食。鹗：俗名鱼鹰，是凶猛的水禽，以捕杀鱼类为食。这里雕鹗都是比喻朝中当权的恶人。②困煞中原一布衣：困煞了我这个中原百姓。布衣：指没有官职的平民，这里是作者自指。中原：暗指汉民族。③登楼意：取意于王粲的《登楼赋》。据传王粲初投荆州牧刘表，刘表见他貌丑体弱不肯重用，王粲登当阳县城楼感而作赋，

内容主要是抒发怀才不遇和乡思。马致远的"登楼意"亦即此意。④恨无上天梯：遗恨的是没有进入朝廷的门路。上天梯，比喻进入朝廷的途径。

【赏析】

这是一首作者抒发怀才不遇的曲子。开头两句是比喻朝廷黑暗，恶人当道。下几句是抒泄自己怀才不遇的悲愤。从这支曲的思想内容来看，马致远在仕途上，原来并非无意进取，而是由于"夜来西风里，九天雕鹗飞"，自己原有"登楼意，恨无上天梯"。恐怕这是他后来产生"恬退"的思想根源。这支曲对了解马致远的思想变化是有帮助的。

南吕·四块玉·叹世

带野花，携村酒，烦恼如何到心头。谁能跃马常食肉①？二顷田，一具牛，饱后休。

【注释】

①跃马常食肉：喻富贵的志向。战国时燕人蔡泽曾自述其志：跃马疾驱，食肉富贵，四十三年足矣。

【赏析】

这是一首写作者晚年田园生活的小曲。马致远青年时期曾积极入世，但一直未能得到重用。经过二十多年的宦海浮沉，他看够了世态炎凉。当他晚年在宁静的隐逸生活中寻找心的轨迹时，回想起半世蹉跎，不免感慨万千。

南吕·四块玉·叹世

带，披星走，孤馆①寒食故乡秋。妻儿胖了咱消瘦，枕上忧，马上愁，死后休②。

【注释】

①孤馆：独处客馆。②休：结束，终了。

【赏析】

这是一首回忆羁旅官宦生活的小令。马致远曾出任过"江浙行省务官"这样的小官，过的是"世事饱谙多"的漂泊生活。到了晚年，回想起来，仍感慨万千。

南吕·四块玉·紫芝路①

雁北飞，人北望②，抛闪煞明妃也汉王③。小单于把盏呀剌剌唱④。青草畔有收酪牛⑤，黑河边有扇尾羊⑥。他⑦只是思故乡！

【注释】

①紫芝路：昭君出塞时经过的道路。②人北望：指汉元帝向北望昭君。③抛闪煞明妃也汉君王：这句是倒装句，顺读是：明妃抛闪煞也汉君王，意为明妃撇得汉君王好苦。明妃：即王嫱，字昭君，汉元帝宫女。汉元帝常按画像召幸宫女，因此宫女多贿赂画工。昭君自恃貌美不肯行贿，画工毛延寿故意将昭君画得很丑，所以元帝一直没召见过她。匈奴王入朝求婚，元帝便把她嫁给了匈奴王。临行时元帝见到了她，见其容光动人，很后悔，但又不能失信，一气之下，把画工毛延寿杀了。昭君，晋时避司马昭讳，

改称明君，因此后人亦称明君为明妃。④小单于把盏呀剌剌唱：小单于面对昭君高兴得呀剌剌高声歌唱。小单于：指呼韩邪单于。呀剌剌：象声词，指小单于唱的歌声。⑤青草畔有收酪牛：草原牧场上有大量产乳的牛。青草畔：指草原牧场。酪：一种乳制品，这里泛指牛乳。⑥黑河边有扇尾羊：黑河岸边有肥壮的尾像扇形的羊。黑河：在呼和浩特市南郊，昭君墓在河畔。⑦他：指昭君。

【赏析】

这是一首咏史曲，写昭君出塞的故事。昭君出嫁匈奴，自汉以来，一向被人认为是带有民族屈辱性的憾事。

南吕·四块玉·恬退①

绿鬓衰，朱颜改，羞把尘容画麟台②。故园风景依然在，三顷田，五亩宅。归去来！③

【注释】

①恬退：追求安闲，淡泊名利，安于退让。②麟台：指麒麟阁，汉朝图画功臣之像于其上以为表彰的地方。③归去来：辞去官职，离开官场，回归田园。"来"是语助词。晋陶渊明辞官归隐后曾作《归去来兮辞》。

【赏析】

此曲表现了作者怀才不遇、不满当时社会的心情，大有以陶潜自比之意。

双调·清江引①·野兴②二首

一

绿蓑衣紫罗袍谁是主③？两件儿都无济④。便作钓鱼人，也在风波里。则不如寻个稳便处闲坐地。

二

林泉⑤隐居谁到此？有客清风至⑥。会作山中相⑦，不管人间事。争什么半张名利纸！

【注释】

①清江引：双调所属曲牌名，其句式为：七五，五五，七。因曲中可加衬字，实际字数不一定如此。②野兴：组曲，共有八首，反复歌唱隐居闲适生活的乐趣。这里所选是第二、六两首。③绿蓑衣：钓鱼人所穿遮雨之衣，喻指隐居不仕者。紫罗袍：官服，喻指仕宦者。谁是主：意谓做渔夫抑或出仕？④两件儿都无济：回答上句所问，认为无论是做渔夫还是做官，都不行。⑤林泉：指山水，高人雅士隐居的理想之地。⑥有客清风至：意谓除了清风来做客外，别无他人至此。⑦山中相：

喻隐居山中而颇负声望的名士。

【赏析】

马致远曾经历过官吏生涯，也有过希望得到统治者器重的幻想。生活实践使他认识到现实的黑暗，仕途的险恶，故绝意功名，不问世事，做一个真正的隐士。前一首披露了他厌世的愤激之情，"便作钓鱼人，也在风波里"，足见处世之难。故在组曲的前五首中，都以"则不如寻个稳便处闲坐地"作结，什么事都不做，只求有个可以安稳闲坐之地，道出了心灵的伤痛。后一首也说得非常决绝沉重，退居林泉之下，他不愿做陶弘景式的"山中宰相"，他会做主宰大自然的宰相；唯以清风为客，不管人间之事，根本不想统治者赐予他半点儿名利。其风格之豪放洒脱，是这一组曲的特色。

越调·天净沙·秋思

枯藤老树昏鸦①，小桥流水人家，古道西风瘦马。夕阳西下，断肠人在天涯②。

【注释】

①昏鸦：黄昏时的乌鸦。②断肠人：痛苦已极之人。

【赏析】

这首曲虽然只有短短的五句二十八字，但却雕绘出一幅深有诗情的画面和感动人心的意境。元人周德清评此曲为"秋思之祖"；近人王国维在他的《人间词话》中说它"寥寥数语，深得唐人绝句之妙境"。这正道出这首曲的艺术成就——言有尽而意无穷。

双调·寿阳曲①·山市晴岚②

花村外，草店西，晚霞明雨收天霁③。四围山一竿残照④里，锦屏风⑤又添铺翠。

【注释】

①据北宋沈括的《梦溪笔谈·书画》记载，度支员外郎宋迪善画，尤擅长平远山水，最得意之作是平沙落雁、远浦帆归、山市晴岚、江天暮雪、洞庭秋月、潇湘夜雨、烟寺晚钟、渔村落照，被人称为八景，或潇湘八景。元代散曲作家中，以八景之名写作者不少。马致远的［双调·寿阳曲］一组散曲共八首，题目与宋迪之平远山水八景全同，亦当为咏潇湘风光景物之作。这一首《山市晴岚》与下面的《远浦归帆》、《潇湘夜雨》，即其中之三首。②山市：山区小市镇。晴岚：雨后天晴，山间散发的雾气。③天霁：雨止天晴。霁：音jì。④一竿残照：太阳西下，离山只有一竿高的距离了。⑤屏风：指像屏风一样的山峦。

【赏析】

这支曲子写傍晚时分，雨过天晴，小山村的秀美景色。仰望天空，刚好是雨过天晴，天空明净如洗，晚霞又照得满天光华绚艳，景色够美的了。再看山村小镇四周的山峦，笼罩在夕阳的光辉里，给人一种柔和而明丽的感觉。本来就很美的像是小镇屏风的山峦，经过雨水的洗濯，又在夕阳的映照之下，还飘散着薄纱似的水汽，显得格外青翠，像是在原来的绿色上又添上一层绿色。作者并未浓墨重抹，只是轻轻几笔，而且主要是写了天上的晚霞和四围的山色，但这个山村小市的静谧气氛和美丽景色却突现在我们眼前，给人一种清新爽美的心灵愉悦。

双调·寿阳曲·远浦①帆归

夕阳下，酒旆②闲，两三航③未曾着岸。落花水香茅舍晚，断桥头卖鱼人散。

【注释】

①浦：水边。②酒旆：旆：音 pèi，古代后部如燕尾的旗，此处即指酒旗：酒店的招子。③两三航：两三只船。

【赏析】

这首小令以"潇湘八景"旧题，描绘了江村风光和渔民生活，宛如一幅风俗画，给人以清新幽美的感受。

双调·寿阳曲·潇湘①夜雨

渔灯暗，客梦回②，一声声滴人心碎③。孤舟五更家万里，是离人几行情泪。

【注释】

①潇湘：潇水和湘水，是湖南的两条水名，源于九嶷山，在零陵县西会合，称作潇湘。②客：指游子。梦回：从梦中醒来。③一声声滴人心碎：唐温庭筠的《更漏子》词中有"梧桐树，三更雨，不道离情正苦。一叶叶，一声声，空阶滴到明。"的句子；宋李清照《声声慢》词中有"梧桐更兼细雨，到黄昏、点点滴滴。这次第，怎一个、愁字了得？"的句子。马致远的这句话，自然受到它们的影响，是说落雨声使游子的愁苦更甚，心都要为之碎了。

【赏析】

　　这支曲子写远离家乡的游子，在潇湘的孤舟之中，夜晚被雨声从梦中惊醒后的凄楚悲凉的内心感受。这也是元代一般知识分子被轻贱的冷酷现实，在马致远情感中的另一种反映。曲题虽然称作《潇湘夜雨》，但整篇曲文并未正面去写潇湘之夜如何下雨等情况，而是写客观自然界的夜雨，在他乡游子心里所激起的主观感情的波澜，借以表达作者心灵深处的沉痛和凄苦。这在马致远"潇湘八景"一组散曲中，可以说是另具一格。

双调·寿阳曲·烟寺晚钟①

　　云笼月，风弄铁②。两般儿助③人凄切。剔银灯④欲将心事写，长吁气一声吹灭。

【注释】

　　①［寿阳曲］《烟寺晚钟》：描写的是古寺僧人孤寂的生活情景。②铁：铁马，又做檐马。是悬挂在檐间的铁片，风吹则相击而发声。③两般儿：两样东西，指代"云笼月"和"风弄铁"。助：更增添。④剔：挑亮。银灯：指古人用金属（多为锡）制作的一种油灯。

【赏析】

　　此曲抒情，未著"情"字，却句句关情。先从环境写起，从视觉——"朦胧月色"，到听觉——"铁马声"，两方面把人物限定于一个凄清孤单的氛围之中。再通过人物系列连贯

动作：剔灯、欲写难下笔、叹气、吹灯等描写，将主人公孤独、相思之情形象地表现了出来。人物行动、心理等与环境巧妙结合，形成一个完整的艺术境界。此曲以背景、动作塑造人物，抒发感情，具有戏剧艺术的特色。

双调·寿阳曲

从别后，音信杳，梦儿里也曾来到。问人知行到一万遭①，不信你眼皮儿不跳。

【注释】

①问人知：向人打听是否知道。行到一万遭：即打听的事已做到一万次了，极言其多。

【赏析】

曲之为体，可直抒胸臆，而不必讲究蕴藉，这就给思亲怀远之作带来极大方便。但语言的直捷明畅，并非感情的平铺直叙。在这首小令中，作者先以"梦"的形式，迭起思妇情急难挨的内心波澜，继之以"逢人便问"的行动和遥想悬揣的方式，将这一波澜推向了顶峰。"梦"的营构，是一种情感的震荡，它不但从时间上引出分别之久的思念，更从空间上造成孤单的氛围。"不信你眼皮儿不跳"，是全曲警策之所在，它以心灵感应的悬想方式、视接万里的形象描绘，道出对情人"思极而恨"的心情和"归来吧"的呼唤。语气是那样执着，情思是那样浓烈，渴望是那样焦灼。

双调·寿阳曲·江天暮雪①

天将暮，雪乱舞，半梅花半飘柳絮②。江上晚来堪画处，钓鱼人一蓑归去。

【注释】

①江天暮雪:"潇湘八景"旧题之一。②半梅花:指江边落梅与雪花一起飞舞。半飘柳絮:以柳絮形容雪乱舞的样子。

【赏析】

所谓"诗中有画",被称为诗之妙境。马致远善于在曲中描绘自然风景,曲中有画,是他散曲的艺术特色之一。他所描绘的这幅"江天暮雪"图,历历如在眼前,富有雅淡幽静之美的意趣。湘江的傍晚时分,纷飞的大雪中夹杂着飘落的梅花,江上的晚景是优美寂静的。这时穿着蓑衣的钓鱼人,踏雪归去,于静寂中显露出人间的生气和高雅淡泊的情趣,成就了一幅最美的天然图画。

双调·寿阳曲

心间事,说与他。动不动早言两罢①!罢字儿碜可可你道是耍②。我心里怕那不怕。

【注释】

①动不动:无论事情怎样总是……两罢:双方算了,相当于今天的"咱俩再见"。罢:结束。②碜可可:碜:音chěn。也作"碜磕磕",意谓令人内心寒冷、悲戚、伤痛、害怕。《小孙屠》:"背着个碜可可骨匣相随定。"

【赏析】

　　曲以天然为最高境界，此曲纯属天籁。它以通俗流畅的语言，逼真的口吻，写出了一个热恋中少女的怕、怨及爱的复杂心理。其语言之直率、心理之坦诚、情感之细腻，使少女的痴、娇之态如在目前。诚可谓曲中之佳作。

双调·寿阳曲

　　人初静，月正明，纱窗外玉梅斜映。梅花笑人休弄影，月沉时一般孤另①。

【注释】

①孤另：即孤零。

【赏析】

　　全曲写"孤另"二字，空灵幽邈，不着痕迹。在人、月、梅、影的意象组合和时空布设中，映照出一位愁人夜思难眠、孤寂无奈的面影。前三句通过外境的构设，勾出纱窗里人儿内心的孤单。后两句是前三句语链的伸直，承前破题，但又构思巧妙，不直说"孤另"，而是以对梅花弄影笑人的回答，表明此时的心境。可谓以彼写此，相映成趣；逆衬烘托，手法高妙。

双调·寿阳曲

　　实心儿待，休做谎话儿猜，不信道为伊曾害①。害时节有谁曾见来，瞒不过主腰胸带。

【注释】

①伊：你。害：为"害相思"的缩语。

【赏析】

从语义的变换和语境的构成中，我们可以看出，这首剖白小曲至少包含着下列三方面的内容：①二人久别重逢；②男方对女方的真诚和相思持怀疑态度；③女方表白。因此，乍看这是一首女主人公的自白曲，而实则包含着二人之间的"对话"，是一种复调式的结构。世间唯有情难诉，以"主腰胸带"的宽窄来表达相思之情，除达到一种无以比拟的最佳证明效果外，还把读者引入一种肉体亲近的语境中。于是"胸带"下的一颗"实心"脱然而出，殷然可见。

双调·拨不断·叹世

叹寒儒，谩①读书，读书须索②题桥柱。题柱虽乘驷马③车，乘车谁买《长门赋》④？且看了长安回去。

【注释】

①谩：通"漫"，聊且或胡乱义。此处引申为徒然、空自等义。②须索：应该的意思。③驷马：古时高官乘车，一车套四匹马，因称四马之车为"驷"。④《长门赋》：司马相如在《长门赋序》中说：汉武帝的陈皇后失宠，被置于长门宫。听说司马相如善作赋，乃奉黄金百斤。相如作《长门赋》，终于感动了皇上，陈皇后果然又得宠幸。事见《文选·司马长卿长门赋序》。

【赏析】

这是一首愤世之作。古代司马相如尚能以己之才得帝王赏识，而元代知识分子却因长期停止科举而苦于没有出路。这支曲感情激越，语言流畅，读起来朗朗上口，一气呵成。

双调·拨不断·叹世

布衣①中,问英雄,王图霸业成何用?禾黍高低六代宫,楸梧远近千官②?一场恶梦。

【注释】
①布衣:指平民百姓。②"楸梧"二句:借用许浑《金陵怀古》诗:"楸梧远近千官,禾黍高低六代宫。"六代指东吴、东晋、宋、齐、梁、陈。

【赏析】
这也是一首叹世之作。作者以"一场恶梦"总结了历史上的帝王将相建功立业的空幻,曲折地反映了作者仕途失意的情怀,比喻形象、生动、鲜明。两个问句和结语,表达了作者对功名富贵的否定。

双调·拨不断·看潮

浙江亭①,看潮生,潮来潮去原无定,惟有西山万古青。子陵一钓多高兴②。闹中取静。

【注释】
①浙江亭:据《乾道临安志》记载:"浙江亭在钱塘旧治南,到县一十五里。"②子陵:东汉人严光的字。严光少时与光武帝一同游学。光武即位后,严光改名易姓,隐居不出。光武帝找到他,要他做谏议大夫,他不肯,归隐富春山,以耕田、钓鱼过活,直到老死。

【赏析】

　　知识分子既然无法"兼济天下",只好隐居乡野,"独善其身"了。这支曲子写的就是对隐居的感受。前四句表面写潮水,实则暗喻官场错综复杂,瞬息万变,令人捉摸不定,如潮水一般时起时伏。世上万古不变的只有大自然,何不学子陵,与西山为伴呢?作者借此求得心灵上的平衡。

双调·拨不断

　　子房①鞋,买臣②柴,屠沽乞食为僚宰③,版筑躬耕④有将才。古人尚自⑤把天时待,只不如且酩子里⑥胡捱。

【注释】

　　①子房:汉张良之字。张良年轻时在圯(yí)桥上遇一老人,老人故意将鞋扔到桥下,命张良去拾。张良不仅为之拾取,还按老人要求跪着把鞋穿在他脚上。老者见他有忍耐性,后来就传授他本领,使他成就了功名。事见《史记·留侯世家》。②买臣:汉朝的朱买臣。他在未发迹之前曾有若干年过着打柴卖柴的贫苦日子。后来被汉武帝选中,封官会稽太守。事见《汉书·朱买臣传》。③屠沽:杀牲卖酒者,此指刘邦大将樊哙,他曾以屠狗为事,后随刘邦打天下,封

舞阳侯。乞食：指刘邦大将韩信。韩少时"家贫无行"，"常从人寄食"，故曰"乞食"。僚宰：辅佐大臣。④版筑：一种筑土墙的方法。殷高宗的贤相傅说未遇之前，曾在傅岩地方版筑。躬耕：亲自耕田。诸葛亮未遇前曾"躬耕于南阳"。⑤尚自：尚且。⑥酩子里：昏惑，糊里糊涂。

【赏析】

这首小令表现的都是参破功名的思想和对于期求功名者怜悯傲视的情感，反映了作者人生失意、壮志未酬的愤郁不平。在表达上，使用借古（或借用古人诗句，或借用古人事迹）抒情和先事铺叙、篇末点题的方法，给人以突然醒悟、终于看透的印象，增强了艺术感染力。

双调·蟾宫曲·叹世①

东篱半世蹉跎②，竹里游亭，小宇婆娑③。有个池塘，醒时渔笛，醉后渔歌。严子陵④他应笑我，孟光台⑤我待学他。笑我如何？倒大⑥江湖，也避风波。

【注释】

①《太平乐府》、《乐府群珠》于此题下皆收有两首，因取意不同，且分而言之，此为第一首。②东篱：马致远号东篱，一作东篱老。蹉跎：虚度光阴。③婆娑：音 pó suō，本指舞姿之盘旋，此为形容小院曲折延伸之貌。④严子陵：即严光，曾与刘秀一同游学，后来刘秀成了东汉的开国皇帝，乃隐身不见，耕于富春山。⑤孟光台：为人名，然此名无考。权解为"孟光之台"。孟光之台即孟光之案，案与台盏同义。此即举案齐眉的故事。⑥倒大：大，绝大。

【赏析】

经历半生光阴虚度换来的大彻大悟，就是潜心经营自己的安乐窝。此曲的前半就是对这安乐窝的具体描绘。既然在另外的隐士中找到了依据，他才有恃无恐地反问：我的行为又有什么可笑的呢？偌大的江湖都可躲避风波，我在安乐窝中又何尝不可！这样就在自问自答之中，实现了自我解疑，自我开慰，自我解脱。

双调·蟾宫曲·叹世

咸阳百二山河①，两字功名，几阵干戈②。项废东吴③，刘兴西蜀④，梦说南柯⑤。韩信功兀的般证果⑥，蒯通言那里是风魔⑦。成也萧何，败也萧何⑧，醉了由他⑨。

【注释】

①百二山河：形容战国时代秦国地形的险要，二万兵力可抵挡诸侯一百万兵。咸阳，是秦国的都城。②"两字"二句：为了功名二字，几次大动干戈。干和戈都是古代常用的武器，后来用以泛指武器和比喻战争。③项废东吴：楚霸王项羽在垓（gāi）下兵败，被迫在乌江自杀。乌江在今安徽和县东北，古属吴地。④刘兴西蜀：汉高祖刘邦被封为汉王，利用封地汉中和蜀中的人力物力，战胜了项羽。⑤梦说南柯：说像南柯一梦。唐代李公佐传奇小说《南柯太守传》说淳于梦午间梦入大槐安国，被招为驸马，做了二十多年南柯郡太守，荣宠至极。后因战败和公主死亡，被遣归，醒来才知是一梦。大槐安国原来就在宅南大槐树下的蚁穴里。⑥韩信：是汉高祖刘邦的开国功臣，辅佐刘邦平定天下，封为齐王、楚王。与张良、萧何并称"汉初三杰"。后被吕后设计杀害，并诛夷三族（父族、母族、妻族）。兀的般：这般。证果：佛家语，因果报应，结果。⑦"蒯通"句：蒯（kuǎi）通：汉高祖的著名辩士，本名彻，史家因避汉武帝名讳，遂称蒯通。韩信用蒯通之计定齐地。后蒯通要求韩信背汉自立，韩信不从。他怕受牵累，就假装风魔。后韩信为吕后所斩，临刑前叹曰："悔不听蒯彻之言，死于女子之手。"⑧"成也萧何"二句：萧何足智多谋，后来成了刘邦的丞相。韩信因萧何再三推荐才得到刘邦的重用。后来吕后杀韩信，也是用了萧何的计策。⑨他：读 tuō。

【赏析】

这首联系历史人物表现自己的历史观、政治观的小令别具一格。作者把人们带入熟悉的史实，并画龙点睛地作出了结论。

般涉调·耍孩儿·借马

近来时买得匹蒲梢骑①，气命儿②般看承爱惜。逐宵上草料数十番③，喂饲得膘息④胖肥。但有些秽污却早⑤忙刷洗，微有些辛勤便下骑⑥。有那等无知辈，出言要借，对面⑦难推。

[七煞] 懒设设⑧牵下槽，意迟迟⑨背后随，气忿忿懒把鞍来鞴⑩。我沉吟半晌语不语，不晓事颓人⑪知不知。他又不是不精细，道不得他人弓莫挽，他人马休骑。

[六煞] 不骑呵西棚下凉处拴，骑时节拣地皮平处骑。将青青嫩草频频的喂。歇时节肚带松松放，怕坐的困尻包儿款款⑫移，勤觑着鞍和辔，牢踏着宝镫，前口儿休提⑬。

[五煞] 饥时节喂些草，渴时节饮些水。着皮肤休使粗屈⑭，三山骨⑮休使鞭来打，砖瓦上休教稳着蹄。有口话你明明的记：饱时休走，饮了休驰。

[四煞] 抛粪时教干处抛，绰尿时教净处尿，拴时节拣个牢固桩橛上系。路途上休要踏砖块，过水处不教践起泥。这马知人义，似云长赤兔，如益德乌骓⑯。

[三煞] 有汗时休去檐下拴，渲时休教侵着颓⑰。软煮料草铡底细⑱。上坡时款把身来耸，下坡时休教走得疾。休道人忒寒碎⑲，休教鞭着马眼，休教鞭擦损毛衣⑳。

[二煞] 不借时恶了兄弟，不借时反了面皮。马儿行嘱咐叮咛记，鞍心马户将伊打，刷子去刀作疑。则叹的一声长吁气，哀哀怨怨，切切悲悲。

[一煞] 早晨间借与他，日平西盼望你，俺门专等来家内，柔肠寸寸因他断，侧耳频频听你嘶。道一声好去，早两泪双垂。

［尾］没道理，没道理，忒下的忒下的。恰才说来的话君专记，一口气不违借与了你。

【注释】

①蒲梢：良马名。汉朝时征伐大宛获胜，得到一种宝马，名蒲梢。骑：音 jì，马。②气命儿：性命儿。③逐宵：每天夜间。番：回。④息：生长。⑤但：只要。却早：及早。⑥下骑：下马。⑦对面：当面。⑧懒设设：懒洋洋。⑨迟迟：依恋不舍的样子。⑩鞴：音 bèi，驾上马鞍。⑪颏人：骂人的话。颏：雄性外生殖器。⑫尻包儿：尻：音 kāo，屁股。款款：慢慢地。⑬前口儿：指马嚼子。⑭着皮肤休使粗毡屈：不要让未铺平的粗毡子贴在马的皮肤上。粗毡：指马鞍子。屈：未伸直，即铺得不平。⑮三山骨：指马的髀臀骨。⑯益德乌骓：三国时蜀将张飞所骑的良马名乌骓。⑰渲：本是画法之一，即将水墨淋泼在画纸上。这里指为马洗浴。颏：雄性生殖器。⑱铡底细：铡细。底：得。⑲忒寒碎：特别的寒酸琐碎。忒：太。⑳毛衣：指马的皮毛。

【赏析】

这是一篇叙事性的长篇套曲，它通过对主人公心理、情态、动作尤其是其语言的形象描写，塑造了一个性格鲜明的人物形象：既爱马如命，吝啬小气，又要护脸皮、充大方，因而在不得不借马给朋友时演了一出令人忍俊不禁的讽刺喜剧。曲文成功地运用了铺陈手法，不厌其烦地叙写主人公的谆谆叮咛，表现他的绝不放心，使其思想性格凸显出来。

双调·夜行船·秋思

百岁光阴一梦蝶①，重回首往事堪嗟。今日春来，明朝花谢，急罚盏夜阑②灯灭。

［乔木查］想秦宫汉阙，都做了衰草牛羊野。不恁么③渔樵无话说。纵荒坟横断碑，不辨龙蛇④。

［庆宣和］投至⑤狐踪与兔穴，多少豪杰！鼎足虽坚半腰里折，魏耶？

晋耶?

[落梅风]天教富,莫太奢。无多时好天良夜。富家儿更做道你心似铁,争辜负锦堂风月!

[风入松]眼前红日又西斜,疾似下坡车。不争镜里添白雪,上床与鞋履相别。莫笑巢鸠计拙,葫芦提一向装呆。

[拨不断]名利竭,是非绝。红尘不向门前惹,绿树偏宜屋角遮。青山正补墙头缺,更那堪竹篱茅舍。

[离亭宴煞]蛩吟罢一觉才宁贴,鸡鸣时万事无休歇。何年是彻?密匝匝蚁排兵,乱纷纷蜂酿蜜,急攘攘蝇争血。裴公绿野堂,陶令白莲社。爱秋来时那些:和露摘黄花,带霜分紫蟹,煮酒烧红叶。想人生有限杯,浑几个重阳节。人问我顽童记者,便北海探吾来,道东篱醉了也。

【注释】

①梦蝶:《庄子·齐物论》:"昔者庄周梦为蝴蝶,栩栩然蝴蝶也,……俄然觉,刚蘧蘧然周也。不知周之梦为蝴蝶与,蝴蝶之梦为周与?"这里用来形容人生如庄周梦为蝴蝶一般虚幻。②罚盏:罚酒。夜阑:夜深,夜尽。③恁么:这样,如此。④不辨龙蛇:辨不清文字。龙蛇:文字笔画。秦汉时的篆书曲折盘屈,故用龙蛇来形容之。⑤投至:指埋葬到坟墓中。

【赏析】

这是马致远的代表作,被誉为元散曲套数中的"绝唱",是一曲很有艺术感染力的隐逸者的颂歌。第一曲《夜行船》以"百岁光阴一如梦蝶"开篇,在回首往事的嗟叹中,作者发出了对时光匆匆、人生无常的感慨。这是全篇的题旨,由此引发了他对人生的看法和愤世嫉俗的情怀。

双调·新水令·汉宫秋①

锦貂裘生改尽汉宫妆,我则索看昭君画图模样。旧恩金勒短,新恨玉鞭长。本是对金殿鸳鸯,分飞翼,怎承望!

[驻马听] 宰相每商量，大国使还朝多赐赏。早是俺夫妻悒怏，小家儿出外也摇装②。尚兀自渭城衰柳③助凄凉，共那灞桥流水添惆怅。偏您不断肠，想娘娘那一天愁都撮在琵琶上。

[步步娇] 你将那一曲阳关休轻放，俺咫尺如天样，慢慢的捧玉觞。朕本意待尊前捱些时光，且休问劣了宫商④，您则与我半句儿俄延着唱。

[落梅风] 可怜俺别离重，你好是归去的忙。寡人心先到他李陵台⑤上，回头儿却才魂梦里想，便休题贵人多忘。

[殿前欢] 则甚么留下舞衣裳，被西风吹散旧时香。我委实怕宫车再过青苔巷，猛到椒房⑥。那一会想菱花镜里妆，风流相，兜的又横心上。看今日昭君出塞，几时似苏武⑦还乡？

[雁儿落] 我做了别虞姬楚霸王，全不见守玉关征西将。那里取保亲的李左车⑧，送女客的萧丞相⑨？

[得胜令] 他去也不沙架海紫金梁，枉养着那边庭上铁衣郎。您也要左右人扶侍，俺可甚糟糠妻下堂⑩？您但提起刀枪，却早小鹿儿心头撞。今日央及煞娘娘，怎做的男儿当自强！

〔川拨棹〕怕不待放丝缰,咱可甚鞭敲金镫响⑪。你管燮理阴阳⑫,掌握朝纲,治国安邦,展土开疆。假若俺高皇,差你个梅香,背井离乡,卧雪眠霜;若是他不恋恁春风画堂,我便官封你一字王⑬。

〔七弟兄〕说甚么大王不当,恋王嫱;兀良⑭怎禁他临去也回头望!那堪这散风雪旌节影悠扬,动关山鼓角声悲壮。

〔梅花酒〕呀!俺向着这迥野悲凉。草已添黄,兔早迎霜。犬褪得毛苍,人搠起缨枪,马负着行装,车运着糇粮⑮,打猎起围场。他他他,伤心辞汉主;我我我,携手上河梁⑯。他部从入穷荒,我銮舆返咸阳。返咸阳,过宫墙;过宫墙,绕回廊;绕回廊,近椒房;近椒房,月昏黄;月昏黄,夜生凉;夜生凉,泣寒;泣寒,绿纱窗;绿纱窗,不思量!

〔收江南〕呀!不思量,除是铁心肠!铁心肠,也愁泪滴千行。美人图今夜挂昭阳,我那里供养,便是我高烧银烛照红妆。

〔鸳鸯煞〕我煞大臣行说一个推辞谎,又则怕笔尖儿那火编修讲。不见他花朵儿精神,怎趁那草地里风光?唱道伫立多时,徘徊半响。猛听得塞雁南翔,呀呀的声嘹亮。却原来满目牛羊,是兀那载离恨的毡车半坡里响。

【注释】

①《汉宫秋》:全名为《破幽梦孤雁汉宫秋》。这里选的是汉元帝送昭君出塞的一折。②摇装:或作遥装,古代一种习俗。送人远行,事先择一吉日,亲友到江边饯行,上船移棹即返,改日再正式出发,叫作摇装。③尚兀自:还……渭城衰柳:用王维《渭城曲》诗意。原诗是:"渭城朝雨浥清尘,客舍清清柳色新。劝君更进一杯酒,西出阳关无故人。"《渭城曲》又名《阳关曲》。④劣了宫商:音调不协。宫商是古代五音宫、商、角、徵、羽的省称。⑤李陵台:李陵台古迹在元上京(在今吉林省)。李陵:汉将,兵败降匈奴。⑥椒房:汉代皇后居住的地方,因为用椒和泥涂壁,所以叫椒房。⑦苏武:汉代出使匈奴的使臣,被留十八年,不辱使命而返。⑧李左车:汉初功臣。⑨萧丞相:指萧何。⑩糟糠妻:东汉时光武帝想以姐湖阳公主嫁宋弘,示意宋弘抛弃原来的妻子。宋弘说:"臣闻贫贱之知不可忘,糟糠之妻不下堂。"(见《后汉书·宋弘传》)下堂:休弃。⑪鞭敲金镫响:元代成语,往往和"人唱凯歌还"连用,形容胜利后兴高采烈地回朝。⑫燮理阴阳:调和阴阳,这是大臣治理国家的比喻。语见《尚书·周官》。⑬一字王:辽、元有一字王、两字王的差别。一字王

更尊贵,如赵王、魏王等。汉代没有这个名称。⑭兀良:表示惊讶,加重语气。⑮糇粮:干粮。《诗经·大雅·公刘》:"乃裹糇粮。"⑯携手上河梁:见李陵《与苏武》诗:"携手上河梁,游子暮何之。"河梁:桥。

【赏析】

《汉宫秋》为我国古代戏剧作品的杰作。此剧取材于汉代昭君和亲的故事,但注入了作者新的理解和虚构,已与史实记载相去甚远。这折戏是全剧的高潮,不仅表现了鲜明的主题思想,而且具有精湛的艺术特色。

赵孟頫

赵孟頫(1254～1322),字子昂,号松雪道人、水精宫道人。宋王室后嗣,赐第湖州,故为湖州(今浙江吴兴县)人。宋末为真州司户参军,宋亡入元后,授兵部郎中,又历任浙江等地学提举,后官至翰林学士承旨。孟有多方面才能,是著名书画家,书法家,篆隶真草书无所不精,留世的书、画迹颇多。又精于音律、文学,诗文曲清逸,有《松雪斋集》。《全元散曲》存其小令3首。

仙吕·后庭花

清溪一叶舟,芙蓉①两岸秋。采菱谁家女,歌声起暮鸥②。乱云愁,满头风雨,戴荷叶归去休③。

【注释】

①芙蓉:荷花的别称。②鸥:水鸟,白羽毛,常飞翔于水上,捕食鱼虾。

③休：语尾助词。

【赏析】

自然界的风雨阴晴没有谁会真正害怕，但政治的风云突变又该怎样去面对呢？这恐怕是赵孟頫所经常思索的了。词中少女处惊而不变的坦荡，喜怒哀乐不为进退荣辱所牵的胸襟，恰恰与作者内心的追求相契合。

黄钟·人月圆

一枝仙桂香生玉，消得①唤卿卿②。缓歌金缕，轻敲象板③，倾国倾城。几时不见，红裙翠袖，多少闲情。想应如旧，春山淡淡，秋水盈盈。

【注释】

①消得：值得。②卿卿：夫妻、情人之间的昵称。《世说新语·惑溺》："王安丰妇常卿安丰，安丰曰：'妇人卿婿，于礼为不敬，后勿复尔'。妇曰：'亲卿爱卿，是以卿卿，我不卿卿，谁当卿卿？'遂恒听之。"③象板：象牙制成的拍板，一种乐器。

【赏析】

这是一支诉说相思之意的小令。上半阕并未直写女子的容貌，而是着笔于"她"给予"我"的主体感受。下半阕则抓住最能传神的眉眼刻画，使其活现于作者心中，这就扬诗歌间接描写之长，避直接刻画之短，以飘忽不定的形象完成对如仙的美女的刻画。看来作者是以书法之抽象、写意来作曲了。

王实甫

王实甫,本名德信,是名剧《西厢记》的作者。大都(今北京)人。生于金末元初,约与关汉卿同时,创作活动大致在元成宗的元贞、大德年间。早年曾做过官,宦途坎坷,晚年弃官归隐,混迹于官妓、杂剧演员聚居的勾栏瓦舍,吟诗诵赋,才华横溢。元人所称"元曲四大家"中没有他,明人为他鸣不平,认为应将他列入"元曲四大家"。其所作杂剧共14种,现存《西厢记》、《丽堂春》等。《全元散曲》收其小令1首、套曲2篇。

中吕·十二月过尧民歌·别情

自别后遥山隐隐,更那堪①远水粼粼。见杨柳飞绵②滚滚,对桃花醉脸醺醺。透内阁香风阵阵,掩重门暮雨纷纷。怕黄昏忽地又黄昏,不销魂怎地不销魂?新啼痕压旧啼痕,断肠人忆断肠人。今春,香肌瘦几分,搂带③宽三寸。

【注释】

①更那堪:怎能再经得起。②飞绵:杨花像白绵似的飞舞。③搂带:衣带。搂即缕。

【赏析】

这首带过曲描写的是一位思念情人的女子缠绵幽怨的内心情感。春天,本是群芳争艳的美好季节,是人们播种爱情和享受欢乐的幸福时节。可给这位思念情人的女子的感觉,却是凄凉、痛苦的。青山隐隐,把她的想念引向

"遥山"；绿水粼粼，把她的思绪导向"远水"。水远山遥，何日再聚首？"更那堪"三个字是她盼君归已非一朝一夕，相思日积日深、不胜负荷而发出的深深的叹息。

石君宝

石君宝（1190～1276），平阳（今山西临汾）人。幼年从军，官至武德将军。或云姓石盏氏，字君宝，女真族，擅画竹。著有杂剧十种。今存《秋胡戏妻》、《曲江亭》、《紫云亭》三种，均写下层妇女的生活。作品本色泼辣，《太和正音谱》谓如"罗浮梅雪"。

南吕·一枝花·曲江池

俺娘眼上带一对乖①，心内隐着十分狠，脸上生那歹斗毛②，手内有那握刀纹③。狠的来世上绝伦，下死手，无分寸。眼又尖，手又紧，她拳起处又早着昏。那郎君呵，不带伤必然内损。

【注释】

①乖：乖巧，精明。②歹斗毛：倒生的汗毛。旧说生此种毛的人好勇斗狠。③握刀纹：一种手纹。旧说生此手纹的人性情凶暴。

【赏析】

《曲江池》全名《李亚仙花酒曲江池》，根据唐人传奇《李娃传》改编而成。剧本写郑元和上京应考，在曲江池遇见妓女李亚仙，二人一见钟情，元和留恋妓家不归。后郑元和行囊用尽，被鸨母赶出，流落街头，为人唱挽歌乞讨为生。其父得知，认为有辱家门，杖之几死。李亚仙与鸨母力争，将郑元和接回家，助其读书成名。剧本将爱情与社会伦理两大主题熔于一炉，热情歌颂了李亚仙的美好品质，鞭斥了鸨儿的无耻与郑父的凶残，感人肺腑。全剧语言泼辣爽利，也在元杂剧中另竖一帜。

王伯成

王伯成，涿州（今属河北）人，元前期杂剧散曲作家，与马致远、张仁卿是莫逆之交。以一《天宝遗事·诸宫调》为当世所称赏，现存残篇。散曲存世有套数3篇，小令2首。

仙吕·春从天上来·闺怨

巡官算我，道我命运乖。教奴镇日无精彩，为想佳期不敢傍妆台。又恐怕爹娘做猜。把容颜只恁改。漏永更长①，不由人泪满腮。他情是歹，咱心且捱。终须也要还满了相思债。

【注释】

①漏：漏壶，古代的计时工具，此句形容漫漫的长夜。

【赏析】

初恋中的少女对一切都敏感多虑，虽然不一定相信命运，但卦相不好也整天无精打采的。恐怕父母看出自己的行径，想化妆又不敢。在这种等待中，日子显得特别长，在情感的折磨中少女不禁流泪了。同时，她担心的还有男子的变心与否，心情极为复杂，这几乎是单纯的少女所承受不了的。

中吕·阳春曲·别情

多情去后香留枕,好梦回时冷透衾①。闷愁山重海来深。独自寝,夜雨百年心。

【注释】
①回:指从梦中醒来。衾:被。

【赏析】
"离别"这个词历来总是与悲伤形影不离的。"悲莫悲兮生别离","黯然销魂者,唯别而已矣"。越是多情越伤离别,越要感叹别时容易见时难。王伯成这首《喜春来·别情》就写了一位与爱人离别后独守空闺的女子在夜深人静时的情愫。

阿里西瑛

阿里西瑛,原名"木八剌",字西瑛,西域人,著名元曲作家。其父阿里耀卿曾任学士,亦有曲作传世。他家住平江路吴县(今江苏苏州),号所居为"懒云窝",所作[双调·殿前欢]《懒云窝》三首极为有名,乔吉、贯云石等人都有和作。今仅存小令4首。

双调·殿前欢·懒云窝①

懒云窝，醒时诗酒醉时歌，瑶琴不理②抛书卧，无梦南柯③。得清闲尽快活，日月似撺梭过，富贵比花开落。青春去也，不乐如何。

【注释】

①懒云窝：《阳春白雪》共收三首，这是第二首。②瑶琴：饰以美玉的琴，泛指高级乐器。理：弹弄。③南柯：指做官的梦。典出唐代李公佐传奇《南柯太守传》：淳于棼梦中到了槐安国，娶了公主为妻，任南柯太守，荣华富贵达二三十年。后来打了败仗，公主也死了，被国王遣回。醒来却是午间一梦。作者用此典表示功名富贵无非一梦。

【赏析】

古人给自己住处或书斋取名，一般都用比较文雅、较有积极意义的词，称××轩、××堂、××斋，西瑛却名之曰"懒云窝"，无一字文雅。可见他放任不羁、玩世不恭的性格色彩。"懒云"二字表现了天上白云的逍遥自在、任意舒卷的特征，同时也非常形象地展示了室主人放荡任性、蔑视世俗的风格。

双调·殿前欢·懒云窝

懒云窝,客至待如何?懒云窝里和衣卧,尽自婆娑①。想人生待则么②,贵比我高些个,富比我松③些个。呵呵笑我,我笑呵呵。

【注释】
①婆娑:娑:音 suō,盘桓。②则么:怎么。③松:宽松。

【赏析】
《懒云窝》共有三首,这里选的是第三首。三首都用"懒云窝"三字开头,各首之间都有重复的语句。前二首开头三句全同,这第三首的"想人生待则么","呵呵笑我,我笑呵呵",也与第二首重复。这种如《诗经》一样的反复吟诵,突出了作者把自己居处名为"懒云窝"的隽永深长意味。

冯子振

冯子振(1257~?),字海粟,号瀛洲客,又号怪怪道人,攸州(今湖南攸县)人。尝仕为承仕郎集贤待制。好读书,无所不记。文思敏捷,常据案疾书,顷刻成章,美如簇锦,故以博学英词名于时。贯云石序《阳春白雪》,谓其曲"豪辣灏烂,不断古今"。今存小令44首,以《鹦鹉曲》最著名。

正宫·鹦鹉曲·山亭逸兴

嵯峨峰顶移家①住,是个不喞溜②樵父。烂柯③时树老无花,叶叶枝枝风雨。

[幺]故人曾唤我归来,却道不如休去。指门前万叠云山,是不费青蚨④买处。

【注释】

①嵯峨:音 cuó é,山峰突兀险峻的样子。移家:搬家。②喞溜:元代俗语,伶俐、精明的意思。③烂柯:围棋的代称。柯:斧柄。④青蚨:蚨:音 fū,钱的代称。典出东晋干宝《搜神记》:南方有一种叫青蚨的小虫,抓住它的幼子后,母虫定会飞来。把幼虫的血涂在钱上,买东西后,钱很快就会被母虫拖回来。后来据此用青蚨代指钱。

【赏析】

这支小令借一个樵夫口吻,表达归隐避世的情怀。元代是一个官场极端腐败、文人才气难以施展、饱学之士尤受歧视和压迫的时代。众多散曲作家在饱尝了人生的种种磨难之后,开始把目光投向山野竹林。在对樵父渔夫生活的歌咏中,曲折地抒发他们欲弃置仕途、啸傲江湖的愤世归隐之心。

正宫·鹦鹉曲·农夫渴雨

年年牛背扶犁住①,近日最懊恼杀②农父。稻苗肥恰待抽花,渴煞③青天雷雨。恨残霞不近人情④,截断玉虹⑤南去。望人间三尺甘霖⑥,看一片闲云起处。

【注释】

①扶犁住:把犁锄为生,表明以农业劳作为生计。②懊恼杀:烦恼死了,形容焦急之甚。③渴煞:干渴死了,形容渴盼至极。④残霞不近人情:晚霞烧天是晴天的预兆,与农家盼雨之情不一致。⑤玉虹:白虹,日月周围的白色晕圈,是有雨的天象。⑥甘霖:好雨。

【赏析】

古代劳动人民在长期的生产实践中积累了许多气象学的经验,这支小令就是从农家的这类气象经验入手,写大旱时候农夫渴望降雨的心情。

正宫·鹦鹉曲·赤壁怀古

茅庐诸葛亲曾住,早赚出抱膝梁父①。笑谈间汉鼎三分,不记得南阳耕雨。

[幺]叹西风卷尽豪华②,往事大江东去。彻如今话说渔樵,算也是英雄了处。

【注释】

①赚:诓骗,这里是劝诱的意思。抱膝梁父:指诸葛亮。他隐居隆中经

常抱膝吟唱古歌谣《梁父吟》以消遣。②豪华：指当年赤壁大战时英雄云集、轰轰烈烈的热闹场面。

【赏析】

写诸葛亮被刘备劝诱出南阳草庐，辅助其三分天下，却忘记了原来的出处，功成之后未能归去。而今，当年赤壁大战的英雄们及其轰轰烈烈的业绩已被长江波涛淘洗一空，只是那些渔夫樵子还偶然谈起，这也是英雄们的结局吧。作者在凭吊古迹、感怀历史之时，对历史兴亡和功业成败表现了幻灭感和惋惜情绪。

珠帘秀

珠帘秀，元代著名的女杂剧演员。本名朱帘秀，珠帘秀为艺名，因排行第四，又被称为朱四姐，后辈尊称为"朱娘娘"。杂剧表演独步当时，善于扮演驾头（帝王）、花旦、软末泥（文弱书生）等角色。主要活动于元代至元、大德年间，初在大都表演，南宋灭亡后，南下江淮。因才色俱佳，与当时许多著名文人如关汉卿、卢挚、王恽、冯子振交往密切，且多有赠答之作。散曲作品现仅存小令1首，套数1篇。

双调·寿阳曲·答卢疏斋

山无数，烟万缕，憔悴煞玉堂人物①。倚篷窗②一身儿活受苦，恨不得随大江东去。

【注释】

①玉堂人物：指卢挚。唐宋以后称翰林院为玉堂，卢曾作过翰林学士，

所以有这种称呼。②篷窗：船窗。

【赏析】

唐宋以来，歌伎与达官贵人、文人墨客间以诗词互赠已成为风气，其中不乏佳作，像柳永的《雨霖铃》等。这首小令可谓承袭这种传统的代表作，是她为卢挚同曲牌作品《别珠帘秀》而写的赠答之作，足以显示出名伶表演之外的杰出才华。

贯云石

贯云石（1286～1324），维吾尔族人，本名小云石海涯，自号酸斋，又号芦花道人。因父名贯只哥，遂以贯为姓。他出身于贵族世家，丰神俊秀，膂力绝人。仁宗时，拜翰林侍读学士，知制诰，同修国史。他为了避免卷入政治风波，称病辞官，变换姓名，卖药钱塘市中。卒谥文靖，封京兆郡公。其散曲描摹湖光山色儿女风情，笔调俊逸，风格豪放，在艺术上有较高成就。后人把他和徐再思（号甜斋）的散曲，合编为《酸甜乐府》。现存小令79首，套曲8篇。

正宫·小梁州·秋①

芙蓉②映水菊花黄，满目秋光。枯荷叶底鹭鸶③藏。金风荡，飘动桂枝香。

[幺] 雷峰塔④畔登高望，见钱塘一派长江⑤。湖水清，江潮漾，天边斜月，新雁⑥两三行。

【注释】

①秋：这是贯云石写杭州景物的〔正宫·小梁州〕的一首小令。另外还有《春》、《夏》、《冬》。②芙蓉：莲（荷）的别名。③鹭鸶：鸟名，亦称白鹭，全身羽毛雪白，多活动于湖沼岸边或水田。④雷峰塔：也叫黄妃塔，遗址在今杭州市西湖南夕照山上，五代吴越王钱（chù）妃黄氏所建，已于1924年9月倾塌。⑤钱塘江：旧称浙江，源出浙皖赣边境之莲花山，下流包括信安江、兰江、桐江、富春江、之江，杭州闸口以下称钱塘江，并由此注入杭州湾。江口喇叭状，海潮倒灌形成著名的"钱塘潮"。⑥新雁：初从北方飞来的雁阵。

【赏析】

贯云石在他短短一生的最后十年，主要隐居于杭州。杭州当时是南方首富之区，风光秀丽，古迹如林。贯云石对杭州怀有深厚的感情。吴梅在《顾曲麈谈》中说"其在钱塘日，无日不游西湖"。他写的〔正宫·小梁州〕一组散曲，构成了西湖风光的长卷，四时各有特色。与《春》、《夏》的暖色调不同，《秋》引导我们进入一个清爽、沉静的境界，实际上也流露出他淡泊名利、飘然出世的心态。

正宫·塞鸿秋·代人作

战西风几点宾鸿①至，感起我南朝千古伤心事②。展花笺③欲写几句知心事，空教我停霜毫④半晌无才思。往常得兴时，一扫无瑕疵⑤。今日个病厌厌，刚写下两个相思字。

【注释】

①宾鸿：鸿雁，因其春去秋来如宾客，故有此称。②南朝千古伤心事：指因凭吊金陵六朝旧事而产生世事变迁、繁华成梦的伤感之情。③花笺：指信纸。④霜毫：毛笔。⑤瑕疵：音 xiá cī，玉上的小毛病，这里指好文章中的缺点。

【赏析】

这首小令是代人所写,其实不妨看作托别人口、抒自己情的作品。秋风阵阵,大雁南飞,引起抒情主人公对远方情侣的无限思念,犹如人们一到金陵凭吊六朝兴亡,就会产生悲伤之情一样。

南吕·金字经·闺情

泪溅描金袖①,不知心为谁?芳草萋萋②人未归。期,一春鱼雁③稀。人憔悴,愁堆八字眉④。

【注释】

①描金袖:用金丝绣上花纹的衣袖。②萋萋:草茂盛的样子。③鱼雁:代指书信。④八字眉:眉毛像"八"字形。

【赏析】

这是一首抒写情怨的小曲,曲辞缠绵清丽,与诗人"天马脱羁"的散曲风格形成了鲜明的对比。曲中塑造了一个怀人念远的闺阁佳人的形象,丰富复杂而又难以言说的情感煎熬着抒情者那颗柔弱的心灵。为爱情而憔悴、愁苦的艺术形象十分动人。

中吕·红绣鞋

挨着靠着云窗①同坐,偎着抱着月枕②双歌。听着数着愁着怕着早四更③过。四更过情未足,情未足夜如梭④。天哪,更闰一更儿妨甚么⑤!

【注释】

①云窗：绘饰着云彩之窗。②月枕：形状如月牙儿的枕头。③四更：更：音 gēng。旧时夜间计时一夜分成五更，每更约相当于今天的两个小时。四更为现在的凌晨 1～3 点，临近天明时分。④夜如梭：比喻夜间如织梭般飞逝。⑤更闰一更儿妨甚么：再增加一个更次又何妨！闰：常规之外多出的时间，如闰月。

【赏析】

这首写男女欢爱的小令，描写大胆直露、穷形尽相，有着元代散曲抒写闺怨时的注重世俗性、感官性特点。开篇三句中连用"挨"、"靠"、"坐"、"偎"、"抱"、"歌"、"听"、"数"、"愁"、"怕" 10 个动词和 8 个表示动作正在进行的助词"着"，把两个情人多日相思、一朝相会的亲昵地又挨又靠，又搂又抱，同坐、同歌、同听、同数、同愁、同怕的行动和既喜又忧的心理状态刻画到无以复加的程度。

双调·蟾宫曲·送春

问东君①何处天涯？落日啼鹃，流水桃花，淡淡遥山，萋萋②芳草，隐隐残霞。随柳絮吹归那答③？趁游丝惹在谁家？倦理琵琶④，人倚秋千，月照窗纱。

【注释】
①东君：司春之神，指春天。②萋萋：草生长茂盛的样子。③那答：哪边。④倦理琵琶：懒得弹奏琵琶。

【赏析】
这首小令写闺中女子在暮春黄昏时的所见所感，及所思所问，抒发春归引起的忧愁。文笔雅淡，意境清丽，给无形的春赋予有形的象，并且写得极其空灵生动，富有诗情画意，是以词为曲、追求雅丽委婉的代表作品。

双调·清江引

竞功名有如车下坡，惊险谁参破？昨日玉堂臣①，今日遭残祸。争如我避风波走在安乐窝②！

【注释】
①玉堂臣：指翰林学士一类皇帝的亲近重臣。②安乐窝：宋代邵雍称其所居为"安乐窝"，宅址在洛阳市天津桥南。后人用以指与世隔绝、清静安适的居所。

【赏析】

这首小令写弃官隐居的真正原因是为了远害全身，是出于对官场险恶、祸福无常、天意难测、伴君如伴虎的恐惧和忧虑。用"下坡车"比喻官场中身不由己、一发不可收拾的处境，通俗而形象。作者出身官僚家庭，又做到翰林学士，后终于辞官归隐，所言必非虚构，应当包含了自己的切身体验。

双调·清江引·咏梅

芳心①对人娇欲说，不忍轻轻折。溪桥淡淡烟，茅舍澄澄月，包藏几多春意也。

【注释】

①芳心：即芳情，优美的情怀。

【赏析】

原作四首，此为其一，咏月夜梅花。起首用拟人手法，"娇欲说"三字，意蕴无穷，写尽梅花的动人神态，惹人怜爱。然后由近及远，由眼前之梅花说到四周之物色："溪桥淡淡烟，茅舍澄澄月。"作者是在写景，同时也在抒情。在传神写物的同时，细腻地吐露着自己的微妙情怀。情景交融，物我浑然，自能引起读者共鸣。

双调·清江引·惜别

若还与他相见时，道个真传示①：不是不修书，不是无才思，绕清江②买不得天样纸。

【注释】

①传示：消息，音信。②清江：水名，一在湖北，即古夷水；一在江西，即流经新干、清江等地的那段赣江。亦可泛指清澈的河流。

【赏析】

这是一支描写男子叹惜与情人离别之苦的小曲。写离愁别绪的词曲数以万计，这支小曲则别出心裁，饶有新意。小曲妙在不是直抒别怀的苦味，而是采用"节制"的笔法来表达这种郁结的情感。整支小曲句短情长，曲折深妙，似抑还扬，韵味无穷。

双调·清江引·知足

烧香扫地门半掩，几册闲书卷。识破幻泡身，绝却功名念。高竿①上再不看人弄险。

【注释】

①高竿：缘竿而上，作种种惊险动作以娱人。又名寻，古代百戏之一。

【赏析】

本曲作于辞官以后，写自己隐居自乐的情景。扫地烧香，自然是雅事。门户半掩，说明虽不绝于人事，但无杂宾俗客的搅扰，陪伴自己的只有"几册闲书卷"。结语将追求功名的世俗之徒比作高竿上弄险的冒险家，尤为警策之至。

双调·清江引·立春

金钗影①摇春燕斜，木杪②生春叶。水塘春始波，火候春初热。土牛③儿载将春到也。

【注释】

①金钗影：喻指翩飞的春燕，谓金钗两股摇曳如同燕展两翅。②木杪：树梢。杪：音miǎo。③土牛：泥土做的春牛。古代风俗，立春前一天，官员们把泥做的春牛迎到府署门前，次日用红绿鞭抽打，谓之"打春"。

【赏析】

这支描写立春时节农村景象的小令，不仅表现了生机勃勃、春意盎然的大好春光，还表现了劳动人民迎接新春，希望春耕顺利、奠基丰收的欢乐。

双调·寿阳曲

新秋至，人乍别，顺长江水流残月。悠悠画船①东去也，这思量起头儿一夜②。

【注释】

①悠悠：远远地。画船：装饰华丽的船。②思量：怀念的思绪。起头儿一夜：第一夜。

【赏析】

像贯云石大多数伤离念远的作品一样，这首小令同样显示出华美婉丽的特点。第一句交代了送别的时间是在秋天，而秋在古人的心目中是凄凉忧愁的代称，这就为全曲定下了伤感的情调。第三句中"水流残月"可作为眼前实景来看，更应看作一种心境的外化。"悠悠画船东去"，把视线由近前推向远方，使离愁伴随画船播散到远方。主人公江边伫立的身影，凝眼呆望的神态凸显诗行之中，而留恋、孤独、相思、无奈等复杂的情绪都得到极好的显现。结尾一句强调这只是头一夜，这就反衬出未来岁月的离愁别绪之深，意蕴深远，令人回味无穷。

双调·殿前欢

隔帘听①，几番风送卖花声②。夜来微雨天阶净。小院闲庭，轻寒翠袖生。穿芳径，十二阑干凭③。杏花疏影，杨柳新晴④。

【注释】

①隔帘听：指在闺房里听到。②卖花声：指卖花人的叫卖声。③十二阑干：指所有栏杆。十二在古文学中用作约数，并不是定指，可译为大多数等。④这两句描写暮春景色。

【赏析】

这首伤春之作，纯用人物行动及所见暮春景色，巧妙准确地传达出青春期少女特有的微妙心理。情景交融，含蓄蕴藉，堪称"不著一字，尽得风流"。此曲不仅注意选境，造语也极工，如"听""送""轻寒""穿""凭"等都很精到。特别是末尾两句点题，不浓不淡，恰到好处，极耐人寻味。全曲格调清新、音律谐美，朗朗上口。

双调·殿前欢

畅幽哉，春风无处不楼台①。一时怀抱俱无奈，总对天开。就②渊明归去来③，怕鹤怨山禽怪。问甚功名在？酸斋④是我，我是酸斋。

【注释】

①楼台：高大的台榭。②就：跟从。③归去来：辞赋篇名，晋陶潜作，此处指归隐。④酸斋：贯云石的自号。

【赏析】

这首抒情散曲体现了诗人豪迈清逸的风格，是诗人真实人格的写照。"畅幽哉"的春风最能激发人的奋昂精神，也使诗人壮志未酬的"无奈"情绪一扫而空。于是，诗人效仿陶渊明"载欣载奔"，辞仕归隐。这既是对现实社会的不满，也表明诗人不为功名利禄所束缚，能够超拔脱俗。结尾两句是发自灵魂深处的呐喊，表现了对自己人格的执拗、倔强的认同。这种豪迈的气势风格也许正是源于诗人豪迈的胸襟。

双调·殿前欢

数①归期，绿苔墙划损短金篦②，裙刀儿③刻得栏杆碎，都为别离。西楼上雁过稀，无消息，空滴尽相思泪。山长水远，何日回归？

【注释】

①数：计算。②金篦：即妇女用来梳头的篦梳。此处指篦梳刺，可用来划字。③裙刀儿：古代女子佩在裙腰间的装饰物。

【赏析】

这首相思曲妙就妙在打破了捣衣、寄帕之类的传统写法，而对爱的痕迹进行描述刻画。每个记号都刻进一片相思，"划损的墙苔"，"刻碎的雕栏"，"磨短的金篦"等都是相思的日记、爱的佐证。这种写法甚是别致新颖。而末尾两句则概括上文，期望中含有淡淡的绝望，一切相思苦衷尽在其中，表现出了极凝练的艺术概括力。

双调·殿前欢

楚怀王①,忠臣跳入汨罗江②。《离骚》读罢空惆怅,日月同光③。伤心来笑一场,笑你个三闾强④,为甚不身心放?沧浪污你,你污沧浪⑤。

【注释】

①楚怀王:战国楚王,姓熊名槐,宠信奸佞,疏远屈原等忠臣,弄得国政腐败不堪,后受骗入秦,被扣,死于秦国。见《史记·楚世家》。②忠臣跳入汨罗江:指屈原投江自杀。汨罗江:在湖南省境内。③日月同光:与日月争光,永远不朽。这是司马迁对屈原及其作品的评价。见《史记·屈原列传》。④三闾:指曾任三闾大夫的屈原。强:性子执拗,愚强。⑤沧浪污你,你污沧浪:犹言你也应和大家一起蹚浑水,而不必独标清白。典出《孟子·离娄》:"沧浪之水清兮,可以濯我缨;沧浪之水浊兮,可以濯我足。"

【赏析】

此首曲子,作者凭吊楚三闾大夫忠臣屈原,称他的名著《离骚》与日月同光。但作者既同情屈原,又批评他不必跳水:"你死于江,江害了你",表明他与屈原的不同生活态度。

双调·水仙子①·田家

绿阴茅屋两三间，院后溪流门外山，山桃野杏开无限。怕春光虚过眼，得浮生②半日清闲。邀邻翁为伴，使家僮过盏③，直吃的老瓦盆干。

【注释】

①水仙子：双调所属曲牌名，又名凌波仙、凌波曲、湘妃怨、冯夷曲。亦可入中吕、南吕。其句式为：七七七，五六，三三三。首两句对仗，第三句则为单句，最后三句，固以三字句为好，但亦可用四字或五字，此首末句实际上是七个字，因曲有衬字，运用恰当，就很灵活。②浮生：虚浮不定的人生。《庄子·刻意》："其生若浮，其死若休。"后遂称人生为浮生。③使家僮过盏：使唤家奴来敬酒。过盏：金元时宴会敬酒的一种仪式，主人捧酒给宾客，并致祝愿之辞。

【赏析】

贯云石用［水仙子］曲牌写了《田家》组曲四首，描写田园隐居之乐，这是第一首。赞美田家生活，话外之音，正好反衬仕宦生活的险恶。组诗每首的末句都是"直吃的老瓦盆干"，可谓乐在其中，语言直率而意味隽永。

鲜于必仁

鲜于必仁，字去矜，号苦斋。渔阳郡（今北京市密云、平谷县以及河北蓟县一带）人。太常寺典簿鲜于枢（1256～1301）之子，以乐府擅长。必仁与海盐杨梓二子杨国材、杨少中交好；杨家上上下下无不善南北歌调，以能

歌名于浙右，创"海盐腔"。鲜于必仁受杨家一定影响，较重音律。《全元散曲》收其小令29首。

中吕·普天乐·渔村落照①

楚云寒，湘天暮。斜阳影里，几个渔夫。柴门红树村，钓艇青山渡。惊起沙鸥飞无数，倒晴光金缕②扶疏。鱼穿短蒲，酒盈小壶，饮尽重沽。

【注释】
①渔村落照：这里作者描写湖南潇湘地区景物风光的"潇湘八景"组曲之一。②金缕：指阳光。

【赏析】
此曲为作者"潇湘八景"之一，写景如画，渔家生活历历在目，语言朴实，不加雕饰，给人以美的享受。

越调·寨儿令①

汉子陵②，晋渊明③，二人到今香汗青④。钓叟谁称？农父谁名？去就一般轻。五柳庄⑤月朗风清，七里滩浪稳潮平。折腰时心已愧，伸脚处梦先惊⑥。听，千万古圣贤评。

【注释】
①寨儿令：越调所属的常用曲牌之一，又名柳营曲。其句式为：三三七，四四五，六六，五五，一五，计十二句十一韵。相连的两句字数相同的可对仗。六字句也或有作上三下四的七字句者。②汉子陵：东汉严子陵，隐居不仕，垂钓于富春江的七里滩。③晋渊明：东晋诗人陶渊明，曾任彭泽令，不

愿为五斗米折腰，挂冠归隐田园。④香汗青：意即流芳百世。汗青：史书。⑤五柳庄：陶渊明归隐处，宅边有五柳树，故称五柳庄。⑥"伸脚处"句：严子陵隐于七里滩垂钓，他与汉光武帝刘秀是同学，刘秀称帝后，邀子陵至京，夜同卧一榻，子陵睡梦中伸脚，架到光武帝的肚皮上。这里是说伴君的不自由，会提心吊胆，睡不好觉。

【赏析】

这首曲子采取将两人合传的史家写法，赞赏隐居不仕的高风亮节。以曲为史，与一般的咏史怀古之作不同，是其创造性的表现。

双调·折桂令·卢沟晓月①

出都门鞭影摇红，山色空濛，林景玲珑②。桥俯危波，车通远塞，栏倚长空。起宿霭千寻卧龙③，掣流云万丈垂红④。路杳疏钟⑤，似蚁行人，如步蟾宫⑥。

【注释】

①卢沟晓月：这是"燕山八景"组曲中的一首。八景是"太液秋风"、"琼岛春阴"、"居庸叠翠"、"卢沟晓月"、"蓟门飞雨"、"西山晴雪"、"玉泉垂虹"、"金台夕照"。②玲珑：明彻的样子。左思《吴都赋》："珊瑚幽茂而玲珑。"列逵注："玲珑，明貌。"李白《玉阶怨》诗："却下水晶帘，玲珑望秋月。"③"起宿"句：形容卢沟桥之雄伟，如同从夜雾中腾起的千寻（古代八尺为一寻）卧龙。④"掣流"句：形容卢沟桥的壮丽如同拉住流云垂向大地的万丈彩虹。⑤路杳疏钟：大路深暗幽远，稀疏的钟声隐隐约约。⑥蟾宫：月宫。相传月中有个大蟾蜍，所以叫蟾宫。

【赏析】

这是一首描绘卢沟桥晓月很有特色的小令。出了京城的门，催马前进，摇着红色的鞭鞘。远山还没脱离开夜幕，一片朦朦胧胧的，近处的树林倒很明彻清晰。

双调·折桂令·西山晴雪①

玉嵯峨②高耸神京。峭壁排银，叠石飞琼。地展雄藩③，天开图画，户判④围屏⑤。分曙色流云有影，冻晴光老树无声。醉眼空惊，樵子归来，蓑笠青青。

【注释】

①西山晴雪：元代"燕山八景"之一，西山在今北京市西北。②嵯峨：音 cuó é，山势高峻。③雄藩：雄伟的屏藩。④判：分开。⑤屏：屏风的一种，通常是四扇，六扇或八扇连在一起，可以折叠。

【赏析】

这是一幅西山晴雪图，整首小令不着一"雪"字，而雪景无处不在。结局平添一个走来的"樵子"，确实令人"空惊"一番。然而正是这个身披青青蓑笠的砍柴樵子的出现，更让人感到雪"晴"之后的生机活力。整首小令写雪景有大小有动静，详略多寡，参差错落，即清丽隽雅又雄浑壮美。

张养浩

张养浩（1270～1329），字希孟，号云庄，济南历城（今济南市）人。历任礼部令史、堂邑县尹、监察御史、礼部尚书、陕西行台中丞等职。刚直敢言，屡遭罢官。晚年赴陕西救灾，积劳成疾，死于任所。《元史》卷175有传。著有诗文集《归田类稿》，散曲集《云庄休居自适小乐府》。《全元散曲》存其小令161首。有套数2篇。《太和正音谱》评其曲"如玉树临风"。

中吕·最高歌兼喜春来

诗磨①的剔透玲珑,酒灌得痴呆懵懂②。高车大纛成何用③,一部笙歌断送④。金波潋滟⑤浮银瓮,翠袖殷勤捧玉钟⑥。对一缕绿杨烟⑦,看一弯梨花月⑧,卧一枕海棠风⑨。似这般闲受用,再谁想丞相府帝王宫。

【注释】

①磨:琢磨、锤炼。意谓自己工于诗。②意谓自己耽于酒。③高车大纛:高官显宦出行的车仗,以示威风。④笙歌:送殡所用之乐曲。断送:葬送,此处作戏谑语,即打发了。⑤金波:酒的通称。潋滟:音 liàn yàn,满溢之状。⑥殷勤捧玉钟:宋晏几道《鹧鸪天》词有"彩袖殷勤捧玉钟"句,指美女频频敬酒。⑦绿杨烟:初春杨柳枝条泛绿发芽,有如轻烟。唐李贺《浩歌》诗有"娇春杨柳含细烟"句,此处即借此意。⑧梨花月:即月照梨花。宋晏殊《寓意》诗有"梨花院落溶溶月"句。⑨海棠风:即风吹海棠。元元好问《雪岸鸣鹤》诗有"秋千红索海棠风"句。

【赏析】

曲之意旨是十分清楚的,既然官高位显也免不了一捧黄土的下场,不如作诗饮酒来得开怀痛快。把对散诞清新生活的陶醉,与对丞相府、帝王宫的厌烦对立起来,可以想见后者的紧张而龌龊,这是不言自明的了。

中吕·喜春来

路逢饿殍①须亲问，道遇流民必细询。满城都道好官人。还自哂②，只落的白发满头新。

【注释】
①殍：音 piǎo，饿死的人。②哂：音 shěn，微笑，此为讥笑之意。

【赏析】
张养浩是元曲大家中少见的高官，也是封建社会少见的比较关心民生疾苦的好官，这支曲子就是他这一方面的真实写照。他退职家居后，朝廷几次召他，他都不肯就职。1329年，陕西大旱，死人无数，文宗任命他为陕西行台中丞，前往赈灾。他立即动身，在路上写了四首［喜春来］，这里选的是第三首。

中吕·喜春来

无穷名利无穷恨，有限春光有限身。也曾附凤攀鳞①。今日省，花鸟一般春。

【注释】
①附凤攀鳞：指侍奉君王，依附权贵。

【赏析】
这首小令写于辞官退隐之后，表达了对人生短暂的感慨与对归隐田园的

庆幸。开头二句表现了作者对人生的看法。有生必有死，故人生有限，而光阴似箭，人的一生如白驹过隙，转瞬即逝。然而在有限的生命中，无休无止地去追求名利，带给自己的只能是无穷的烦恼和怨恨，更有甚者，还会祸及生命。作者的这一人生观，也正是在自己的坎坷生活中形成的。

中吕·喜春来

乡村良善全性命①，廛②市凶顽破胆心。满城都道好官人，未戮乱朝臣③。

【注释】

①全性命：保全其性命。②廛：音chán，集市。③乱朝臣：祸乱朝政的臣子。

【赏析】

这支曲牌小令塑造了一个关心民瘼、保护良善、弹压凶顽、痛恨乱臣贼子的正直官吏形象，其中分明有作者的影子。

中吕·喜春来探春

梅花已有飘零意，杨柳将垂袅娜①枝，杏桃仿佛露胭脂②。残照底③，青出的草芽齐。

【注释】

①袅娜：音niǎo nuó，柔美的样子。②胭脂：一般指妇女美容的红色颜料，这里就是红色的意思。③这句说：在夕阳映照底下。

【赏析】

　　这曲写的是冬去春来的自然景色。头三句通过"已有"、"将"、"仿佛"等字眼写明梅花、杨柳、杏桃在早春交替的神态，后两句说刚长出的草芽只有在落日斜照下才觉察出有一点点青绿的意思，刻画入微，充满新意。

中吕·朱履曲[①]·警世

　　才上马齐声儿喝道[②]，只这的便是送了人的根苗[③]。直引到深坑里恰心焦[④]。祸来也何处躲？天怒也怎生饶[⑤]？把旧来时威风不见了。

【注释】

　　①朱履曲：也叫"红绣鞋"。②喝道：官员出巡或赶路时，差役在前呵喝人们让路回避。③送了人：断送了人，祸害了人。根苗：根源。④深坑：指祸坑。恰心焦：才焦急，才着慌。⑤怎生饶：怎么能轻饶。

【赏析】

　　这首小令警告封建官员不可轻视民众、擅作威福。

中吕·朱履曲

　　鹦鹉杯[①]从来有味，凤凰池[②]再也休提。荣与辱展转不相离。挂冠归山也喜，抬手舞月相随。却原来好光景都在这里。

【注释】

　　①鹦鹉杯：鹦鹉螺制的酒杯，用金或银镶足。②凤凰池：即中书省。唐代宰相称同中书门下平章事，故世以凤凰池指宰相。

【赏析】

这首小令表现了作者抛弃功名、归隐山林的喜悦之情。开头二句，作者以"鹦鹉杯"与"凤凰池"相对比，"鹦鹉杯"借指纵情诗酒、放诞不拘的生活；"凤凰池"本为中书省的别称，此借指追逐功名利禄、荣华富贵。作者明确表示了自己对这两种生活的看法：即肯定前者，否定后者。"鹦鹉杯从来有味"，这种"味"，便是无拘无束、悠闲自在的生活趣味。"凤凰池再也休提"，表明了作者抛弃功名利禄的坚决态度。"荣与辱展转不相离"，是承前句"凤凰池再也休提"而言的，说明"休提"的原因，即一旦进入"凤凰池"，虽然荣华无比，然而荣华与耻辱常常辗转相连，昔日堂上臣，今日阶下囚，这种事例在历代王朝中屡见不鲜。"挂冠归山也喜"二句描写了辞官归隐后的闲适生活，也是具体说明首句中的"味"。归隐山林后，虽然没有了荣华，但这里自由自在，悠闲自得。最后一句以欣喜的语气表达了自己脱离官场来到山林的喜悦心情。全曲语言浅显，然而富有哲理，意蕴丰富，耐人体味。

中吕·朱履曲

那的是①为官荣贵？止不过多吃些筵席。更不呵安插些旧相知，家庭中添些盖作②，囊箧里攒些东西。教好人每看做甚的③？

【注释】

①那的是：究竟有哪些是。②盖作：指盖造房屋等。③好人每：好人们，正派人。每：同"们"。看做甚的：看成什么，怎么看。

【赏析】

人们为什么都喜欢当官，嗜权如命？当官的好处究竟在哪里？这首小令说出了一个谁也不愿说、不曾说破的简单事实和真相：一是可以大吃大喝，享受口腹之乐；二是安插亲信，提携亲朋，编织自己的关系网，从中捞取更大更多的好处；三是进行权力和金钱的交易，中饱私囊，添置家产。这三项都是在封建法律允许范围之内的，还不是贪官污吏之所为。作者不仅是官，而且是高官，对此一针见血，直言不讳，并表示了深切的厌恶和反感，说明他良心未泯，是个少有的清官。

中吕·山坡羊·潼关①怀古

峰峦如聚，波涛如怒，山河表里潼关路②。望西都③，意踌躇④。伤心秦汉经行处⑤，宫阙万间都做了土⑥。兴，百姓苦；亡，百姓苦。

【注释】

①潼关：关名，在陕西省潼关县。地势险要，关城在山腰，下临黄河，自古以来是兵家必争之地。②山河表里潼关路：潼关路外面是河里面是山。③望西都：望长安。东汉以长安为西京，也称西都。④意踌躇：心里犹豫不定。是说去不去长安呢？⑤伤心秦汉经行处：伤心的是一路上经过秦汉以来的历史遗迹。⑥宫阙万间都做了土：秦汉以来历代皇帝建筑的万间官室都变成了废墟。

【赏析】

这是作者的一首名曲。是写天历二年陕西大旱，作者重被召做陕行台中丞时，途经潼关所引起的感慨。名义是"怀古"，实际是"伤今"："兴，百姓苦；亡，百姓苦"。它说出了封建时代的一条历史真理，但作者的主要感受是在当今。它表现出作者对当前灾民的深切同情和关怀，也表现出作者崇高的思想境界。从下面的几首曲中也可以证实这一点。

中吕·山坡羊① 三首

其一

休图官禄，休求金玉，随缘②得过休多欲。富何如？贵何如？没来由③惹得人嫉妒，回首百年都做了土④。人，皆笑汝；渠⑤，干受苦⑥。

【注释】

①张养浩的这组［中吕·山坡羊］共十首，这是其中的第二首。下面选的"无官何患"是其中的第四首，"与人方便"是其中的第七首，"真实常在"是其中的第八首。②随缘：顺随着机遇的安排。③没来由：无缘无故的，平白无端的。④回首百年都做了土：意谓人活一世，无论贫贱富贵，终不免一死，埋入黄土，一切都化为乌有了。⑤渠：他。⑥干受苦：白受苦。

【赏析】

追求官爵禄位，贪图金玉财宝，不仅是元代社会中突出的社会现象，就是在整个中国封建统治阶级中，也是一种很普遍的社会现象。张养浩的这支曲子就是针对这种腐败现象而发的。虽然他说，人生百年，终了还是变作一堆黄土，又说道"随缘得过"，似乎显得有些消极甚至虚无；但是，结合中国封建社会特别是元代社会的具体情况来看，整个曲子所表现的思想情调显然是与当道者悖谬的、不合拍的。

其二

无官何患，无钱何惮①？休教无德人轻慢。你便列朝班②，铸铜山③，止不过只为衣和饭，腹内不饥身上暖。官，君莫想；钱，君莫想。

【注释】

①惮：音dàn，胆怕。②列朝班：言在朝做官的大臣们依次排列于朝廷，

即在朝廷做官。班：次序。③铸铜山：指西汉时邓通的故事。据《史记·佞幸列传》记载，汉文帝给自己的宠臣邓通赐钱十数万，官至上大夫。"上使善相者相通，曰：'当穷饿死'。文帝曰：'能富通者在我也，何谓贫乎？'于是赐邓通蜀严道铜山，得自铸钱，邓氏钱布天下，其富如此"。至景帝时，邓通被人告发，乃籍没其家，"竟不得名一钱，寄死人家"。

【赏析】

在这首曲子中，张养浩利用元散曲直率显豁的风格特点，直截了当地表明了自己的社会价值观念。官、钱与道德品行，哪个轻，哪个重？作者明确地表示，后者重于前者。无官无钱，没有什么可怕的！张养浩的这种认识，是从元代那种政治腐败、官贪吏污的黑暗现实中体验出来的，具有一定的现实意义。它对于我们当前社会中那些官迷钱迷们，也不啻一服清凉剂。

其三

与人方便，救人危患，休趋①富汉欺穷汉。恶非难，善为难②。细推物理③皆虚幻，但得个美名儿留在世间。心，也得安；身，也得安。

【注释】

①趋：趋附，亲近。②恶非难，善为难：做坏事容易，做好事就不容易了。③细推物理：仔细推究事物的道理。

【赏析】

张养浩这支曲子也是有所感而发。元代社会里，除了贪官污吏、豪权势要之外，还有那么一批地痞恶棍，恃强凌弱，欺压良善，横行霸道，无恶不作，成为老百姓的一大祸害。张养浩这支曲子就是劝人为善，劝诫人们不要趋炎附势，欺侮贫弱；要多做好事，争取在世上留个好名声，这样，身心才得安稳。否则如何呢？曲中没有说，但言外之意，读者已体悟：那只是心劳日拙，身败名裂，良心永远受到谴责。多做好事，不做坏事，善良的中国人历来希望如此！

中吕·山坡羊

真实常在,虚脾①终败,过河休把桥梁坏②。你便有文才,有钱财,一时间怕不人耽待③。半空里④若差将个打算的⑤来,强⑥,难挣揣⑦;乖⑧,难挣揣。

【注释】
①虚脾:虚情假意。②过河休把桥梁坏:不要过河拆桥。③怕不人耽待:大概人不会原谅。怕:大概、恐怕。耽待:宽容,宽恕,原谅。④半空里:犹言半道里,凭空里。⑤打算的:即谋算的,难对付的。⑥强:强硬。⑦挣揣:挣扎、抗拒。⑧乖:乖巧。

【赏析】
这首曲子也是感慨世事的。曲中对那些待人处世虚情假意、毫无真诚甚至过河拆桥、忘恩负义的人发出了尖锐的警告和尖刻的诅咒,表现出张养浩对现实社会的浇薄风气的不满和反感,而希冀一种比较合理的真诚相待的人与人之间关系的出现,只是这种希冀没有在这支曲子中用文字符号显现出来罢了。这首曲子在语言运用上也很有特色,几乎全用口语、俗语写成,既富有生趣,又有一种嘲弄调侃的幽默,很能体现元散曲的本来风格。

山坡羊·骊山怀古

骊山四顾,阿房一炬①,当时奢侈今何处?只见草萧疏,水萦纡,至今遗恨迷烟树。列国周齐秦汉楚:赢,都变做了土;输,都变做了土。

【注释】

① "骊山"二句：意为登骊山而四顾，知阿房成一炬。

【赏析】

作者以秦的"输"和"赢"来概括列国诸侯的兴亡，指出其结果都进入坟墓，不过是一堆黄土而已。此曲虽有些消沉，但融进了深沉的历史感慨。

中吕·十二月兼尧民歌·归田乐

从跳出功名火坑，来到这花月蓬瀛①。守着这良田数顷，看一会雨种烟耕②，倒大来心头不惊，每日家直睡到天明。见斜川③鸡犬乐升平，绕屋桑麻翠烟生。杖藜④无处不堪行，满目云山画难成。泉声，响时仔细听，转觉柴门⑤静。

【注释】

①蓬瀛：蓬莱和瀛洲，神话传说中海上两座仙山。这里比喻田园环境清幽如同仙境。②雨种烟耕：雨中种田，用火烧荒后耕地，泛指农事劳动。③斜川：曲折的河道旁。④杖藜：拄着藤藜手杖。⑤柴门：柴木所做之门，形容宅院简陋。

【赏析】

本曲抒写归隐田园后的闲适和愉悦的心情，表现出对污浊官场的厌弃。思想性和艺术性都有陶渊明的《归去来兮辞》的韵味。陶渊明把官场看成是尘网，作者把功名看成是火坑，认识上何其相似乃尔。他把田园当成"花月蓬瀛"，以下则是归隐后闲适轻松的生活情景和主体感受。

中吕·普天乐

折腰惭，迎尘拜①。槐根梦觉②，苦尽甘来。花也喜欢，山也相爱。万古东篱天留在③，做高人轮到吾侪。山妻稚子，团栾笑语，其乐无涯。

【注释】

①折腰惭，迎尘拜：这是倒置句，顺读是：迎尘拜，折腰惭。这是引用陶潜"不为五斗米折腰"的故事。这两句是作者表示他辞官，也像陶潜一样不愿为微薄的俸禄向上司折腰。②槐根梦觉：对做官就像淳于棼做梦在槐树根里做官那样醒过来了。③万古东篱天留在：陶潜的高尚节操流芳千古。东篱：代指陶潜。

【赏析】

这支曲表达了作者辞官的原因和辞官后的乐趣。作者引用陶潜解印归田的故事，说明自己辞官也是因为"折腰惭"。引用《南柯太守传》的故事，说明自己对做官也认为犹如南柯一梦。最后三句写辞官后的生活乐趣，也是用来说明在官与辞官两种不同的生活状态。

中吕·朝天曲

柳堤，竹溪，日影筛金翠。杖藜徐步近钓矶①。看鸥鹭闲游戏。农父渔翁，贪营活计，不知他在图画里。对这般景致，坐的，便②无酒也令人醉。

【注释】

①钓矶：近水边的钓鱼的石矶。②便：即使，纵然。

【赏析】

这首曲子是作者在"休居自适"的心境中，逍遥游于山水间；是在"无利害关系"（康德语）的审美中，对田园风光的描画；是站在"图画"之外，对图画拉开距离的观照。"鸥鹭闲游戏"一句的"闲"字，是该曲的曲眼，也是作者闲适心态的写照。农夫和渔翁，之所以不知身在"图画"中，只为"贪营活计"。所以在他们看来，自己不是在"造美"，而是在"受苦"。但在诗人的"自由观照"中，这一"有目的"的劳作，恰好构成一幅"无目的的合目的性"的美景。这三句实际道出了一个颇为深刻的美学原理。如此看来，"鸥鹭闲游戏"一句中的"游戏"，当另作读解，它正是作者为观赏而观赏的"审美游戏"（席勒语）的注解，是超越"必然"进入"自由"意境的隐喻。因之才能面对这般景致，"便无酒也令人醉"。不然，以酒助兴（或借酒浇愁），就称不上一种"游戏"式的审美心态了。因为饮酒的行为中，自有某种功利性、目的性在。

中吕·朝天曲

恰阴，却晴，来往云无定。湖光山色晦复明，会把人调弄。一段幽奇，将何酬应？吐新诗字字清。锦莺，数声，又唤起游山兴。

【赏析】

这是一首诗人与春景互为应答的小曲。"湖光山色"之所以会把人"调弄"，是由于它"晦复明"的变幻之故；而晦复明的变动不居，又是由于"云无定"的"恰阴，却晴"所造成的。于是这一"幽奇"的景色，引出了作者"酬应"的诗兴。可谓"目既往还，心亦吐纳。"（《文心雕龙》）如果说湖光山色的"幽奇"是一种视觉的"调弄"，那么，"锦莺数声"则是一种听觉的"调弄"。它所唤起的游山之兴，又是诗人对"耳闻"的回应。可见"调弄"与"酬应"是通贯全篇的意脉。全曲更深刻之处，还在于天空的阴晴与山色晦明的"多元"变幻，恰好符合人的"好奇"的认知追求，因之才能引起既是"悦耳悦目"，又是"悦心悦意"，更是"悦志悦神"的审美感受和愉悦来。它的"调弄"，不正是对人的知解力的引动和开启吗？

双调·殿前欢·对菊自叹

可怜秋，一帘疏雨暗西楼。黄花①零落重阳后，减尽风流②。对黄花人自羞。花依旧，人比黄花瘦③。问花不语，花替人愁。④

【注释】

①黄花：菊花。②减尽风流：减去了美好的风光。风流：这里指美好的风光。③人比黄花瘦：移用李清照《醉花阴》词句。④问花不语：仿用欧阳修《蝶恋花》词中"泪眼问花花不语"句意，合下句意思是说：将自己的心事问花，花不回答，暗自替人惆怅。

【赏析】

此首小令借菊感叹人生如流水，一去不复返。"可怜秋，一帘疏雨暗西楼。"起句写秋，秋风萧瑟，秋雨缠绵，天气转凉，当然"暗西楼"。秋之可怜，是因为秋风秋雨造成的自然环境凄凉：草木凋零，寒霜为露，极易让人心里涌起一种悲凉之意。起句写秋，为对菊自叹创造了一种悲凉意境。

双调·殿前欢·登会波楼

四围山，会波楼上倚阑干，大明湖铺翠描金间。华鹊①中间，爱江心六月寒。荷花绽，十里香风散。被沙头啼鸟，唤醒这梦里微官。

【注释】
①华鹊：指在大明湖附近的华不注山与鹊山。

【赏析】
这首曲子写登上会波楼的所见所感。作者先从看到的大明湖风光起笔："铺翠描金"、"荷花飘香"，色香俱备，这大自然的乐园不禁叫人陶醉忘归。接着，作者以"沙头啼鸟"巧妙衔接，点明曲旨，表达了自己对官场的厌倦，甚是自然。此曲写景清丽，抒情真挚，二者结合完美，结构谨严，曲旨鲜明，体现了作者高超的艺术技巧。

双调·雁儿落兼得胜令·退隐

云来山更佳，云去山如画；山因云晦阴，云共山高下。倚杖立云沙①，回首见山家。野鹿眠山草，山猿戏野花。云霞，我爱山无价。看时行踏②，云山也爱咱。

【注释】
①云沙：白云覆盖着的沙石。②行踏：行走，散步。

【赏析】
这是一首寄情山野的双调曲。曲中热情歌咏山水，赞美田园山野生活，表达了作者久居令人窒息的官场，一旦回归自然后那无比喜悦轻松的心情。

双调·庆东原

鹤立花边玉①,莺啼树杪弦②。喜沙鸥也解③相留恋:一个动开锦川④,一个啼残翠烟⑤,一个飞上青天。诗句欲成时,满地云撩乱。

【注释】

①鹤立花边玉:这是诗中常有的倒装句法,意谓鹤站立在洁润似玉的花边。②莺啼树杪弦:与上句句法相同,意即莺在细似琴弦的树梢上啼鸣。杪:树梢。③解:懂得。④锦川:美丽似锦的平川。⑤翠烟:指烟雾笼罩的青翠树林。

【赏析】

曲中写鹤、莺、沙鸥三种飞禽的不同神态,历历在目。冲开锦川、啼残翠烟、飞上青天的动态及其背景,各具特色,颇有诗的意境。鹤立、莺啼两句对仗工巧,而加上"喜沙鸥"一句,更显得灵活自然,丰富多样。末两句,表现出创作者的主体与自然界变化着的客体,既物我两忘,而又融化为统一的境界。

双调·水仙子

中年才过便休官,合共①神仙一样看。出门来山水相留恋,倒大来②耳根清眼界宽,细寻思这的是③真欢。黄金带④缠着忧患,紫罗襕⑤裹着祸端,怎如俺藜杖藤冠⑥。

【注释】

①合共：和，共。②倒大来：倒头来。③这的是：这真是。④黄金带：黄金装饰的官服束带。⑤紫罗襕：紫色的官服。⑥藜杖藤冠：藜木杖，藤帽子，指过退隐生活。

【赏析】

这首曲子写"中年才过便休官"的喜悦心情，也是作者自己的真实写照，由于有感而发，情感真挚，所以富于感染力。尤其是其中的"黄金带缠着忧患，紫罗襕裹着祸端"两句，揭示了官高祸随的现实，很具有警世作用。

南吕·西番经①

累次征书②至，教人去往难。岂是无心作大官？君试看，萧萧③双鬓斑；休嗟叹，只不如山水间。

【注释】

①此曲共四首，《乐府群珠》题作乐隐。此为第三首。②累次：多次，屡次。征书：皇帝征召的文书。此曲其一云："天上皇华使，来往三四番。"其二云："七见征书下日边。"③萧萧：此处形容景况凄凉，与"萧瑟"同。

【赏析】

这支小曲抒发了作者不慕荣达、热爱山水的隐逸之情。征召文书，"累次"下达，而作者却是去往唯"难"，对照之下，见出作者敝屣富贵的坚决态度。"岂是"一句设问，承上启下，引出对其原因的推究。作者先以"萧萧双鬓斑"自答，年老体衰，难以赴召，确是个理由；然作者旋以"休嗟叹"一语宕开，说明其真正原因是"只不如山水间"。小小短篇，而含几层波澜，转跌衬垫，一气盘旋，读之令人兴味盎然。

双调·水仙子①·咏江南

一江烟水照晴岚②。两岸人家接画檐。芰荷丛一段秋光淡③，看沙鸥舞再三。卷香风十里珠帘。画船儿天边至，酒旗儿风外飐④，爱杀江南！

【注释】

①水仙子：即［湘妃怨］，详见卢挚用此曲调咏《西湖》注。②一江：即满江。晴岚：岚，原指山林中的雾气，这里是说阳光照耀下江中水面上腾起的烟雾。③芰荷：芰：菱角。芰荷连用，一般指荷叶。屈原《离骚》："制芰荷以为衣兮，集芙蓉以为裳。"④风外飐：迎风招展。

【赏析】

曲中形象地描绘了江南水乡秋天的风光，既有诗的意境，又像一幅具有淡雅之美的水彩画。作者善于捕捉最具江南秋色的特征：晴天江面上的烟雾，江两岸紧相连接的屋檐，芰荷秋光，沙鸥起舞，风卷珠帘带来十里芳香。遥望天际，彩船正从远方归来，酒旗迎风招展。多么可爱的江南风光呵！从画面上，使我们联想到柳永［望海潮］词所描写的景象。

郑光祖

郑光祖，字德辉，平阳襄陵（今山西临汾县附近）人，生卒年不详，《录鬼簿》列在下卷"方今已亡名公才人，余相知者"中。他是元代著名的杂剧作家，著有杂剧18种，现存8种，其代表作为《倩女离魂》。《全元散曲》录存其小令6首，套数2篇。

越调·圣药王·倩女离魂

近蓼洼①，缆钓槎②，有折蒲衰柳老蒹葭③；近水凹，傍短楂，见烟笼寒水月笼沙④，茅舍两三家。

【注释】

①蓼洼：长满蓼草的水洼。②缆钓槎：用缆绳拴住船。钓槎：渔船，这里泛指一切船只。③蒹葭：芦苇。④见烟笼寒水月笼沙：移用唐杜牧《夜泊秦淮》诗的第一句。

【赏析】

这套曲子都是描写倩女的灵魂月夜里沿江追赶王文举的情景。

《梅香》第一折·仙吕·鹊踏枝

花共柳笑相迎，风与月更多情。酝酿①出嫩绿娇红，淡白深青。对如此良辰美景，可知道动骚人风调才情。

【注释】

①酝酿：即渐而成。

【赏析】

此曲咏春夜，起首四句写景，"笑相迎"、"更多情"二语用拟人手法将花、柳、风、月描写得具有浓烈的感情色彩；接着，"酝酿出"二语更以绿、红、白、青诸色渲染出一个春意盎然的花的世界。以上虽为写景，但写景之中，处处都可体会出主人公那种沉醉于景物的激动而又喜悦的心情。这种情绪深化扩展的结果，自然由景及情，过渡到抒情，引起"对如此良辰美景，可知道动骚人风调才情"的咏叹！

中吕·迎仙客·王粲登楼

雕檐外红日低，画栋畔彩云飞；十二阑干，阑干在天外倚。我这里望中原，思故里①，不由我感叹酸嘶②，越搅的我这一片乡心碎。

【注释】

①故里：故乡。②酸嘶：哀叹，悲鸣。

【赏析】

《王粲登楼》是郑光祖根据东汉文学家王粲的《登楼赋》和《三国志·魏书》中王粲本传敷衍而成。剧本写王粲投奔荆州刘表未被重用，心中异常苦闷，在重阳佳节登上襄阳城中的溪山风月楼，遥望中原，思念家乡，感慨功名不遂，壮志未酬。

曾瑞

曾瑞（约1260～1335），字瑞卿，大兴（今北京市大兴县）人。自北来南，喜浙江人才之多，羡钱塘景物之盛，因而移家杭州。神采卓异，衣冠整肃，优游于市井，洒然如神仙中人，志不屈物，故不愿仕，因号褐夫。临终，诣门吊者以千数。善丹青，能隐语，著杂剧《才子佳人误元宵》，今存。有散曲集《诗酒余音》，今佚。《全元散曲》录存小令95首，套数17篇。

南吕·四块玉·叹世

罗网施，权豪使，石火光阴不多时。劼①活若比吴蚕似。皮作锦，茧做丝，蛹烫死。

【注释】
①劼（jié）活：费尽心力。

【赏析】
这首小令语言犀利、感情充沛，痛斥了为非作歹的权贵。

南吕·四块玉·闺情

簪玉折①，菱花缺②。旧恨新愁乱山叠③，思君凝望临台榭④。鱼雁无⑤，音信绝，何处也？

【注释】

①簪玉折：插髻的玉簪折损了。古代妇人往往用簪篦在壁上划数归期，划之既久，簪篦为之磨损。这是表示盼望之久。②菱花缺：喻情人的分散。孟《本事诗·情感》：南朝陈将亡时，驸马徐德言与其妻乐昌公主破一铜镜，各执一半，以为凭信，并约定正月十五日卖镜于市，以相探寻。后来果得破镜重圆，偕老江南。此用其事。菱花：铜镜。③乱山叠：形容眉毛皱起来像乱山一样。这是化用温庭筠《菩萨蛮》"小山重叠金明灭"的语意。一说，此以"乱山叠"喻新愁旧恨之多，系化用赵嘏的"夕阳楼上山重叠，未抵闲愁一倍多"句意。④"思君"句：这是化用温庭筠《望江南》"梳洗罢，独倚望江楼"和姜夔《翠楼吟》"玉梯凝望久，叹芳草萋萋千里"的语意。凝望：注视着远方，聚精会神地望着远方。⑤鱼雁无：音书断绝。参见贯云石《南吕·金字经》"一春鱼雁稀"注。

【赏析】

这首曲写少妇怀远盼归的情思。前幅写相思之深，盼望之切。语语含愁，字字带泪。后幅写行人未归，音书久绝，嗔中含情，怨而不怒，足见曲中的女主人公是深于情、忠于情的。

南吕·骂玉郎过感皇恩采茶歌①·闺中闻杜鹃

无情杜宇②闲淘气，头直上耳根底。声声聒③得人心碎。你怎知，我就里④，愁无际。帘幕低垂，重门深闭。曲栏边，雕檐外，画楼西。把春醒⑤唤起，将晓梦惊回。无明夜，闲聒噪，厮禁持⑥。我几曾离，这绣罗帏。没来由劝我道不如归。狂客⑦江南正着迷，这声儿好去对俺那人啼。

【注释】

①骂玉郎过感皇恩采茶歌：属南吕宫的带过曲，由骂玉郎、感皇恩、采茶歌三支曲子联缀而成，它既不是套数，各支曲又都不能独立为小令。②杜宇：古代蜀王名，号望帝，传说他禅位死后，魂化为杜鹃，其啼声似"不如

归去"。后来诗词曲中，称杜鹃鸟为杜宇，或称望帝。③聒：嘈杂使人厌烦之声。④就里：其中原因。此指人的情绪。⑤酲：醉酒后神志不清的样子。春酲：此曲的背景是春天，故称春酲。⑥厮禁持：相折磨，捉弄人。⑦狂客：行为不受拘束的风流浪子。此特指曲中女主人公所思念的那个人。

【赏析】

　　杜鹃的啼鸣声似"不如归去"，一般客游他乡的人听到这种叫声会引起思乡情绪。此曲中却是一个从不曾离开闺房的少妇，春日听到杜鹃的叫声，格外感到厌烦、心碎。她认为杜鹃太淘气，它不理解她无边无际的愁绪，独自空守深闺，思念远在江南的心上人。也许她借酒浇愁，也许她正梦见那个人，而杜鹃却偏偏无明无夜地在檐外楼边不停地叫，把她从醉意朦胧中唤起，使她从美梦中惊醒，真烦死人了。她怪杜鹃叫的不是地方，因为她根本不存在"不知归"的问题：我心上的那个人倒正着迷在江南，你该到他那里啼鸣"不如归"才对哩！作者借思妇闻杜鹃之声的反应，巧妙地刻画了闺中少妇的春情，真率坦露。这也正是曲不同于诗词的艺术表现手法。

中吕·山坡羊·自叹

南山空灿①，白石空烂②，星移物换愁无限。隔重关③，困尘寰④，几番肩锁空长叹⑤，百事不成羞又赧⑥。闲，一梦残；干⑦，两鬓斑。

【注释】

①灿：鲜明的样子。②烂：与前句互文见义，即灿烂、鲜明的样子。③隔重关：被重重关碍阻隔。④困尘寰：为俗情所困扰。尘寰：人间之尘事俗务。⑤肩锁：锁肩，耸肩，局促不安的样子。⑥赧（nǎn）：羞愧脸红。⑦干：音gān，追求。

【赏析】

本曲抒写功业无成的叹息，有愤世嫉俗之慨。开头两句用互文见义笔法写山河壮丽，暗含自己功名无成的遗恨。"星移物换愁无限"点题，进一步表现时光飞逝的怅恨。"隔重关"两句则说明自己仕途阻隔，为俗务所困的窘迫处境，为末尾两句埋下伏笔。"几番"两句写自己的愁苦情状，感慨深沉，描摹生动。结尾两句则再进一步用对比法突出自己为俗务所困而功业无成的憾恨，把"自叹"的感伤情调推向高潮。曲子由实入虚，层层加码，篇末点出主旨，发人深思。曲子表现出作者无可奈何的痛苦心境，抒情效果很强烈。

睢景臣

睢景臣（约1275～1320），字景贤，或作嘉贤，《录鬼簿》列在下卷"方今已亡名公才人，余相知者"中。元大德七年（1303），他从扬州到杭州，与

《录鬼簿》作者钟嗣成相识。钟嗣成说他:"自幼读书,以水沃面,双眸红赤,不能远视。心性聪明,酷嗜音律。"所作杂剧《千里投人》、《莺莺牡丹记》、《楚大夫屈原投江》三种,均不传,散曲仅存套数3篇和极少数残曲。

般涉调·哨遍·高祖还乡

　　社长排门告示①,但有的差使无推故②,这差使不寻俗③。一壁厢纳草除根④,一边又要差夫。索应付⑤。又言是车驾,都说是銮舆⑥,今日还乡故⑦。王乡老执定瓦台盘⑧,赵忙郎抱着酒胡芦。新刷⑨来的头巾,恰糨来的绸衫,畅好是妆幺大户。

　　[耍孩儿]
　　瞎王留引定火乔男女⑩,胡踢蹬吹笛擂鼓。见一人马到庄门,匹头里几面旗舒:一面旗白胡阑套住个迎霜兔⑪,一面旗红曲连打着个毕月乌⑫。一面旗鸡学舞⑬,一面旗狗生双翅⑭,一面旗蛇缠葫芦⑮。

　　[五煞]
　　红漆了叉⑯,银铮了斧⑰,甜瓜苦瓜⑱黄金镀。明晃晃马镫枪尖上挑⑲,白雪雪鹅毛扇上铺⑳。这几个乔人物,拿着些不曾见的器仗,穿着些大作怪衣服。

　　[四煞]
　　辕条上都是马,套顶上不见驴㉑,黄罗伞柄天生曲。车前八个天曹判㉒,车后若干递送夫。更几个多娇女,一般穿着,一样妆梳。

　　[三煞]
　　那大汉下的车,众人施礼数。那大汉觑得人如无物,众乡老展脚舒腰拜,那大汉挪身手扶。猛可里抬头觑,觑多时认得,险气破我胸脯。

　　[二煞]
　　你须身姓刘,你妻须姓吕。把你两家儿根脚从头数:你本身做亭长耽几盏酒,你丈人教村学读几卷书。曾在俺庄东住,也曾与我喂牛切草,拽坝扶锄。

[一煞]

春采了桑㉓，冬借了俺粟。零支了米麦无重数。换田契强秤了麻三秤㉔，还酒债偷量了豆几斛。有甚胡突处？明标着册历，见放着文书㉕。

[尾]

少我的钱，差发内旋拨还；欠我的粟，税粮中私准除。只道刘三，谁肯把你揪住？白什么改了姓更了名唤作汉高祖！

【注释】

①社长：元代五十家为一社。社长如同后来的村长。排门告示：挨户通告。②无推故：不可找理由推脱。③不寻俗：不寻常，不一般。④一壁厢：一边，一面。纳草除根：所献喂马的草要把草根去掉。⑤索应付：必须应付，承担。⑥銮舆：舆，音yǔ。专指皇帝乘坐的车轿。与车驾义同，但在乡民的知识中，却以为是两回事。⑦乡故：故乡。为押韵倒置。⑧乡老：乡里德高望重的头面人物。《汉书·高帝纪》："举民年五十以上，有修行，能率众为善，置以为乡老，乡一人。"忙郎则是跟随他的村童。瓦台盘：端饮食的托盘。⑨刷：刷洗。⑩"瞎王留"句：这句写村民杂凑的乐队。王留是农村中一类青年人的通名，这里指农民乐队的指挥。瞎：农村中凡单眼瞎、近视眼、眼神不好，甚或干事没准头者均可称之为"瞎××"，不一定非双眼失明。男女：犹言不三不四的家伙，在宋元口语中指奴仆，引为对人的贱称。多指男子，单数、复数不限。⑪"一面旗白胡阑"句：这是皇帝仪仗队的月旗。胡阑：合音为环字。这是利用反切原理拆开音节的声和韵搞的一种文字游戏，意在加强幽默感。迎霜兔：白兔。古代传说月中有白兔捣药，环月旗图案为光环绕白兔以像圆月。⑫红曲连：红圈。曲连两字合音为圈。毕月乌：即乌鸦。红圈打（套）着乌鸦，这是日旗的图案。古代以太阳中黑子为三足乌鸦。⑬鸡学舞：这是凤旗图案。村民不识凤凰，故误以为鸡舞。⑭狗生双翅：指飞虎。⑮蛇缠葫芦：指龙戏珠。⑯红漆了叉：指画戟。因形似农具叉，故云。此句及以下写皇帝的仪仗队。⑰银铮了斧：斧头镀了银，指斧钺。⑱甜瓜苦瓜：指金瓜锤。⑲马蹬枪尖上挑：指朝天镫。⑳鹅毛扇上铺：指鹅毛官扇。㉑套顶上不见驴：这句指皇帝的马车与众不同，许多匹马并驾齐驱，而农民的马车则是前后两匹马，一匹驾辕，一匹在前拉长套。套顶：即指前面的长

套。驴：与马同义，这里是为押韵和避重复而调整词语。众马拉车，不见有拉长套的，与一般不同，故农民感到奇怪。㉒天曹判：天庭中的判官，当然只有在玉皇庙、城隍庙里才能看到。这里是指引导车驾的侍臣。因其脸上毫表情，故比作庙里的泥胎。㉓春采了桑：意为你曾在春天偷采过我家的桑叶。㉔"换田契"句：指刘邦曾借着换田契的机会，强行勒索了那位乡民的三秤麻线。㉕"见放着"句：意为现有文书为凭证。见：通现。文书：指立字画押的契约、借据。

【赏析】

这篇套曲讽刺流氓皇帝刘邦，通过描写他做皇帝后衣锦还乡、荣归故里的排场、声势、威风和傲慢，通过揭发他微贱时的流氓无赖行径和根底，对小人一旦得志便得意忘形、不可一世的暴发户嘴脸进行了无情的鞭挞和尖刻的嘲弄。作者既于史有据，又不拘泥史实，而是在史实基础上展开想象加以发挥。采用代言体叙述方式，紧抓住一个熟知刘邦过去根底的老乡亲，一位无知无识、没见过什么世面、淳朴憨厚得有些傻气的乡民，一切都从他的眼中看见，从他的嘴里说出，非常滑稽幽默，涂上了一层浓厚的喜剧色彩。语言也纯用乡村生活俗语，生动活泼，趣味横生。在叙述结构上，则采取先扬后抑，类似相声抖包袱的手法，出人意料地扯去刘邦神圣、高贵的面具，露出其卑鄙肮脏的小人嘴脸。这些都能取得出奇制胜的喜剧效果。

乔吉

乔吉（1280～1345），又作乔吉甫，字梦符，号笙鹤翁、惺惺道人。太原人，后流寓杭州。一生潦倒，从未做官。他与张可久被明清人并称为散曲两大家，作品风格清丽。他提出词曲创作"凤头、猪肚、豹尾"的理论，对戏曲理论与创作有一定影响。他创作杂剧11种，今存《两世姻缘》、《金钱记》、《扬州梦》3种。现存小令209首，套曲11篇，数量仅次于张可久与汤式。

中吕·山坡羊·冬日写怀

朝三暮四，昨非今是，痴儿不解荣枯事。儹①家私，宠花枝②，黄金壮起荒淫志，千百锭买张招状纸③。身，已至此；心，犹未死。

【注释】

①儹：同攒，聚积。②宠花枝：指妻妾成群的荒淫堕落生活。③招状纸：罪犯认罪写供词画押的纸。

【赏析】

这首小令嘲讽那些利欲熏心的人贪婪荒淫，不择手段地追逐财富，而且至死不知悔悟。他们恨不得把天下的黄金全部吞入自己腹中，到头来却难免镣铐入狱，好像聚敛金银就是为了买一张招供的状纸。可落到这般地步，其搜刮聚敛之心犹然未死，实是可憎可悲。

中吕·山坡羊·自警

清风闲坐,白云高卧,面皮不受时人唾。乐跎跎①,笑呵呵,看别人搭套项②推沉磨,盖下一枚安乐窝,东,也在我;西,也在我。

【注释】
①跎跎:快乐的样子。②搭套项:像牛马一样脖子上套着绳索。

【赏析】
这是一首歌颂隐居生活的小令,从内容上说,在元曲中极为常见。但因为写得优美,韵味深长,很受读者喜爱。"清风闲坐,白云高卧"二句,选取有代表性的场景展示隐者的安闲自得,使曲子一开始就把人引入一种高洁美好的境界,组合极常见词语,绘出不平常的意境,使读者仿佛同他一起享受着无忧无虑的闲适。

中吕·朝天子·小娃琵琶

暖烘,醉容,逼匝的芳心动。雏莺声在小帘栊①,唤醒花前梦。指甲纤柔,眉儿轻纵,和相思曲未终。玉葱②,翠峰③,娇怯煞琵琶重。

【注释】
①帘:竹门帘。栊:窗上格木,窗户。南朝宋·谢惠连《七月七日夜咏牛女诗》:"落日隐櫩楹,升月照帘栊。"②玉葱:喻美人手指。元代杜仁杰《集贤宾·七夕》套曲:"玉葱纤细,粉腮娇腻。"③翠峰:青绿色弯眉。于伯渊《仙吕·点绛唇》套数:"露春纤玉葱,扫眉尖翠峰。"

【赏析】

这是一支描绘琵琶少女的小曲。全曲从境、声、情、貌等多维角度，描绘出琵琶小娃的美韵。开篇三句是情境氛围的渲染，"逼仄"出一颗怦然而动的"芳心"来。中间五句是弹奏琵琶的具体描写，在声美、情美中衬托出犹抱琵琶半遮面的人之美。曲词含蓄，意味深远，声态并作，情貌两兼。结句通过琵琶女的手指、弯眉，点染出她不胜娇怯的情态，紧扣题目，回应全篇。

中吕·满庭芳·渔父词

携鱼换酒，鱼鲜可口，酒热扶头。盘中不是鲸鲵①肉，鲟鲊②初熟。太湖水光摇酒瓯③，洞庭山影落鱼舟。归来后，一竿钓钩，不挂古今愁。

【注释】

①鲸鲵（ní）：即鲸鱼，雄为鲸，雌为鲵。此借指无辜被杀者。李陵《答苏武书》有"妻子无辜，并为鲸鲵"句。②鲟鲊：音 xún zhǎ，鲟鱼与海蜇。③瓯：指酒杯。

【赏析】

乔吉一生潦倒，怀才不遇，对统治者和整个官场完全丧失了信心，因而放情于山水之间。这首小令就通过美化渔夫的生活，抒写不满现实、追求自在的心志感情。

中吕·山坡羊·寓兴

鹏抟九万①,腰缠十万②,扬州鹤背骑来惯。事间关③,景阑珊④,黄金不富英雄汉。一片世情天地间。白,也是眼;青⑤,也是眼。

【注释】

①鹏抟九万:抟,音tuán。《庄子·逍遥游》中描写,北海有一条几千里长的大鱼,变成大鹏鸟,沿着旋风升到九万里高空,飞往南海。抟:盘旋。②腰缠十万:南朝梁代的殷芸《小说》中,一个人说他希望"腰缠十万贯,骑鹤上扬州"。这两句话后来成为表示富裕的流行语。③间关:艰险。④阑珊:衰落、将尽。⑤白、青:白眼、青眼;三国时阮籍对不喜欢的人与事用白眼看,对喜欢的人与事用青眼看。

【赏析】

在这首〔山坡羊〕里,乔吉诉说社会的不公平,对权势、金钱表达了一定程度的轻蔑。

越调·小桃红·效联珠格

落花飞絮隔朱帘,帘静重门掩。掩镜休看脸儿蒨①,蒨眉尖。眉尖指屈将归期念。念他抛闪,闪咱少欠②。欠你病厌厌③。

【注释】

①蒨:音qiàn,形容貌美。②少欠:欠下,此指欠下了我的情债。③欠你病厌厌:意为因思念你,我病得有气无力,这是由于我也欠了你的情债而

遭到的报应。

【赏析】

此曲写一位闺中思妇在春尽花落时的离愁别恨。她在朱帘重门中，忍受着难耐的孤独和凄凉，把手伸到眼前，屈指计算着他的归期。这首小令是仿效联珠格写成的。联珠格又叫顶真体，每句首尾用同一个字相连，语如贯珠，具有音乐的跳荡流转之美，为曲中巧体之一。

越调·天净沙·即事

莺莺燕燕春春，花花柳柳真真①，事事风风韵韵，娇娇嫩嫩，停停当当②人人。

【注释】

①花花柳柳真真："花柳真"的重叠，真即真切，指花红柳绿，色彩鲜艳。②停停当当："停当"的重叠，是妥帖、恰当的意思。这里指美女那种增之一分则嫌长，减去一分则嫌短的合适、恰当。

【赏析】

这是一幅春日美人图，即眼前所见速写而成。先描绘出阳春三月，莺飞燕舞，桃红柳绿，春光明媚的一组动人的背景，接着推出一位风神翩翩，仪态优雅，标致绝伦的

美丽少女的特写镜头。美丽的春光把她的青春美貌烘托渲染得分外出色、动人。曲子通篇采用叠字,颇为新奇。

越调·凭阑人·香篆①

一点雕盘②萤度秋,半缕宫奁③云弄愁。情缘不到头,寸心灰未休。

【注释】
①香篆:像篆文那样盘曲成形的香。②雕盘:雕镂的香盘。③宫奁:梳妆匣,镜匣。

【赏析】
这是一支咏物抒情小令。首句把雕盘上燃烧着的篆形香火比作秋夜里的流萤,既是点题,又是巧譬。次句言缕缕飘漾的香烟逗起主人公的情思愁绪,触物生想,兴会悠然,于是便脱口吟出下面两句以情附物的妙语:"情缘不到头,寸心灰未休。""情缘"既是情感缘分之意,又与香火缘着篆形烧去相关。香没有烧到头,一寸一寸的灰节自然未完,那么情缘未了,灰心失意也在所难免。此曲篇幅短小,然构思精妙,运用双关寄兴手法将咏物、抒情融为一体,格调轻婉雅怨、含蓄隽永,迭以句法奇峭拗折、工整凝练,不失为小巧玲珑之珍品。

越调·凭阑人·金陵道中

瘦马驮诗天一涯①,倦鸟呼愁村数家②。扑头飞柳花,与人添鬓华③。

【注释】
①"瘦马"句:诗人骑着瘦马,浪迹于客地他乡。②"倦鸟"句:倦鸟

知返，带着浓重的离愁鸣叫着，盘旋于数家村舍之上。③鬓华：两鬓白发斑斑。

【赏析】

前人描写行役羁旅之苦情的诗词、曲作，可谓车载斗量，比比皆是。"瘦马驮诗天一涯，倦鸟呼愁村数家"，巧妙地化用马致远所创造的天涯孤旅的典型意象于无形，清新别致，浑然天成。

越调·天净沙·即事（二首）①

其一

一从鞍马西东②，几番衾③枕朦胧。薄④虽来梦中，争如⑤无梦，那时真个相逢。

【注释】

①共四首：此为第二首。②西东：东走西行，意指行踪无定。③衾：音qín，被子。④薄：薄情。女子对所爱之人的昵称，犹如称"冤家"。⑤争如：怎如，还不如。

【赏析】

写思妇思念游子，辗转反侧，梦中也常见游子身影。不是不想在梦中相见，而是巴望相见成为现实，此意以一句"争如无梦"直白道出，更见思念之深切。

其二

隔窗谁爱听琴？倚帘人是知音。一句话当时至今，今番推甚，酬劳凤枕鸳衾①。

【注释】

①凤枕鸳衾：指男女欢会。

【赏析】

这是乔吉［越调·天净沙］《即事》曲的第三首。这首小令以男子的口吻，写男女欢会时，男子对女子的一番儿女情话。一对热恋而结合的青年男女，男子急于求欢，而女子故作娇羞，推托拒绝。这时，男子向女子回忆起他们初恋时的情景。那时，男子窗下弹琴诉情，女子隔窗倚帘听琴，并对男子以"知音"相称。当时女子曾有"一句话"使男子至今不忘，女子的这"一句话"或许说的是：只要你真心爱我，到时候我自然以身相许。"今番"到了他们正式结合的时候了，可那女子故作姿态，推辞不就。男子不得不急切地说："今番推甚，酬劳凤枕鸳衾"，在"凤枕鸳衾"上，你该"酬劳"我对你长久的相思苦恋。这首小令写得大胆泼辣，率直真切，俏皮活泼。曲中男子的急切、女子的娇羞清晰可见。

双调·折桂令·荆溪即事①

问荆溪溪上人家：为甚人家②，不种梅花？老树支门③，荒蒲绕岸，苦竹圈笆④。寺无僧狐狸样瓦⑤，官无事乌鼠当衙⑥。白水黄沙，倚遍阑干，数尽啼鸦。

【注释】

①荆溪：溪名，在江苏省宜兴县，因靠近荆南山而得名。②为甚人家：是什么样的人家。③老树支门：用枯树支撑门，陆游诗："空房终夜无灯下，断木支门睡到明。"④圈笆：圈起的篱笆。⑤样瓦：戏耍瓦块。⑥乌鼠当衙：乌鸦和老鼠坐了衙门。

【赏析】

这支曲子采用托物寄志的表现手法，把描写荆溪两岸的荒凉景色同揭露当时的黑暗吏治交织在一起，从中寄寓了作者愤世嫉俗的感情。

双调·折桂令·咏红蕉

红蕉分种天涯，换叶移根，灌水壅①沙。娇耐秋风，清宜夜雨，艳若春华。翠袖捧银台绛蜡，绿云封玉灶丹霞。富贵人家，妆点湖山，嗅②喜窗纱。

【注释】

①壅：音yōng，用泥土或肥料培育植物的根部。这里指为红蕉培土。②嗅：音chī，吃的异体字。此处指笑的动态。

【赏析】

这是首咏物感怀的曲子。歌咏红蕉既明艳照人，又不苛刻要求生活条件的美好品质，也感叹其沦为富豪人家装点湖山之物的伤悲，情绪明朗而又丰富。

双调·折桂令·客窗清明

风风雨雨梨花，窄索帘栊①，巧小窗纱。甚情绪灯前，客怀②枕畔，心事天涯③。三千丈④清愁鬓发，五十年春梦⑤繁华。蓦⑥见人家，杨柳分烟，扶上檐牙。

【注释】

①帘栊：带帘幕之窗。②客怀：作客他乡的心情。③心事天涯：因流浪在外而忧伤。④三千丈：夸张愁之深。化用李白"白发三千丈，缘愁是个长"诗句之意。⑤五十年春梦：谓五十年如梦境一般。作者时年当五十岁。⑥蓦：音mò，突然。

【赏析】

这首小令抒写清明时节客居在外游子的怅惘之情。首句写气候点时令，风雨令人心情郁闷，梨花为清明时开放之花，此为写实。以下两句写客居环境的简陋与窘迫。"甚情绪"三句由实入虚，直抒自己客居在外的苦况。

双调·清江引·有感

相思瘦因人间阻，只隔墙儿住。笔尖和露珠，花瓣题诗句，倩衔泥燕儿将过去①。

【注释】

①倩：同"请"。将：带。

【赏析】

这是一首描写男女相思的小令。其以构思精巧、想象别致取胜，充分体现了乔吉散曲清新婉丽的特点。笔尖和露，花瓣题诗，燕子传笺，怎能不把读者引入一个具有浓郁诗情画意的境界中去呢？

双调·清江引·即景

垂杨翠丝千万缕①，惹住闲情绪②。和泪送春归，倩③水将愁去。是溪边落红昨夜雨。

【注释】

①"垂杨"句：翠绿繁茂的千万缕柳条，细长柔韧，飘洒如丝。在我国古代诗、词、曲作之中，杨、柳常常通用。垂杨：这里实际上是指垂柳。
②"惹住"句：柳丝招惹起了我忧郁闲愁的情绪。闲情绪：指闲愁，即由于

闲暇无事而烦闷生愁。③倩：借助语，"请求"的意思。

【赏析】

这是一篇淡雅素朴、韵致悠远的惜春、送春小曲。全篇的"诗眼"全在这"闲愁"两字上。何以如此"闲愁"，即因为什么而致这样的悒郁忧伤？是由于"灞桥折柳"的典故，曾使多少离人依依惜别，又让几多骨肉痛断肝肠的历朝旧事，激起了自己的怀亲思友、漂泊他乡之浓情？抑或是目睹落花满地，春天将残，联想青春不再、韶华易逝？还是愤懑于人世间强横丑恶对于真善美的无端摧残扼杀？

双调·水仙子·寻梅

冬前冬后几村庄，溪北溪南两履霜，树头树底孤山①上。冷风来何处香？忽相逢缟袂绡裳②。酒醒寒惊梦，笛凄春断肠，淡月昏黄。

【注释】

①孤山：杭州西湖胜地，宋代诗人林逋隐居的地方，曾在此遍植梅花。②缟袂绡裳：缟，音 gǎo。缟袂是白绸做的衣裳，绡裳是薄绸做的下衣。

【赏析】

这首《寻梅》实是一首梅颂曲。全篇分三层，分别写寻梅、遇梅、赞梅。一般人写梅，竭尽笔力写梅的风姿仙韵。此首曲却独辟蹊径，以寻梅的执着、迫切，烘托梅花令人倾慕的高洁气质。

双调·水仙子·若川秋夕闻砧①

谁家练杵动秋庭②？那岸窗纱闪夜灯。异乡丝鬓明朝镜，又多添几处星③！露华零梧叶无声。金谷园④中梦，玉门关外情⑤，凉月三更。

【注释】

①若川，不详何处。闻砧：听到了捣衣声。②练杵动秋庭：古代妇女把布帛放置砧上，用杵（chù）捶击，捣后便于制衣。③星：指细小零碎的白发。④金谷园：金谷：古地名，在今河南省洛阳东北，晋石崇筑园于此，世称金谷园。⑤玉门关外情：本指妻子对远戍玉门关外的丈夫的思念之情，如李白："秋风吹不尽，总是玉关情"（《子夜吴歌》），这里作者用来表示家乡亲人对自己这个天涯游子的思念之情。

【赏析】

这首小令和李白《子夜吴歌》这首诗的题材相类似，属于游子思妇一类。旅途中听到秋天夜空传来的捣衣声，便触发了作者思乡怀人的感伤之情。这首小令虽然属于传统题材，思想内容也无什么新异之处，但作者在写法上却能不落俗套，兼百家之长，所以仍然具有很强的可读性。

双调·水仙子·怨风情

眼中花怎得接连枝①，眉上锁新教配钥匙，描笔儿②勾销了伤春事，闷葫芦断线儿，锦鸳鸯别对了个雄雌。野蜂儿难寻觅，蝎虎③儿干害死，蚕蛹儿毕罢了相思。

【注释】

①眼中花：比喻只在思念中而无法结合的心上人。连枝：连理枝，两棵树的枝条长在一起，比喻恩爱夫妻。②描笔儿：女子描花用的笔。③蝎虎：壁虎，又名守宫。古人认为，用丹砂喂壁虎，养到浑身发红后捣碎，点在未婚女子臂上，如不和男子交接，红点终身不退。

【赏析】

这首［水仙子］在艺术手法上有个最鲜明的特点，就是整首全用比喻，以八个比喻句，按照痛苦、怨恨、绝望的顺序，描写出一位失恋少女的心态。

双调·水仙子·咏雪

冷无香柳絮扑将来①，冻成片梨花拂不开②。大灰泥漫了三千界③，银棱了东大海④。探梅的心嗒难捱⑤。面瓮儿里袁安舍⑥，盐堆儿里党尉宅⑦，粉缸儿里舞榭歌台⑧。

【注释】

①冷无香柳絮扑将来：纷飞的雪花冷而不香，如同柳絮一样迎面扑来。冷无香：指雪花寒冷而无香气。②冻成片梨花拂不开：雪花因天气严寒，冻结成片，如同拂拭不开的梨花，岑参《白雪歌》有"忽如一夜春风来，千树万树梨花开"的诗句。③大灰泥漫了三千界：纷纷扬扬的大雪如同白灰洒遍了整个世界。漫：洒遍。三千界：佛家语，即三千大千世界，这里泛指全世界。④银棱了东大海：大雪好像为东大海镀上了一层白银。⑤探梅的心嗒难捱：捱：音ái。踏雪寻梅的人都被冻得从心里打战。嗒：牙齿打战。捱：忍受。⑥面瓮儿里袁安舍：瓮：音wèng。袁安的宅舍都被大雪埋没，就如同被埋在了面缸里。面瓮：面缸，袁安：东汉人，家贫身微，曾寄居洛阳，冬天大雪，别人外出讨饭，他仍旧自恃清高，躲在屋里睡觉。⑦盐堆儿里党尉宅：党尉深宅大院里的积雪，如同洁白晶莹的盐堆。党尉：即党进，北宋时人，

官居太尉,他一到下雪,就在家里饮酒作乐。⑧粉缸儿里舞榭歌台:大雪使歌舞的亭台也变成了粉缸。榭:建在高土台上的敞屋,即亭子。

【赏析】

这是一首咏雪曲。它以夸张之笔,渲染了大雪纷飞的壮观景象。曲子前两句采用比喻的修辞手法,描写大雪如冰冷无香的柳絮扑向大地,又像冻成片的梨花,坚实得难以拂开。接着曲子用"大灰泥漫了三千界",进一层烘托飞雪之大。从扑面飞来的柳絮,到"漫了三千界"的"大灰泥",由远及近,由高到低,从天空到地下,大笔渲染,尽情描写,把茫茫大雪的辽阔气势再现于读者眼前。面对这样的大雪和寒冷的天气,那些喜欢踏雪赏梅的文人雅士也会望雪兴叹,却步心寒。

双调·水仙子·吴江垂虹桥①

飞来千丈玉蜈蚣,横驾三天白螮蝀②。凿开万窍黄云洞③,看星低落镜中。月华明秋影玲珑。赑屃金环重④,狻猊石柱雄⑤,铁锁囚龙⑥。

【注释】

①垂虹桥:桥在江苏吴江县,有七十二洞长,如长虹从天上垂下,故名垂虹桥,俗称长桥,桥上有垂虹亭。②三天:天体学家、道家、佛家对"三天"各有各的说法,这里是泛指天空。螮蝀:音dì dòng,虹。③黄云洞:指桥洞。黄云,涨水时从桥洞汹涌而出的混浊波涛。万窍:形容桥洞之多。④赑:音bì。屃:音xì。金环:指驮石碑的龟形石座,其上装饰有铜环。⑤狻猊石柱:狻:音suān。猊:音ní。此指石柱上所雕的狮子。⑥铁锁囚龙:是形容垂虹桥好像铁锁,把吴江这条难以驯服的长龙锁住。

【赏析】

此曲描写吴江垂虹桥雄伟壮丽的气势,取譬准确生动,"千丈玉蜈蚣"、"三天白",给人以飞动壮观之感。"万窍黄云洞"、"星低落镜中"形容波涛滚滚从桥洞汹涌而出的场景,远望水天相接如星落镜中的描绘,也颇为形象化。写在明净的秋月映照下，装饰有铜环的石龟、石栏柱上雕的狮子，具有雄浑庄重之美。以铁锁囚龙形容垂虹桥横截吴江之势，想象也很奇特。

双调·水仙子·重观瀑布

天机织罢月梭闲，石壁高垂雪练寒。冰丝带雨悬宵汉，几千年晒未干，露华①凉人怯衣单。似白虹②饮涧，玉龙下山，晴雪飞滩。

【注释】

①露华：形容瀑布如同闪着光亮的露水。②白虹：形容瀑布好像一道白色的虹。

【赏析】

这首散曲是描写瀑布美丽壮观景象的佳作。一开篇，绝妙地运用比喻手法，把瀑布比作白绫，它不是凡间之物，而是用天上的织机，用月亮当梭精工细制而成的精品。"石壁高垂雪练寒"，与上一句相呼应，形容瀑布像从石壁上垂下的白练，发出阵阵寒意。一个"雪"字，生动地写出瀑布的色彩和给人的寒冷感觉。接下来作者运用夸张手法描写瀑布的气冲霄汉的气势："冰丝带雨悬霄汉，几千年晒未干。"作者写到这里，已形象而生动地展现了瀑布的恢宏气势。下面笔锋一转，"露华凉人怯衣单"，瀑布飞流而下，水珠飞溅，寒气袭人，使人感到丝丝寒意。虽觉凉意，但更有惊喜之情，因为眼中那瀑布，"似白虹饮涧"，那白虹如腾空而起的银龙，拍激石壁，呼啸而至，畅饮甘露。又好似"玉龙下山，晴雪飞滩"。那瀑布又如玉龙下山，排山倒海，水花在阳光映照下，晶莹润泽，宛若雪花飘落，水雾弥漫，直落滩头。全曲从"高垂雪练"到"玉龙下山"，这一高一低、一远一近的巧妙比喻，描绘出瀑布的壮丽气势，用冰、雪、玉展现了瀑布的银白色泽。作者把瀑布的壮丽雄浑之气势描写得淋漓尽致、跃然纸上，令人回味无穷。

双调·殿前欢·登江山第一楼[①]

拍阑干，雾花吹鬓海风寒。浩歌惊得浮云散。细数青山，指蓬莱[②]一望间。纱巾岸[③]，鹤背骑来惯[④]。举头长啸，直上天坛[⑤]。

【注释】

①江山第一楼：镇江北固山甘露寺内有多景楼，宋代书法家米芾曾称其为"天下江山第一楼"。又元代周权《多景楼》诗，也赞美它是"江山第一楼"。登楼可俯瞰长江，遥望大海。或因曲中有"指蓬莱一望间"之句，认为是指山东蓬莱县北丹崖山上的蓬莱阁，恐不当。诗人笔下的蓬莱，不必实指。②蓬莱：古代传说中的仙岛。《史记·秦始皇本纪》："齐人徐市等上书，言海中有三神山，名曰蓬莱、方丈、瀛洲，仙人居之。"③纱巾岸：头巾高戴，露出前额。岸：露额之意。④鹤背骑来惯：意谓本来就习惯于骑鹤云游。这里是以飘然自在的仙人自喻。⑤天坛：是古代为祭天求神而修建的坛台，此指天上神仙所居之地。

【赏析】

登名楼赏胜境，抒情怀发感慨，是历来诗人的题材之一。但因各人的处境、抱负不同，作品蕴含的意趣各异，这类名篇屡见不鲜。乔吉这首登临抒怀之作别开生面，意匠独运，从中活现出"烟霞状元"的啸傲江湖的形象。开门见山，起句不凡，"拍阑干"这一激愤的动作，很快地吸引读者注视曲中主人是何等人物。浪花泛起缥缈薄雾，海风吹拂着他的鬓发，更使他豪情勃发，放声浩歌，歌声直冲云霄，"浩歌惊得浮云散"，真是惊人奇句，以极度夸张的手法，抒发其激越之情。他纵目远眺，一座座青山历历在目，传说中的蓬莱仙岛，好像也只是一望之遥。于是，他把头巾往头顶上一推，油然产生骑鹤云游的浮想。他举头长啸，想象中似乎真的骑鹤直上天上仙境去了，这是浪漫主义的狂想曲。从拍阑浩歌，到乘鹤升天，贯穿其间的，是一个怀才不遇的清贫之士，对现实不满的激愤之情。尘世少知音，他才幻想骑鹤仙去；满怀抑郁之气，才浩歌长啸，舒展其积郁。

双调·卖花声·悟世

　　肝肠百炼炉间铁①，富贵三更枕上蝶②，功名两字杯中蛇③。尖风薄雪④，残杯冷炙⑤，掩清灯⑥竹篱茅舍。

【注释】

　　①肝肠百炼：喻世人心狠手辣，毫不同情和救助别人。炉间铁：喻世人心肠硬、无温情。②枕上蝶：比喻虚幻不实。庄子寓言说梦见自己变成大蝴蝶，飞翔于花丛之中，倏忽醒来，十分泄气。③酒中蛇：喻惊扰人、戕害人的虚幻之物。语出《晋书·乐广传》：乐广以酒待客，酒映出墙上所挂弓的影子，客以为蛇，受惊而病。即成语"杯弓蛇影"的本事。④薄雪：严刻冰冷的雪。⑤残杯冷炙：喝剩的酒，吃剩的菜，喻受尽冷落与侮辱。语出杜甫《奉赠韦左丞丈二十二韵》诗："残杯与冷炙，到处潜悲辛。"⑥清灯：清冷的油灯。

【赏析】

　　这首小令抒写作者在趋炎附势的社会里遭受种种冷遇以后的愤慨不平，在备尝艰辛和打击以后对世情的彻底领悟。所谓尖风薄雪、残杯冷炙、竹篱茅舍的遭遇和生活，既是他的经历，也包含着他对社会人生的痛切感受。

双调·雁儿落过得胜令·忆别

殷勤红叶①诗，冷淡黄花②市。清江天水笺③，白雁云烟字④。游子去何之？无处寄新词。酒醒灯昏夜，窗寒梦觉时。寻思，谈笑十年事⑤，嗟咨⑥，风流两鬓丝。

【注释】

①红叶：指枫叶。②黄花：菊花。③清江天水笺：用清江的天和水来作为信笺。清江：赣江与袁江合流处，一名青江。④白雁云烟字：以茫茫云烟中飞行的白雁来作为文字。白雁：大雁的一种，额白，又叫白额雁。⑤十年事：似指作者放浪于酒色的生活。杜牧《遣怀》诗言："十年一觉扬州梦，赢得青楼薄幸名。"⑥嗟咨（jiē zī）：嗟叹。

【赏析】

乔吉这首小令与前期那种通俗的作品截然不同，写得清丽典雅，如同诗词一般。全曲十二句，两两相对，且对仗工整，韵律和谐，真切地反映了暮秋时节的景物特征，也为全曲奠定了一种凄凉哀婉的基调，便于作者感伤情绪的抒发。同时作者又把上述物象与"诗"、"笺"、"字"等书信用品联系起来，既形象生动，又深刻地体现了作者对故人的思念之情，突出了作品的主题。

双调·雁儿落过得胜令·戏题

喜蛛①丝漫占，灵鹊声难验②。秋衾妆不忺③，夜烛花④无艳。愁月淡窥檐⑤，泪雨⑥冷侵帘。冉冉⑦香消渐，纤纤玉减尖⑧。咕咕⑨，念念心常玷⑩。

厌厌⑪，渐渐病越添。

【注释】

①喜蛛：古有蜘蛛报喜之说。②灵鹊：古有喜鹊叫报喜说。难验：难以应验。③忺：音xiān，高兴、适意。④烛花：灯烛所结之花烬。⑤檐：房檐。⑥泪雨：令人伤心之雨。⑦冉冉：同荏苒，渐渐的意思。⑧纤纤玉：形容手指修长而柔润。减尖：瘦削。⑨惦：音diàn，挂念、念叨。口中念叨为惦，心中挂念为惦。⑩玷：使蒙受耻辱。此谓感到耻辱、痛苦。⑪厌厌：同"恹恹"，形容患病而精神疲乏困倦。

【赏析】

这是一首闺怨曲，刻画一位深闺女子的秋思之情。前两句写这位女子盼情人不到时的惆怅之情。她盼人心切，喜蛛是她眼中所见，灵鹊是她耳中所闻，但都不灵验。当希望破灭时她内心非常痛苦，于是她更加怨恨，而这种怨正是由爱之极深引发的。爱之深而怨之切，此乃人之常情，于此可见这是一位钟情的女子。

南吕·玉交枝

溪山一派，接松径寒云绿苔。萧萧五柳疏篱寨①，撒金钱菊正开。先生②拂袖归去来，将军③战马今何在？急跳出风波大海，作个烟霞逸客④。翠竹斋，薜荔阶⑤，强似五侯宅⑥。这一条青穗绦，傲杀你黄金带。再不著父母忧⑦，再不还儿孙债。险也啊拜将台。

【注释】

①五柳：陶渊明曾著文《五柳先生传》以自况，后人多以"五柳先生"称陶渊明，称其居所为"五柳庄"。②先生：指陶渊明。③将军：这里指韩信，结句中"拜将台"即指他被刘邦设台拜将事。见《史记·淮阴侯列传》。④烟霞逸客：指山林隐士。⑤薜荔阶：薜：音bì。荔：音lì。指薜荔遮盖的台阶。⑥五侯：汉代常有五人同日封侯或一家五人封侯（见《汉书·元后传》

与《后汉书·陈蕃传》），后多用以指权贵显要之家。⑦著：同"着"，让，使。

【赏析】

这首小令把陶渊明与韩信加以对照，极写名利仕途之险恶可怖，隐居田园之安逸自由，表达了作者弃绝功名、隐居不仕的动机和原因。曲子意境雅洁，语言平淡，用典巧妙，不露痕迹。

《两世姻缘》第二折：商调·集贤宾

隔纱窗日高花弄影，听何处啭流莺。虚飘飘半衾幽梦，困腾腾一枕春醒。趁着那游丝①儿恰飞过竹坞桃溪，随着这蝴蝶又来到月榭风亭。觉来时倚着这翠云十二屏，恍惚似坠露飞萤。多咱是才肠千万结，只落得长叹两三声。

【注释】

①游丝：春天虫所吐的丝，因在空间飘动，故称游丝。

【赏析】

《两世姻缘》全名《玉箫女两世姻缘》，取材于唐范摅《云溪友议》，写韦皋与歌妓玉箫相爱，鸨母嫌韦皋贫穷，逼他上京应考。玉箫思念韦皋，郁郁而亡，投生为节度使张延赏义女。韦皋后官至镇西大元帅，在张家见到玉箫，两人重结前缘。故事同当时许多名剧相同，系采前朝佳话而成，主题也与许多爱情剧歌颂坚贞不二的爱情相同。但由于本剧末尾异乎常情的团圆结局，化悲为喜，妙手补

足离恨天,所以更能迎合观众口味。这里选的第二折,写韦皋进京后,玉箫相思致死的经过,悱恻动人。

刘时中

刘时中(生卒年不详),名致,号逋斋,时中为其字,石州宁乡(今山西省离石县)人。历官永新(今属江西省)州判、河南行省掾、翰林院待制、江浙行省都事等职。与姚燧、虞集等有交往而辈分略晚。散曲存世有小令74首、套曲4篇。一说作《上高监司》套曲者为另一刘时中。

双调·殿前欢·醉翁酡

醉翁酡①,醒来徐步杖藜拖。家童伴我池塘坐,鸥鹭清波。映水红莲五六科②,秋光过,两句新题破:秋霜残菊,夜雨枯荷。

【注释】

①酡:酒醉后两颊呈红色。②科:通"棵"。

【赏析】

这支曲子是一首秋的恋曲:有暮年时的"悲秋"之感慨,也有对自然界秋风已至的咏叹,但前者是其真正寓意。全曲格调由轻松欢快转而低沉微吟。醉酒、"徐步杖藜"、"池塘"边上的怡悦心态,表现了一个黄昏老人对生活的无限热爱恋眷之情,读来有青春气息。"秋光过"三字,似琴弦戛然而断,一股怜惋沉闷气氛顿时笼罩全篇,但整个文气也不乏磊落旷达之势。"秋霜残菊,夜雨枯荷"文字对仗工整,堪称描写秋景的绝妙佳句。

双调·殿前欢·醉颜酡

醉颜酡,太翁庄上走如梭。门前几个官人坐,有虎皮驮驮①。呼王留唤伴哥②,无一个,空叫得喉咙破。人踏了瓜果,马踏了田禾。

【注释】
①虎皮驮驮:蒙古族置于马背装载东西的兜驮,用虎皮做成,是官吏使用的东西。②王留、伴哥:农村中人的通名,犹今言张三、李四。

【赏析】
写元朝官吏下乡扰民。他们喝得醉醺醺,带着一群如狼似虎的差役,驮着抢得的财物,来到太翁庄上。村民都吓得逃走了,没有一个出来招待他们。这伙强盗般的官差非常恼怒,临走时把瓜田庄稼践踏得一塌糊涂。作者用方言俗语不动声色地记下了现实生活中发生的这一幕,真切实在,虽未加评论,但爱憎之情已深寓其中。

正宫·端正好·上高监司①

众生灵遭磨障②,正值着时岁饥荒。谢恩光拯济皆无恙③,编做本词儿唱。

[滚绣球]

去年时正插秧,天反常,那里取若时④雨降?旱魃⑤生四野灾伤。谷不登,麦不长,因此万民失望。一日日物价高涨,十分料钞加三倒⑥,一斗粗粮折四量⑦,煞是凄凉!

［倘秀才］

殷实户欺心⁸不良，停塌户瞒天不当⁹！吞象心肠歹伎俩：谷中添秕屑⁽¹⁰⁾，米内插粗糠，怎指望他儿孙久长！

［滚绣球］

甑⁽¹¹⁾生尘老弱饥，米如珠少壮荒。有金银那里每典当？尽枵腹⁽¹²⁾高卧斜阳。剥榆树餐，挑野菜尝。吃黄不老胜如熊掌⁽¹³⁾，蕨根粉以代糇粮⁽¹⁴⁾。鹅肠⁽¹⁵⁾苦菜连根煮，荻笋芦蒿带叶噇⁽¹⁶⁾，则留下杞柳株樟。

［倘秀才］

或是搥麻柘稠调豆浆，或是煮麦麸稀和细糠，他每早合掌擎拳谢上苍。一个个黄如经纸⁽¹⁷⁾，一个个瘦似豺狼，填街卧巷。

［滚绣球］

偷宰了些阔角牛⁽¹⁸⁾，盗斫了些大叶桑。遭时疫无棺活葬，贱卖了些家业田庄。嫡亲儿共女，等闲参与商。痛分离是何情况！乳哺儿没人要撇入长江。那里取厨中剩饭杯中酒？看了些河里孩儿岸上娘，不由我不哽咽悲伤。

［倘秀才］

私牙子船湾外港⁽¹⁹⁾，行过河中宵月朗。则发迹了些无徒米麦行。牙钱加倍解⁽²⁰⁾，卖面处两般装⁽²¹⁾，昏钞早先除了四两⁽²²⁾。

［滚绣球］

江乡相⁽²³⁾，有义仓，积年系税户掌。借贷数补答得十分停当，都侵用过将官府行唐。那近日劝粜到江乡⁽²⁴⁾，按户口给月粮。富户都用钱买放⁽²⁵⁾，无实惠尽是虚桩。充饥画饼诚堪笑，印信凭由却是谎，快活了些社长知房。

【注释】

①监司：官名，负责监察州郡。高监司：可能指侍御史高，他在仁宗延祐二年（1315）担任此职。②磨障：魔障，指灾难。③拯济：拯救赈济。无恙：指安全渡过了灾难。④若时：如时，及时。⑤旱魃：魃：音 bá。中国神话里主旱的神。⑥十分料钞：十足的钞票。加三倒：（用钞票买米粮时）要再加十分之三才能倒换（粮食）。⑦折四：（粮店售粮）要扣去十分之四。⑧殷实：富有。欺心：泯灭良心。⑨停塌户：囤积米粮的人家。不当：不合理。⑩秕屑：秕：音 bǐ。瘪而粒小的谷子。⑪甑：音 zèng，蒸饭用的陶质炊具。⑫枵腹：枵：音 xiāo。空肚子。⑬黄不老：黄檗树的果实，可食，但味极苦。

熊掌：是嘉肴美味之一。⑭蕨：音 jué，一种草本植物，地下茎可制淀粉。猴（hóu）粮：干粮。⑮鹅肠：一种野菜，学名繁缕。⑯荻：荻，音 dí。笋；荻的嫩芽。荻；形似芦苇的草本植物。芦莴（wō）：芦笋与莴苣，嫩时均可食。（chuāng）：吞咽。⑰经纸：抄写佛经所用的纸，黄色，借以形容人脸蜡黄。⑱阔角牛：广额大角牛，疑是禁止宰杀的耕牛。⑲私牙子：不公开的经纪商。港：停泊，靠港。⑳牙钱：经纪商的好处费。解：交送。㉑两般装：在卖家和买家两头做假捣鬼。㉒昏钞：揉烂的钞票。除四两：扣了四成。㉓江乡相：近江的乡村那一边。相：同"厢"。㉔劝粜：（官府派出大员到地方上）强行叫富户平价售粮。㉕买放：买通官员，免去平价放粮。

【赏析】

作品反映了封建社会广大人民苦难的深重，揭示出元代地方官员、地主富豪利用自然灾害巧取豪夺、贪污行贿等情形。

薛昂夫

薛昂夫（1267～1359），又名超吾。回鹘（今新疆）人，维吾尔族，汉姓马，故亦称马昂夫，字九皋。官三路达鲁花赤（元时官名），晚年退隐杭县（今杭州市东）。善篆书，有诗名与萨都剌唱和。王德渊《薛昂夫诗集序》，称他"诗词新严飘逸，如龙驹奋迅，有'并驱八骄一日千里'之想"。《南曲九宫正始》序称"昂夫词句潇洒，自命千古一人"。其散曲意境宽阔，风格豪迈。现存小令65首，套数3篇。

中吕·朝天曲

沛公，大风①，也得文章用。却教猛士叹良弓②，多了游云梦③。驾驭英雄，能擒能纵，无人出彀中④。后宫⑤，外宗⑥，险把炎刘并⑦。

【注释】

①《大风》：刘邦是沛县人，称帝后曾回乡作《大风歌》。见《史记·高祖本纪》。②却教猛士叹良弓：韩信被刘邦逮捕之后曾说："果若人言：狡兔死，良狗烹；高鸟尽，良弓藏；敌国破，谋臣亡。天下已定，我固当烹。"见《史记·淮阴侯列传》。③游云梦：刘邦诈游云梦泽，在会见诸侯时出其不意擒住韩信。④彀（gòu）中：意为圈套中。⑤后宫：指吕太后。⑥外宗：指吕后家族。⑦炎刘：五行家认为秦朝的命运属水，汉朝命运属火，故称炎刘。

【赏析】

这组重头小令计有22首，皆为咏史之作，选6首。这第一首是感怀汉高祖刘邦之事。作者对刘邦玩弄权术反而招致诸吕内乱的愚蠢策略予以无情的讽刺，并对无辜被杀的功臣良将寄寓了深切的同情和怜悯。

正宫·塞鸿秋

功名万里忙如燕①，斯文一脉微如线②。光阴寸隙流如电③，风霜两鬓白如练④。尽道便休官，林下何曾见？⑤至今寂寞彭泽县⑥。

【注释】

①"功名"句：为了功名，整天像衔泥筑巢的燕子一样忙忙碌碌。功名

万里:是化用东汉名将班超投笔从戎,远赴西域,建功立业,最后得封定远侯的典故。②"斯文"句:士子品格清高,文雅脱俗的传统,已经微弱如细线一样。比喻那些苟苟营营于功名利禄的人几乎已把人格丧失殆尽。③"光阴"句:时间像白驹过隙,又如电光石火,转瞬即逝。寸隙:一寸那样的小缝隙。电:电光石火。④"风霜"句:饱经风霜的两鬓白得像素练一样。练:洁白的丝绢,此处指鬓发雪白。⑤"尽道"二句:都说就要辞官归隐,可林下哪里见到了?这是化用唐代灵沏和尚的诗句:"相逢尽道休官去,林下何曾见一人!"⑥"至今"句:直到现在也只有彭泽县令陶渊明孤独一人辞官退隐而已。寂寞:这里是指孤独、孤单。彭泽县:指陶渊明。陶渊明曾在彭泽县任县令,因不愿摧眉折腰事权贵,辞官归里。意谓像陶渊明这样真休官、真隐逸的人太少了。

【赏析】

揭出官吏们的鬼脸、撕掉假名士的画皮,是薛昂夫这一首讽刺小令特别引人注目的思想艺术特色。

中吕·朝天曲

董卓①,巨饕②,为恶天须报③。一脐然出万民膏④,谁把逃亡照?谋位藏金⑤,贪心无道,谁知没下梢⑥!好教,火烧,难买棺材料⑦。

【注释】

①董卓:汉末权臣,曾废立天子,独揽朝纲,残暴贪婪,筑坞而藏金银珠宝。后被司徒王允用连环计杀死。死后暴尸,卫者在其肚脐上安一灯蕊点燃,燃烧了很长时间。②饕:音tāo,贪财、贪食。③"为恶"句:人做恶事天要报应的。④"一脐"句:指董卓死后被燃之事。然:同燃。⑤谋位藏金:董卓曾有心篡位,在坞中藏有粮食珠宝。⑥下梢:下场。⑦"难买"句:讽刺挖苦董卓死后尸体被烧,无法用棺材盛殓。

【赏析】

这是薛昂夫咏史［朝天曲］第十二首，借嘲讽东汉末年权奸董卓下场，表示对贪官污吏的憎恶与痛恨。开头在提出董卓名字后，即下了"巨饕"二字，这是极准确、极概括的评语。抓住这一历史人物的本性，写其贪得无厌，贪婪地聚敛搜刮财富，贪婪地攫取权势，位极人臣仍不满足，一心要篡夺皇位。针对董卓所作所为，接着作者下了一句断语："为恶天须报。"这是整首曲的曲眼所在，所表现的思想贯串通篇。

中吕·山坡羊

大江东去，长安西去①，为功名走遍天涯路。厌舟车，喜琴书。早星星鬓影瓜田暮②，心待足时名便足。高，高处苦；低，低处苦。

【注释】

①"大江"二句：意为向长江下游所在的东方去，向长安所在的西方去。②"早星星"句：意为归隐为时已晚。瓜田：见前孛罗御史［南吕·一枝花］《辞官》注④。

【赏析】

这支曲子抒发了为功名而奔波的厌倦。待鬓影星星时，觉悟已晚。末四句劝人们要"心足"：争名到"高处"，依旧有苦处。

中吕·山坡羊·秋《西湖杂咏》①

疏林红叶，芙蓉将谢②，天然妆点秋屏列。断霞遮，夕阳斜，山腰闪出闲亭榭。分付画船且慢者。歌，休唱彻③；诗，乘兴写。

【注释】

①西湖杂咏：共七首，计咏春、夏、秋、冬四季景色各一首，另有《忆旧》、《筱步》、《苦雨》三首。②芙蓉：即荷花，夏季开花，秋季凋谢结莲蓬。另有木芙蓉，八、九月开花，耐寒不落。此处当指荷花。③唱彻：唱完，了结。

【赏析】

这是一首咏西湖秋色的小令，前大半首写西湖秋景的特色，疏林、红叶、芙蓉、断霞、夕阳、山腰亭榭，色彩鲜明，构成一幅天然画屏。后小半是触景生情，主人为欣赏自然美景，吩咐划船者慢慢地划，歌也不要很快就唱完，美景激发诗人的灵感，乘兴挥毫题诗，诗情画意融为一体，情趣盎然。

双调·楚天遥过清江引①·春归二首

一

花开人正欢，花落春如醉。春醉有时醒，人老欢难会。一江春水流，万点杨花坠。谁道是杨花？点点离人泪②。回首有情风万里，渺渺天无际。愁共海潮来，潮去愁难退③。更那堪晚来风又急！

二

有意送春归，无计留春住④。明年又着来，何似休归去。桃花也解愁，点点飘红玉⑤。目断楚天遥，不见春归路⑥。春若有情春更苦，暗里韶光度⑦。夕阳山外山，春水渡傍渡。不知那答儿是春住处！

【注释】

①楚天遥过清江引：这是双调所属的带过曲，由［楚天遥］和［清江引］两个曲牌组合而成。②"谁道是杨花"二句：这是化用苏轼［水龙吟］《次韵章质夫杨花词》之句："细看来，不是杨花，点点是离人泪。"③"回首有情风万里"四句：万里长风也好像有感情变化。这是化用苏轼［八声甘州］《寄参寥子》词中"有情风万里卷潮来，无情送潮归"之句。④无计留春住：这是借用南唐冯延巳［鹊踏枝］词中的成句："雨横风狂三月暮，门掩黄昏，无计留春住。"⑤点点飘红玉：指桃花流泪。⑥"目断楚天遥"二句：纵目望断遥远的南方天空，也看不见春天归去的道路。楚地在南方，楚天即指南天。⑦"春若有情"二句：春天如果有情，也会感到更加痛苦，因为美好的春光就这样悄悄地逝去了。

【赏析】

这两首曲子所写的主题在诗词曲中多见。曲子正面写的是惜春，而从中表现的感情则是美好的青春年华一去难以再来。

双调·楚天遥过清江引

屈指数春来，弹指惊春去。蛛丝网①落花，也要留春住。几日喜春晴，几夜愁春雨。六曲小山屏②，题遍伤春句。春若有情应解语，问着无凭据③。江东日暮云，渭北春天树④。不知那答儿是春住处！

【注释】

①网：这里用作动词，意为网住，粘住。②六曲小山屏：指一组六扇屏风，上面画着山水画，题写着伤春的诗句。③问着无凭据：意为问不出个究竟。④"江东日暮云"两句出自杜甫《春日忆李白》诗，引指春去无迹，遍寻不见。

【赏析】

这是一首伤春的带过曲。借景言情，抒写春尽花残、良辰美景一去不返所引起的闲愁别绪。全篇十三句中九用"春"字，回环往复，缠绵悱恻，在很大程度上吸取了词的意境和语句。但结尾"那答儿"俗语词的衬入，又带出曲子的风味，和谐自然，是雅丽派以词为曲的上乘之作。

吴弘道

吴弘道，字仁卿，号克斋，生卒未详，金台蒲阴（今河北安国）人，做过江西省检校掾史。著有《金缕新声》、《曲海丛珠》及杂剧《楚大夫屈原投江》等5种，今均不传。现存小令34首，套数4篇。

南吕·金字经·伤春

落花风飞去，故枝依旧鲜①，月缺终须有再圆。圆，月圆人未圆。朱颜变，几时得重少年②？

【注释】

①"落花"二句：凋谢的花被风吹飞了，但它的树枝依然是活鲜鲜的。②重少年：重新少年，即再少年。

【赏析】

见落花而伤春，见月缺而感离别，是自古以来人之常情。此曲运用了比兴和反衬手法，慨叹青春易逝、盛年不再，语言朴实清新。

双调·拨不断·闲乐

泛浮槎①，寄生涯②，长江万里秋风驾。稚子③和烟煮嫩茶，老妻带月炰新鲊④。醉时闲话。

【注释】

①浮槎：指木船。②生涯：犹生计。③稚子：幼子。④炰：音 fǒu，烹煮。鲊（zhǎ）：腌制的鱼。

【赏析】

吴弘道以同一宫调曲牌创作了四首《闲乐》小令，这是其中第一首。此曲并无直言利名宦情，但从一叶扁舟，长江万里，老妻稚子，其乐融融的情调气氛，不难看出他的这种选择是有所排拒，他的闲适是有所对比的。此曲所写乃个人之乐，更是家庭之乐，家庭的幸福，比较难得。"稚子和烟煮嫩茶，老妻带月炰新鲊"两句对仗极工，诗意甚浓。

赵善庆

赵善庆（生卒年不详），字文贤，一作文宝。饶州乐平（今江西省德兴县）人。善卜术，曾任阴阳学正。著杂剧 8 种，均失传。存世散曲有小令 29 首。《太和正音谱》称其曲"如蓝田美玉"。

中吕·普天乐·江上秋行

稻粱肥，蒹葭秀。黄添篱落①，绿淡汀洲。木叶空，山容瘦②。沙鸟翻风知潮候，望烟江万顷沈秋。半竿落日，一声过雁，几处危楼③。

【注释】

①黄添篱落：篱笆中的花草树木在秋天里渐渐变黄。②山容瘦：指秋山干枯。脱去了绿装。③危楼：高楼。

【赏析】

写秋日江边出行所见，如同一幅秋江落日图。措辞凝练，笔调清丽，结尾三句略带一丝苍凉之意。

中吕·山坡羊·长安怀古

骊山横岫①，渭水②环秀，山河百二③还如旧。狐兔悲，草木秋，秦宫随苑徒遗臭。唐阕汉陵何处有？山，空自愁；河，空自流。

【注释】

①岫：音 xiù，这里指山峰。②渭水：即渭河，是黄河最大的支流，流经关中平原，环绕长安。③山河百二：指关中优越的山河形势。

【赏析】

此曲通过吟咏燕子秋去春来，年年岁岁忙忙碌碌来往不断，感慨历史兴亡盛衰的循环交替，意绪苍凉，充满深沉的沧海桑田之感。

双调·沉醉东风·秋日湘阴道中

山对面蓝堆翠岫①,草齐腰绿染沙洲。傲霜橘柚青,濯雨蒹葭秀②。隔沧波③隐隐江楼。点破潇湘万顷秋④,是几叶儿传黄败柳⑤。

【注释】

①蓝堆翠岫(xiù):翠绿的山峰像是由蓼蓝堆染而成。蓝:蓼蓝,一种可制染料的草。岫:峰峦。②濯雨蒹葭秀:濯:音zhuó。蒹葭:音jiān jiā。经过雨水的洗刷,芦苇显得更加秀美。濯:洗刷。蒹葭:芦苇。③沧波:深绿色的江流。④点破潇湘万顷秋:点染出潇水、湘江流域广大地区的秋意。点破:点染出。⑤传黄败柳:形容柳树枝叶枯黄凋零。

【赏析】

这首绘秋的小令超出传统藩篱,绘出另一番气象,表达了另一种心情。如果不是结尾两句的"点破潇湘万顷秋,是几叶儿传黄败柳"提醒人们作者描写的是秋天景色的话,人们或许要把前面的描摹当作夏景来欣赏。"兰堆翠岫"、"绿染沙洲"、"草齐腰"、"橘柚青"、"蒹葭秀"的景象中充溢着无限的生机与活力,使人想到鸟语花香。而"隔沧波隐隐江楼"更脱尽肃杀与凄清,平添人间温情。秋在自然中,更在诗人们心里。不同诗人因不同的境遇对秋有不同的感受。这首小令虽然全为景语,但是无处不透露出身为小官吏的作者内心的恬静与安然。

双调·庆东原·泊罗阳驿①

砧声②住,蛩韵切③,静寥寥④门掩清秋夜。秋心凤阙⑤,秋愁雁堞⑥,秋梦蝴蝶⑦。十载故乡心,一夜邮亭⑧月。

【注释】

①泊：音bó，寄宿。罗阳驿：小驿站名。②砧声：捣衣声。③蛩：音qióng，蟋蟀。切：急促。④静寥寥：意为静悄悄。⑤凤阙：指朝廷。⑥雁堞：堞：音dié。指城池。堞：城墙上的垛。⑦秋梦蝴蝶：典出《庄子·齐物论》，说他做梦变成一只大蝴蝶，醒来后，"不知周之梦为蝴蝶与？蝴蝶之梦为周与？周与蝴蝶必有分矣，此之谓物化"。⑧邮亭：驿站。

【赏析】

同样在逆旅，同是写秋，这首曲与［沉醉东风］《秋日湘阴道中》的意境不同，但也仍非悲秋之作。小令以物动显景静，以景静衬心乱，成功地表达出一个游子脉脉不忘的乡情。"秋心"、"秋愁"、"秋梦"的排比连用，紧抓季节特征，涵盖力强，感染力深。全曲清丽静谧，意境深邃。

双调·折桂令·西湖

问六桥①何处堪夸？十里晴湖，二月韶华②。浓淡峰峦，高低杨柳，远近桃花。临水临山寺塔，半村半郭人家。杯泛流霞③，板撒红牙④。紫陌⑤游人，画舫娇娃。

【注释】

①六桥：指杭州西湖外湖苏堤上映波、锁澜、望山、压堤、东浦、跨虹六桥。宋代苏轼所建。其《轼在颍州与赵德麟同治西湖湖成德麟有诗见怀次韵》有"六桥横绝天汉上，北山始与南屏通"之句。②韶华：美丽的春光。③流霞：泛指美酒。④红牙：乐器名。檀木制的拍板，用以调节乐曲的节拍。⑤紫陌：指京师郊野的道路。

【赏析】

西湖，在苏轼笔下有"西子"的美誉，历来歌诵吟咏之作颇富，加大了后人创新的难度。这首小令从外湖苏堤上之六桥着笔，用"何处堪夸"一问句开篇，直指实质，引人注目。"十里晴湖，二月韶华"是对开篇所问作答，也概括了六桥的面积水域及引入之时间季节。下面五句具体铺陈西湖自然景色和人工风光，峰峦、杨柳、桃花、寺塔、人家诸种物象，远近高低，浓淡深浅，错落有致，尽加点染。"浓淡"、"高低"、"远近"这些词的反义组合和"临水临山"、"半村半郭"字的叠用，描写精当，韵调口感极佳。结尾四句写西湖的繁华升平景象：游人如织，画舫穿梭，杯斟美酒，朱唇轻唱，美不胜收，达到高潮。由自然景色、人工风光和人文景象构成了西湖春天的繁盛妩媚，令人乐而忘返。

马谦斋

马谦斋，元代后期散曲作家，与张可久同时，曾在大都、上都等处做过官，后辞官居杭州。现存小令17首。

中吕·快活三过朝天子四边静·秋

芰荷衰翠影稀,豆花凉雨声催。谁家砧杵捣寒衣①,万物皆秋意。燕归,雁飞,霜染芙蓉醉。长江万里鲈正肥②,漫忆家乡味。啸月吟情,凌云豪气,岂当怀宋玉③悲?赏风光帝里④,贺恩波凤池⑤,喜生在唐虞世⑥。香山⑦叠翠,红叶西风衬马蹄。重阳佳致⑧,千金曾费。黄橙绿醅⑨,烂醉登高会。

【注释】

①砧杵:捣衣的工具。捣寒衣:秋天将准备用来做寒衣的衣料置砧上捣之,使净使平。李白《子夜吴歌·秋歌》:"长安一片月,万户捣衣声。"②"长江"句:《晋书·张翰传》:"翰因见秋风起,乃思吴中菰菜、莼羹、鲈鱼脍,曰'人生贵得适志,何为羁官数千里,以邀名爵乎?'遂命驾而归。"后世人遂以思莼羹鲈脍比喻思归故里。③宋玉:战国时楚国人,曾在《九辩》中慨叹:"悲哉!秋之为气也!萧瑟兮草木摇落而变衰。"④帝里:帝王所居之地。此处指京城大都。⑤凤池:"凤凰池"的省称。凤凰池是禁苑中的池沼名,为中书省所在地。此处是用以代称朝廷。⑥唐虞世:儒家所称道的太平盛世。虞:指舜;唐:指尧。⑦香山:在今北京西山,为秋天观赏红叶的游览胜地。⑧重阳佳致:阴历九月九日为重阳节。古人常在该日登高饮宴。⑨绿醅:绿色的酒。

【赏析】

这是支伤物抒情的曲子。虽以"芰荷衰"领起,加强伤秋的气氛,却寄托着愤世之情。此曲有声、有色、有味,同时又有悲有喜。既重在社会现实,又着眼矛盾复杂的内心世界刻画。但因无法解脱,于是,只好以"烂醉"了之。

双调·水仙子·咏竹

贞姿①不受雪霜侵,直节亭亭易见心。渭川②风雨清吟枕,花开时有凤寻③。文湖州④是个知音。春日临风醉,秋宵对月吟,舞闲阶碎影筛金⑤。

【注释】

①贞姿:谓竹子具有常年翠绿永不改变的姿色。②渭川:即渭河,古代渭河流域以盛产竹子著称。《汉书·货殖传》:"齐鲁千亩桑麻,渭川千亩竹。"③"花开"句:传说凤凰喜欢竹子,"非练实(竹籽)不食"(见《庄子·秋水》)。④文湖州:指宋代著名画家文同,字与可,以善画竹子闻名于当世。因他曾被任命为湖州知州,故世称文湖州。⑤碎影筛金:月光从竹子的枝叶间照射下来,闪闪发亮。

【赏析】

作者咏竹,比人的高风亮节,赋予竹坚贞和刚直的品格,极为深刻感人。

越调·柳营曲·叹世

手自搓,剑频磨,古来丈夫天下多。青镜摩挲①,白首蹉跎,失志困衡窝②。有声名谁识廉颇③,广才学不用萧何④。忙忙的逃海滨,急急的隐山阿⑤,今日个⑥,平地起风波。

【注释】

①摩挲:抚摸。②衡窝:即衡门,指隐者所居的横木为门的简陋小屋。《诗·陈风·衡门》:"衡门之下,可以栖迟。"③廉颇:战国时赵国的良将。

④萧何：汉高祖刘邦的开国功臣。⑤山阿：大的山谷。⑥今日个：今天。个：语助词。

【赏析】

"叹世"，慨叹世道，从题目来看，就流露出了对现实的不满之意。这支小曲，表达了对士子入仕之难和仕途险恶的感叹悲愤之情。这支曲子虽然言辞简短，但所蕴含的容量却很大。曲中夹叙夹议，风格精警，具有很高的思想性和艺术性。

双调·沉醉东风·自悟

取富贵青蝇竞血①，进功名白蚁争穴②。虎狼丛甚日③休？是非海何时彻④？人我场慢⑤争优劣。免使旁人⑥做话说，咫尺韶华去⑦也。

【注释】

①青蝇竞血：苍蝇在争着啄血。比喻当时社会的尔虞我诈、明争暗斗。②白蚁争穴：像一群蚂蚁在争着洞穴。③虎狼丛：同下文的"是非海"、"人我场"皆是比喻当时官场乃至整个社会的黑暗现象。甚日：何日，什么时候。④彻：完结、结束的意思。⑤慢：同"漫"，不要的意思。⑥旁人：指别人。⑦咫尺韶华：指人生很短暂的光阴。去：过去，消逝。

【赏析】

这首曲是写对自己以前的官场生涯的反省。"自悟"就是自己醒悟。此曲内容令人有大彻大悟之感。

双调·水仙子·雪夜

一天云暗玉楼台,万顷光摇银世界①。卷帘初见栏干外。似梅花满树开,想幽人②冻守书斋。孙康朱颜变,袁安绿鬓改,看青山一夜头白。

【注释】

①万顷光摇银世界:无边无际的大雪在夜晚映现出闪光,整个世界都披上了银妆。万顷:极言无边无际。②幽人:深居之人,这里指隐士。

【赏析】

这是一首描写雪夜景色的曲子。曲子先写夜间大雪,天地一片白茫。作者运用夸张的手法,生动地描绘了天空彤云密布、大雪纷飞、整个世界如同万顷银海的情形。同时,曲子又借用典故,进一步烘托渲染夜雪的奇特景象,使全幅画面更加生动。

张可久

张可久，生卒年不详，字小山。一作字伯远，号小山。庆元路（今浙江宁波市）人。以路吏转首领官（掌管文牍），又曾为桐庐典史。小山多有与卢挚、贯云石等人唱和之作，又称马致远为先辈。至正初，小山年七十余，尚作山县幕僚，至正八年（1348）尚在世。生平好游，遍及江南各地。有《张小山北曲联乐府》三卷，又有《小山乐府》不分卷（天一阁本）。今存小令855首，套数9篇。

越调·天净沙·鲁卿庵中

青苔古木萧萧①，苍云秋水迢迢②。红叶山斋小小。有谁曾到？探梅人③过溪桥。

【注释】

①萧萧：草木摇落声。②迢迢：遥远。③探梅人：作者自指。

【赏析】

此曲紧扣题目，先以"青苔古木"、"苍云秋水"描画鲁庵旷古幽邈。而庵处红叶之中，却又不失幽雅清丽。庵主与世隔绝，却有探梅者来访。深秋何来梅花？当是写意寄情。可知庵主喜梅，高洁脱俗，探梅人之志趣，也就不言而喻。

双调·折桂令·村庵即事①

掩柴门啸傲烟霞②。隐隐林峦③，小小仙家。楼外白云，窗前翠竹，井底朱砂④。五亩宅⑤无人种瓜，一村庵有客分茶⑥。春色无多⑦，开到蔷薇，落尽梨花。

【注释】

①村庵：茅舍、书斋均可称庵，此指村舍。即事：就眼前所见之事，抒发随感。②啸傲烟霞：自由自在地在大自然中放声长啸。烟霞：山林水际，泛指大自然。③林峦：长有树林的小山。④井底朱砂：含有朱砂矿质的泉水。朱砂：红色矿砂，可入药。井泉含朱砂者为清凉佳品。⑤五亩宅：指宅旁不大的园子。⑥分茶：唐宋以来待客饮茶的习惯，有煎茶与分茶两种，煎茶用姜盐，分茶则不用姜盐，把茶饼研细后用水煮开即可饮用，故杨万里《澹庵坐上观显上人分茶》诗云："分茶何似煎茶好，煎茶不似分茶巧。"⑦春色无多：意谓春光易过。

【赏析】

这是一首闲适诗性质的小令，写作者来到一个村舍所见的情景，颇有世外桃源的意象。首句就描绘出村舍主人不同凡俗的形象，他掩上简陋的房门，在林间放声长啸，这是一个特写性的素描。接着写村舍的环境之美，远处小山树林，近观"楼外白云、窗前翠竹、井底朱砂"。既有空间的立体感，又有鲜明的色彩。幽美的环境，衬托出村舍主人的高雅风度，分茶之客，也应是高人雅士。最后三句，点明时间是春末夏初，梨花已经落尽，春天过去了，也含有惋惜时光易逝、对恬淡素雅之美生活的向往之情。所谓"小小仙家"，正是这种理想境界。

黄钟·人月圆·山中书事

兴亡千古繁华梦,诗眼①倦天涯。孔林②乔木,吴宫蔓草,楚庙寒鸦。数间茅屋,藏书万卷,投老村家。山中何事,松花酿酒,春水煎茶。

【注释】

①诗眼:诗人的眼睛。②孔林:孔子及其后代的墓。

【赏析】

此曲通过感慨历史的兴亡盛衰,表现了作者勘破世情、厌倦风尘的人生态度,以及隐居田园,诗书自娱茶酒自乐的欣慰和满足,抒写了安贫乐道、甘心寂寞的生活情趣和心志。

中吕·迎仙客·秋夜

雨乍晴,月笼明①,秋香院落砧杵鸣②。二三更,千万声,捣碎离情,不管③愁人听。

【注释】

①月笼明:雾月笼罩大地,一片澄明。②砧杵:音 zhēn chǔ,过去人洗衣时捶衣用的基石和木棒。③不管:不顾。

【赏析】

作者以清丽之笔勾画出一幅秋夜思妇游子图。月光下,思妇捣衣怀远人,而捣衣声又引起了游子的一片离情,可谓画中有画,情外有情。李白有"长安一片月,万户捣衣声"的名句,描写长安风情,其捣衣场面宏大热闹,既含有对征人的思念,又充满对凯旋回师的希望。而此曲作者却不避前贤大笔,以同一题材写思妇的寂寞、热切又沉重的思情,更妙是引出游子的离情,翻出新意,诚可谓妙笔生花。

中吕·红绣鞋·虎丘道上

船系谁家古岸,人归何处青山。且将诗做画图看:雁声芦叶老,鹭影蓼花寒①,鹤巢松树晚。

【注释】

①鹭:鸟类的一科,嘴直而尖,颈长,飞翔时缩着颈。《诗·周颂·振鹭》:"振鹭于飞,于彼西。"蓼(liǎo)花:植物名,为一年生或多年生草本。

【赏析】

此曲《太平乐府》、《乐府群珠》题作"虎丘道士",此从《北曲联乐府》。这是一首写景之作,诗人行走在虎丘道上,船横岸边,青山隐隐,清寂无人,从心里发出了"船系谁家古岸,人归何处青山"的疑问。同时,岸为古岸,山为青山,也透露出苍凉之意。小山在本曲中流露的情感非常含蓄,非常抽象,但艺术的魅力却是不可抗拒的。

中吕·红绣鞋·天台瀑布寺

绝顶峰攒雪剑①,悬崖水挂冰帘。倚树哀猿弄云尖。血华啼杜宇②,阴洞吼飞廉③。比人心山未险。

【注释】

①峰攒雪剑：意指披雪的山峰聚集在一起，像一柄柄直指云天的宝剑。②血华啼杜宇：这句指杜鹃鸟叫得很凄凉，用了杜鹃啼血的典故。华：同花。③飞廉：传说中的风神（见屈原《离骚》），这里指风。

【赏析】

天台山在浙江省天台县北，山中有方广寺，寺旁瀑布系天台八景之一，宋大书法家米芾题为"第一奇观"。这首小令极写天台瀑布及周围景观的险恶怪奇，惊心动魄，反衬世道人心之险恶尤甚于此，表现了作者强烈的愤世嫉俗情绪。构思新奇，用笔冷峭，在写景之作中别具一格。

中吕·红绣鞋·秋望

一两字天边白雁①，百千重楼外青山②。别君容易寄书难。柳依依花可可③，云淡淡月弯弯，长安迷望眼。

【注释】

①一两字天边白雁：倒装句，即天边白雁排成行，像一行行写在空中的文字。②百千重楼外青山：倒装句，楼外青山百千重。③可可：可人貌。

【赏析】

这是写思念友人的小令。开首两句以数词、名词构成，已显出这首曲的意境自是不凡。天边白雁，楼外青山，阻隔了作者与友人音信的往来。此情此景，本已令人伤感至极了，但依依的杨柳，可人的花朵，淡淡的云彩，弯弯的月亮，使诗人对朋友的思念之情更加无法抑止，体味到人生的缺憾与无奈。情中景，景中情，情景融通，将"思念"二字抒写得入木三分。

中吕·满庭芳·金华道中

营营苟苟,纷纷扰扰,莫莫休休。厌红尘拂断归山袖,明月扁舟。留几册梅诗①占手,盖三间茅屋遮头。还能够:牧羊儿肯留,相伴赤松②游。

【注释】

①梅诗:咏梅的诗篇。②赤松:赤松子,传说中古代的神仙,张良曾追随他退隐,见《史记·留侯世家》。

【赏析】

此曲抒写对官场营营苟苟和俗世纷扰的憎恶和厌倦,表现了作者跳出红尘,归隐田园,去过诗酒优游的自由自在生活的决心。

中吕·山坡羊·闺思

云松螺髻①,香温鸳被,掩春闺一觉伤春睡。柳花飞,小琼姬②,一声"雪下呈祥瑞",团圆梦儿生③唤起。谁,不做美?呸!却是你。

【注释】

①云松螺髻:云松:形容妇女发髻像云一样浓密蓬松;螺髻:是妇女发式的一种。②小琼姬:美丽的小丫头。③生:硬。

【赏析】

读罢此曲,不由人惊叹作者构思之妙。此类曲词一般都写得哀婉幽怨、缠绵悱恻,而此曲却独辟蹊径,为读者描绘出一幅迷人的美人春睡图,只有细心品味才能从字里行间隐隐觉出美人的愁闷。

中吕·卖花声·怀古

美人①自刎乌江岸,战火曾烧赤壁山②,将军③空老玉门关。伤心秦汉,生民涂炭④,读书人一声长叹。

【注释】

①美人:指项羽宠爱的虞姬。她在项羽乌江自刎时,亦自杀殉情。②赤壁山:三国时周瑜火烧曹军处,在湖北嘉鱼县。③将军:指东汉班超,为通西域,他在玉门关外奔走和经营了三十多年,年老时上书请求回中原,有"但愿生入玉门关"之语。④涂炭:泥涂与炭火,喻指遭罪受苦的境遇。

【赏析】

这首小令用三件史事表述作者的兴亡感慨,揭出了"怀古"的旨意。对于一次又一次的战乱给人民带来巨大灾难给予谴责。由于这种谴责实际上已经无补于事,也不为当事人注意,所以发出一声长叹,表现了无可奈何的感伤。作品选用的典故看似信手拈来,实际上是经过严格筛选的,各自都与其主题思想有内在联系。

中吕·喜春来·永康①驿中

荷盘②敲雨珠千颗,山背披云玉一襄。半篇诗景费吟哦③,芳草坡,松外采茶歌。

【注释】

①永康:地名,今属浙江省。②荷盘:如盘荷叶。③吟哦:写作诗词,推敲诗句。唐李郢《偶作》诗:"一杯正发吟哦兴,两盏还生去住愁。"

【赏析】

这是一首即兴小诗,作者行于永康道上,忽逢阵雨,躲避于驿站之中,望着外面雨敲荷盘,仿佛天上掉下的千万颗珍珠;山背云罩,又似披着一领玉色襄衣。眼前一切充满了诗意,正当他冥思苦想、仔细推敲之时,从芳草如茵的山那边,传来了采茶姑娘欢乐的歌声。此景此情,更富有诗情画意,诗人亦不觉沉醉其间。用"敲"形容雨打荷盘,用"披"形容云罩山背,将自然之景赋予拟人化动态,十分形象而生动。

中吕·普天乐·西湖即事

蕊珠宫①,蓬莱②洞。青松影里,红藕香中。千机云锦重,一片银河冻③。缥缈佳人双飞凤,紫箫寒月满长空④。阑干晚风,菱歌上下⑤,渔火西东。

【注释】

①蕊珠宫:道教传说中神仙所居宫殿。②蓬莱:神话传说中海上仙山之一。③"千机云锦重"二句:这是由彩霞倒映西湖水面的景色,联想到天上织女织出的千重云锦,映在冰冻的银河上,更显出西湖傍晚景色之美。④

"缥缈佳人双飞凤"二句：这是由所见游湖佳人及其箫声，联想起传说中吹箫乘鸾仙去的故事，因而产生紫箫寒月满长空的幻觉。⑤菱歌上下：采菱姑娘的歌声彼此应和。

【赏析】

这首描写西湖景色的散曲最显著的特色是虚实融合，神仙洞府，人间佳境，相映成趣。其艺术构思的脉络是：由虚带实，又由实入虚，最后复归于实。中心内容是写西湖从傍晚到黄昏时候的景致，为形容西湖美如仙境，却以传说中的神仙宫殿洞府起兴，然后写西湖有特色的景象。

中吕·普天乐·别怀

故人疏，忧心悄①。愁云淡淡，远水迢迢②。一声白雁③寒，几点青山小。满目凄凉谁知道，赋情词写遍芭蕉。明月洞箫，夕阳细草，沙渚残潮。

【注释】

①悄：忧愁。《诗经·邶风·柏舟》："忧心悄悄，愠于群小。"②迢迢：形容遥远的样子。③白雁：似雁而小，深秋来，来则霜降。

【赏析】

这首曲子写对友人的怀念。"故人疏，忧心悄"，开门见山，抒发朋友疏离引起的心中忧愁。接下来四句写景，由于作者情系远方的朋友，心情抑郁，所以放眼一望，无论高空的云，远方的水，也无论是啼鸣的白雁，隐约的青山，都笼罩上一层清寒黯淡的伤感。而对此情此景，"满目凄凉谁知道，赋情词写遍芭蕉"，把作者的满目凄凉和深沉思念，都付诸诗词。芭蕉题词，传说唐代书法家怀素住在零陵，常用芭蕉代纸书写。末三句写景，黯淡的色彩、哀婉的箫声和残落的潮水，透露出的是作者伤感的情怀和绵绵的思念。前四句写景，是触景生情；后三句写景，是寄情于景。小令情景相融，有蕴藉之美。

南吕·四块玉·客中九日

落帽风①,登高酒②。人远天涯碧云秋,雨荒篱下黄花瘦。愁又愁,楼上楼,九月九。

【注释】

①落帽风:晋人孟嘉重阳节游龙山,帽子被风吹落而毫不在意,依旧与人作诗酬答。后来成为重阳登高的常用典故。见《晋书·孟嘉传》。②登高酒:古代有重阳节登高饮菊花酒的风俗。

【赏析】

写农历九月初九重阳节登高饮酒,抒发异乡异客怀乡思亲之愁。语言浅俗,节奏分明。结尾由复叠字构成三个三字句,步步翻腾,使人感到作者一层层登上高楼,心中的感情波涛也一层层推向高潮,充分体现了散曲语言的情趣和魅力。

商调·梧叶儿·春日郊行

长空雁,老树鸦,离思①满烟沙。墨淡淡王维画,柳疏疏陶令②家,春脉脉武陵花③。何处游人驻马?

【注释】

①离思:离别的愁思。②陶令:指晋代诗人陶潜,陶渊明。③脉脉:含情微视的样子。武陵花:陶渊明《桃花源记》中有武陵桃花,此处引用此典,以示春色。

【赏析】

这是一首对春伤怀之作。春日里，作者策马漫行，展现在眼前的是一片盎然春色：墨绿淡淡如画，柳条迎风摇摆，百花盛开，春风送暖，恰似少女含情，使人心荡神驰。对如此风光，本应高兴才是，然而作者却是一个离家远行的游子，此时正是愁思满怀，这诱人的春意不仅没有增加他的乐趣，反觉与自己如此不谐调，更增忧伤之情，以至于感到天地之大，竟无自己容身之地了。

商调·梧叶儿·湖山夜景

猿啸黄昏后，人行画卷中。萧寺罢疏钟[1]。湿翠横千嶂[2]，清风响万松，寒玉奏孤桐[3]。身在秋香[4]月宫。

【注释】

[1]萧寺：南朝梁武帝萧衍迷信佛教，大造寺院，命萧子云飞白大书"萧"字（见《杜阳杂编》），后人因称寺院为萧寺。[2]湿翠：指雨后树木。千嶂：如屏障一样的群山。[3]寒玉：喻清凉的山泉。唐李群玉《引水行》："一条寒玉走秋泉，引出深萝洞口烟。"孤桐：指琴。这句是说山泉叮咚，如奏琴声。[4]秋香：指桂花。李贺《金桐仙人辞汉歌》："画栏桂树悬秋香。"传说月中有桂树，故曰秋香月宫。

【赏析】

这是一幅山水画，诗人犹如一名丹青好手，通过一系列诸如"猿啸""晚钟""山风""水声"等意象的点染，勾勒出一幅苍茫旷远的湖山夜景图。这又是一首交响曲，诗人更像一位作曲专家，将西子湖畔的湖光山色与温馨的柔情蜜意融为一体，谱写出一首清冷朦胧、音调谐美的夜之曲。全曲以景结情，情韵皆胜，意境阔远。风格淡雅清丽，流连之意和眷恋之情俱在其中。

双调·庆东原·次马致远先辈韵①

诗情放，剑气豪。英雄不把穷通②较。江中斩蛟③，云间射雕，席上挥毫。他得志笑闲人，他失脚闲人笑④。

【注释】

①次……韵：按别人诗中韵脚用字作诗。这里张可久并未用马致远原曲中的韵字，连韵部也不同（马致远原曲用齐微韵，张可久此曲用萧豪韵），只用了相同的曲牌。②穷：困窘，处境不顺。通：处境顺利。③蛟：古代传说中能发洪水的动物，形状像龙。《晋书》中记载周处年轻时曾入水斩蛟，和蛟搏斗了三天三夜。④"他得志"二句：张可久的这九支曲每首都用这二句结尾。

【赏析】

马致远的［庆东原］共有六首，分别咏项羽、诸葛亮、曹操、张良、羊祜、石崇等历史人物。张可久这里不仅没用马致远曲中韵字，而且内容也不同，多写隐士生活，只有这里选的第五首与其他不同，赞扬了一位文武全才的英雄。开头三句虽然写到主人公文能赋诗，武能用剑，但更侧重写他的豪迈与达观。他的诗歌如太白、东坡，卷舒万里风云，洋溢着豪壮之情；他腰中宝剑出鞘，充塞着超乎寻常的雄豪之气，足令敌手心摧胆折。

双调·沉醉东风·气球

元气初包混沌①，皮囊自喜囫囵②。闲田地著此身，绝世虑③紊方寸④。圆满⑤也不必烦人，一脚腾空上紫云，强似向红尘⑥乱滚。

【注释】

①混沌：亦作"浑混"。是古人想象中的世界开辟之前，阴阳二气不分，天地浑然一体的状态。这里即虚拟气球口吻自言其物昏噩，又形容包围自己的世界一片昏黑浑浊。②囫囵：本谓浑然一体，不可剖析。用来形容整个儿的东西。③世虑：世间的牵挂。④方寸：指心。⑤圆满：指气球充气而鼓胀。⑥红尘：指人世间。

【赏析】

这是一首借物咏怀的小令。以写气球为名宣泄作者对社会现实的不满。开篇写气球昏噩无知，却能够完好无损，反言自己生活于乱世，所以还能苟全性命完全是因为采取了同样的"难得糊涂"的处世方式。最后一句是全篇的重心，如果说前面作者是借物自喻，比较含蓄，这一句却是心声的直接吐露，是他全部不满、愤慨的彻底爆发。由"强似"连接"上紫云"与"红尘乱滚"，用比较的句式表明决绝的态度，形成一个骤然而止的有力的结尾。这首小令，咏物而不滞于物，以小见大，耐人寻味。

双调·落梅风·冬夜

更阑①后，雁过也，梦不成小窗寒夜。伴离人落梅香带雪，半帘风一钩新月②。

【注释】

①更阑：更深夜尽。②新月：初出之月。

【赏析】

这是支写冬夜相思的曲子。全曲自始至终笼罩着一种浓浓的思恋意绪，但写得十分简约、含蓄。起首为双关语，既点明时间、节序，也写出情人间的久疏音信。接下来的"梦不成小窗寒夜"为一转折句，承前边之情思，启后面之景致。这支曲写人的笔墨很节制，而将笔触更多地用在"造境"方面，情随境呼之若出；"造境"也不是浓抹重彩，而是疏淡勾勒，情韵便已蕴藏其间了。

双调·落梅风·春情

桃花面①，柳叶眉②，小亭台锁红关翠③。孤帏玉人初睡起，不平他锦鸳④成对。

【注释】

①桃花面：形容女子容貌若桃花般艳丽。②柳叶眉：形容女子眉形似柳叶般修长秀美。③锁红关翠：这里指女子的深闺幽居。④锦鸳：即鸳鸯。

【赏析】

这支小曲写的是春日闺怨之情。起首两句为状写女子容颜之美，以"桃花"、"柳叶"作比，虽嫌俗套，亦有春光韶华两相谐美之意。次句以"锁红关翠"作转折之笔，在语意上与前边形成冲突，写深闺固扃对青春和美的封锁、扼制，同时也隐隐表达了"满园春色关不住"的深意，这就为后面女子情思的萌发埋下了伏笔。人在闺中，春景如许，一颗鲜活的心怎能不荡起情感的涟漪？寥寥数句，已见曲折起伏，真有尺水兴波之妙。

双调·水仙子·梅边即事

好花多向雨中开，佳客新从云外①来。清诗未了年前债，相逢且放怀。曲栏干碾玉亭台。小树纷蝶翅②，苍苔点鹿胎③。踏碎青鞋④。

【注释】

①云外：远方。②蝶翅：蝴蝶翅膀，这里以白蝴蝶翅膀喻雪花。③鹿胎：梅花鹿体。意指雪花落在苍苔地上，色彩斑驳，像梅花鹿体上的斑点一样。

④青鞋：用青黑色布料做成的鞋。

【赏析】

这首小令抒写远方的朋友来访，诗情酒兴勃发，一起踏雪访梅的乐事。小山曲多以幽峭见长，此曲第二部分也体现了这种风格，用笔典雅峭拔，描摹景致幽深雅致。本曲其他部分却写得朴实自然，显现出诗人兼擅别体的大家手笔。尤其是尾句，仅用四字，写尽友人间放纵情怀的豪逸、踏雪访梅的甘苦，包含丰赡。

双调·殿前欢·客中

望长安，前途渺渺鬓斑斑。南来北往随征雁，行路艰难。青泥小剑关①，红叶溢江②岸，白草连云栈③。功名半纸，风雪千山。

【注释】

①小剑关：在四川剑阁县北。连山绝险，飞阁通衢，谓之剑阁。②溢江：出江西瑞昌县清溢山，经九江，北入长江。③连云栈：在陕西褒城县北，长四百二十里，自凤县东北草凉驿起，南至褒城之开山驿。

【赏析】

此曲表现了作者对仕途功名的厌倦和否定。起首两句，前程渺渺和鬓发斑斑，直贯全篇，充分显示出作者的哀愁与失望。由此生发，笔随意转，接连使用了"青泥小剑关，红叶溢江岸，白草连云栈"，这样三个对仗工稳的短句，形成鼎足式的对语。用人们所熟知的天险作形象具体的比喻，可见多年来南北漂泊之苦，说明人生旅途之艰险。最后，以"功名半纸，风雪千山"的深沉慨叹作结，尤觉悲愤之至。

双调·水仙子·湖上即事

盈盈娇步小金莲①，潋潋春波暖玉船②，行行草字轻罗扇，诗魂殢③酒边。水光花貌婵娟④，眉淡淡初三月，手掺掺第四絃⑤，为我留连。

【注释】

①盈盈：形容脚步轻盈。金莲：旧时代妇女所缠的小脚。②潋潋：形容水波相连。玉船：装饰精美的船。③殢：音 tì，滞留。④婵娟：形容女子姿容美好。⑤掺掺：同"纤纤"。第四絃：古弦乐器上的第四根弦，与第二弦为一组，音高相同，音色柔和。絃：同"弦"。

【赏析】

这是作者专咏湖上玩赏时同舟一位美女的小曲，可分为前、后两节。前节起首即推出美女迈着"盈盈娇步"翩然走来的镜头，虽落笔于一双"金莲"，然其如下凡仙女的体态风姿却令读者不难想见。后节便乘兴写其美貌，先顺势从"水光花貌"相映着笔，概称其"婵娟"美好，然后抓住"眉"、"手"细描，以"眉淡淡初三月，手掺掺第四絃"的精妙比喻极言其美。最后情不自禁地说出"为我留连"一语，作者的无限爱慕之情都凝聚于"留连"二字上，情味颇为悠长。此曲文笔典丽轻倩，美妙传神，"盈盈"、"潋潋"、"淡淡"、"掺掺"、"婵娟"、"留连"等叠字和连绵字的运用，不仅形容恰切，更增音声之美。

双调·折桂令·九日①

对青山强整乌纱②。归雁横秋,倦客思家③。翠袖④殷勤,金杯错落⑤,玉手琵琶。人老去西风白发,蝶愁来明日黄花。回首天涯,一抹斜阳,数点寒鸦。

【注释】
①九日:农历九月初九,为登高节。②对青山强整乌纱:化用孟嘉落帽故事:晋桓温于九月九日在龙山宴客,风吹孟嘉帽落,他泰然自若,不以为意。③归雁横秋,倦客思家:南归的大雁在秋天的空中横排飞行,长久在外的游子思念家乡。倦客:指长久在外的游子。④翠袖:指女子或伎女。⑤金杯错落:各自举起酒杯。金杯:黄金酒杯。错落:参差相杂,一说酒器名,白居易诗:"银含错落盏,金屑琵琶槽。"

【赏析】
九月初九重阳日,为汉族的登高节。这时正是秋高气爽的时候,然而也是万物开始萧疏的时令。这时大雁已经南归,游子更容易触发起思乡之情。秋景是丰美多姿的,秋景也是最能令游子感伤的。张可久的这首小令,既写出了"九日"的美好,也写出了游子的愁肠。"人老去西风白发,蝶愁来明日黄花",正是"愁"和"美"凝结成功的文字。

越调·小桃红·离情

几场秋雨老黄花,不管离人怕,一曲哀弦泪双下。放琵琶,挑灯羞看围屏画。声悲玉马①,愁新罗帕②,恨不到天涯。

【注释】

①玉马：房屋檐角所挂之铁马。②愁新罗帕：此句谓罗帕上又新沾相思愁恨之泪。或谓由于泪多难拭，不知换了多少罗帕，亦通。

【赏析】

对离人心理感觉的刻画，是全曲用笔的重点。"几场秋雨老黄花"的"老"，既是对黄花的实写，又是对离人心理上"秋惊"的虚写，因而才引出"怕"字来。"怕"，是她秋惊心态的复杂交织和矛盾显现，暗含着怜花惜自、流年似水的苦涩咀嚼与多种联想，于是产生"一曲哀弦泪双下"的"秋悲"来。悲不自胜，挑灯看画。围屏上画的什么，作者并未明示，但从看画人的"羞"态上，分明见出画的是男女相会之景。这一挑逗与拨，更将她推到了难堪的境地。于是在"离情"的困扰之下，遂发出"恨不到天涯"的遗恨与渴望来。

越调·天净沙·湖上送别

红蕉①隐隐窗纱，朱帘②小小人家，绿柳③匆匆去马。断桥④西下，满湖烟雨愁花。

【注释】

①红蕉：即美人蕉。②朱帘：似"珠帘"之误。③绿柳：古人好以折杨柳送别。一说从绿柳下经过，亦通。④断桥：在杭州西湖白堤上，为西湖胜景之一。

【赏析】

小山久住杭州，西湖题咏甚多。此曲即是西湖断桥送别之作。既为送别，自是要写离愁别绪。但作者并未直接抒发，而是寄情于景，以景渲染。首二句先写送者与行者所居环境幽雅安适。但如今人去院空。此是以静景映衬别愁。三、四两句，突出行之"匆匆"，没有思想准备，且又是在"断桥"分手，更加令人伤心。此是以动景映衬别愁。至到结末，又移情于物，以满湖烟雨和含愁之花,将离愁别绪物我融一,又与开头"红蕉"照映,的确含蓄蕴藉,深得小令三味。

越调·凭阑人·春夜

灯下愁春愁未醒①,枕上吟诗吟未成。杏花残月明,竹根流水声。

【注释】

①愁未醒:一本作"愁乍醒"。

【赏析】

这是支抒写春愁的小曲。前两句以叙笔入题,以"愁春"二字笼贯全篇。"灯下"、"枕上"渲染出灰暗惨淡的氛围,"愁未醒"、"吟诗未成"说明其愁思之深,用笔轻婉,而含情浓深。后两句描绘一幅凄清寂寥的暮春夜景,"杏花残月明"缘于视觉,"竹根水流声"出于听觉,有声有色,形象逼真;而作者的无限怜惜、万千愁情全渗透其中,俨然"流水落花春去也"的意境。曲中所愁之"春"恐不只是大自然的春天,或可是作者的生命之春。由此看来,此曲文字简隽,色调清幽,笔力浑厚,托意深远,和诗词一样耐人寻绎。

越调·寨儿令·席上

呆答孩①,守书斋,小冤家②约定穷秀才。踏遍苍苔,湿透罗鞋③,不见角门开。碧桃④香春满天台,彩云深人在阳台⑤。漏声⑥催禁鼓⑦,月影转瑶阶⑧。猜⑨,烧罢夜香来。

【注释】

①答孩：语助词，用来形容呆。②冤家：旧时对情人的昵称，以反语见意，犹云亲爱的。③罗鞋：以一种丝织成的鞋。④碧桃：男女幽会的场所，典自晋刘晨、阮肇误入桃源遇仙女的故事。⑤阳台：本是山名，此处指男女欢会的地方。⑥漏：漏壶，古时利用水的滴漏来计时的器具。漏声：漏壶中水滴的声音，指时间的流逝。⑦禁鼓：原指都城（禁城）晚间用以报时、警盗的更鼓。此处泛指更鼓。⑧瑶阶：玉阶，此指石阶。⑨猜：语气词，相当于哎哟。

【赏析】

这是一首写情人约会的小令。"呆答孩"三字，将穷秀才沉迷书斋而几乎忘记赴约的可爱相描写得淋漓尽致。在情人的庭院中徘徊已久，仍不见角门开，穷秀才的焦急惊惶如在眼前。这时诗人以"碧桃"两句宕开一笔写遥想，两典并用，使曲情的演进具有回旋跳动之美。读者正与主人公进入想象的美妙境界，诗人却又设置了一种神来之笔：原来呆秀才还是记错了约会时间！全诗至此戛然而止，妙趣横生。

越调·凭阑人·暮春即事

万朵青山生暮云，数点红香①留晚春。凭栏愁玉人②，对花宽翠裙。

【注释】

①红香：指花。②玉人：比喻人容貌如玉之美。

【赏析】

这支曲子很精妙地写出了暮春时节少妇的深闺之怨。"暮"和"晚"为小曲奠定了基调和氛围：暮霭四起，春景将逝，将人物置于一个易生伤感悲怀的"场景"。长夜将至，玉人凭栏，落红片片，对花黯然，这是转写女主人公的内心情感。一个"愁"字和"宽"字，凸显出女子思恋情人的"身"、"心"之苦。而首句的"万朵青山生暮云"，由空间距离的廖阔苍茫渐变为朦胧难辨，可以说这既是"实写"又是"虚写"——它一方面摹绘出黄昏时候伫望远山的景观；另一方面也暗示出女子心境的落寞迷茫。全曲由远而近，由虚而实，将写景与抒情巧妙地融为一体，使意象的撷取很契合情感意义的载承。

越调·天净沙·江上

喁喁落雁平沙①，依依孤鹜残霞②。隔水疏林几家。小舟如画，渔歌唱入芦花③。

【注释】

①喁喁：音 yōng yōng，雁叫声。落雁平沙：即平沙落雁，宋人所画《潇湘八景》之一。②孤鹜残霞：化用王勃《滕王阁序》"落霞与孤鹜齐飞"的名句。③"渔歌唱入"句：暗用宋人画《潇湘八景》中《渔舟唱晚》的意境。

【赏析】

写秋江渔村暮景，用雁落平沙、落霞孤鹜、疏林人家和渔舟唱晚等一组富有诗情画意的镜头组成一幅清丽淡远的画面。作者利用前人诗文绘画之境，重造曲子新境，毫无牵合拼凑之痕，自然和谐，如同己出，是这首曲子的主要特点。

越调·寨儿令·闺怨

锦绣围，翠红堆，当初有心直到底。双宿双飞，无是无非，不许外人知。眼睁睁指甚为题，意悬悬为你著迷。有情窥宋玉①，没兴撞王魁②。呸！骂你个负心贼。

【注释】

①"有情"句：战国时楚国宋玉东邻有一个绝色女子，登墙窥视宋玉三年，宋玉却不为之动心，见宋玉《登徒子好色赋》。后因以"窥宋玉"、"东邻"指女子对男子的爱慕。②没兴：倒霉，失运。王魁：书生王魁贫贱时与妓女敫桂英相爱，并得其资助。后王魁状元及第，便抛弃了桂英。桂英自缢而死，死后化为鬼魂，活捉王魁，索其性命。见《侍儿小名录拾遗》引《摭遗》。

【赏析】

在封建社会里，女子的社会地位十分低下，也给她们的婚姻造成了不幸，女子遭到男子的遗弃的悲剧，在当时屡见不鲜。张可久的这首小令便描写了一位女子被负心男子抛弃后的怨恨。全曲分为两个段落，前六句是对往事的回忆。"锦绣围，翠红堆"，女主人公半夜拥衾独眠，面对这锦衾绣枕，不禁想到了当初与那位男子密约深盟的情景："当初有心直到底，双宿双飞，无是无非，不许外人知。"本来以为能与他比翼双飞，白头偕老，想不到他竟负心而去。想到此，心中不由得涌起了对负心男子的怨恨。因此，自"眼睁睁"句起便转入第二个段落，即对负心男子怨恨与谴责："眼睁睁指甚为题，意悬悬为你著迷。有情窥宋玉，没兴撞王魁。"自己痴心相爱，不料反遭抛弃。最后一句："呸！骂你个负心贼"，此时女主人公心中的怨恨已经到了无法抑止的程度，终于由怨恨发展到了怒骂。作者富有层次地刻画了女主人公心理的变化，并采用口语入曲，使女主人公所抒之情淋漓酣畅，哀怨动人。

越调·寨儿令·春思

喜又惊,笑相迎,倚湖山露华①罗袖冷。谁惯私行②?怕负③深盟,偷步④锦香亭。寻寻觅觅风声,潜潜等等⑤芳情,纷墙边花弄影⑥,朱帘⑦不月笼明。轻,吹灭短檠灯⑧。

【注释】
①露华:露花,露水珠。②谁惯私行:谁能习惯暗地里偷偷行走。③怕负:怕辜负。④偷步:悄悄来到。⑤潜潜等等:躲藏起来等。⑥花弄影:月光下花影摇动。张先词句有"云破月来花弄影"。⑦朱帘:红色帘幕。⑧短檠灯:矮脚灯。檠:音qíng,灯柄,灯脚。

【赏析】
本小令是这组散曲当中的第二首,与第一首相对比,意脉更加明晰。前一首写一对情侣幽会后痛苦地分手的情景。这首则写别后再度相逢时的既惊喜而又害怕的复杂心情。描写细致,合情合理,当是作者自我生活的真实写照。

越调·寨儿令·舟行感兴

愁鬓斑,怕春残,锦衣买臣①何日还?好梦邯郸,别泪阳关,几度盼征鞍②。为虚名消尽朱颜,掩孤篷羞见青山。矶③头烟树暖,鸥外野云闲。难,能够钓鱼杆④。

【注释】

①锦衣买臣：汉朱买臣初贫困，靠打柴度日，后终任会稽太守，衣锦还乡。②征鞍：远行人所骑的马。③矶：江边突出的石头。④钓鱼杆：指隐逸垂钓。

【赏析】

这首小令是作者出行途中所作，借景抒情，写出了追求功名与归隐山水的矛盾心情。"愁鬓斑，怕春残，锦衣买臣何日还？"，作者一开头就展现自己长期追求功名不得的凄苦心情，时光飞逝，双鬓斑白，何日才能像朱买臣那样发迹做官、衣锦还乡呢？接下来"好梦邯郸"三句，继续写自己追求功名的殷切之情，一直梦想获得功名，离家奔波，一次又一次地盼望着能得到朝廷重用。面对黑暗的社会现实，他也意识到了追求功名的害处，"为虚名消尽朱颜，掩孤篷羞见青山"。因此，见到了"矶头烟树暖，鸥外野云闲"的景色后，便产生了归隐之念，像野鸥闲云那样自由自在地生活。然而要彻底割断名缰利锁的羁绊，这是不容易的。"难，能够钓鱼杆"。要像严子陵那样隐居江边真是难啊！全曲构思巧妙，前六句写追求功名之殷切，中间以"为虚名"二句作过渡，"矶头"二句则借景抒写归隐之思，最后两句收束全篇，点明追求功名与归隐山水的矛盾心情。

越调·凭阑人·江夜

江水澄澄江月明，江上何人搊玉筝①？隔江和泪听，满江长叹声。

【注释】

①搊：音 chōu，弹奏。筝：乐器名。

【赏析】

这首[凭阑人]只有短短四句，却是元曲中名作，极为人所熟知。它描写月夜长江上哀婉的筝声感动一江人的情景。曲从写景起笔，立即把读者带入一种空明幽深的境界。月夜里，浩渺的江水那么清澈，圆月高挂在天上，

月光洒满夜空，洒满水面，并在江水中也洒出一轮明月，从天空到水下，都是银色的世界。

南吕·一枝花·湖上归

长天落彩霞，远水涵秋镜①，花如人面红，山似佛头青②。生色围屏③，翠冷松云径，嫣然眉黛④横。但携将旖旎浓香⑤，何必赋横斜瘦影⑥。

[梁州] 挽玉手留连锦英⑦，据胡床指点银瓶⑧。素娥⑨不嫁伤孤另。想当年小小⑩，问何处卿卿⑪？东坡才调，西子娉婷，总相宜千古留名。吾二人此地私行，六一泉⑫亭上诗成。三五⑬夜花前月明，十四弦指下风生。可憎⑭，有情，捧红牙合和伊州令⑮。万籁寂，四山静，幽咽泉流水下声，鹤怨猿惊。

[尾] 岩阿禅窟⑯鸣金磬，波底龙宫漾水精。夜气清，酒力醒，宝篆⑰销，玉漏鸣。笑归来仿佛二更，煞强似踏雪寻梅灞桥⑱冷。

【注释】

①涵：包容。秋镜：比喻秋水清澈明亮，如镜子一样。②佛头青：传说佛的发髻为青色。③生色：鲜明的颜色。围屏：比喻山如屏风。④嫣然：美好的样子。黛：黑色。眉黛指女性黑而美的眉毛。⑤但：只，只要。旖旎：音yǐ nǐ，柔美的样子。⑥赋：作诗、词等。横斜

瘦影：宋代诗人林逋描写梅花，有诗句"疏影横斜水清浅"。⑦锦英：美丽似锦的鲜花。⑧胡床：交椅，从外族传入的坐具。银瓶：酒具。⑨素娥：嫦娥。⑩小小：苏小小，古代钱塘名妓，一为南朝齐时人，一为宋代人。这里应指后者。⑪卿卿：对人的昵称，多用于女性。⑫六一泉：欧阳修号六一居士，苏轼为纪念他，把西湖上一处泉水命名六一泉。⑬三五：指农历十五。⑭可憎：对心爱的人的一种反语称呼。⑮红牙：红色的象牙板，板为乐器。伊州令：曲牌中有［伊州遍］，这里为押韵，改称伊州令；令为曲的一种体制。⑯岩阿：山间，山上。阿：音ē。禅窟：寺庙。⑰篆：盘香。⑱煞：极，极其。灞桥：地名，在西安东面。唐代诗人孟浩然曾在这里踏雪寻梅作诗。

【赏析】

张可久的这支套曲历来备受赞扬，明代李开先说它"当为千古绝唱"。它描写西湖秋景，畅叙与美人一起游西湖之乐。曲子以写景为主。开头两句点出"长天"、"远水"，造成一种悠远辽阔的气势，也十分切合秋季天朗气清的特点。长天飘落晚霞，远处的湖面如明镜一样清洁光亮，一起笔就把人带入极美的境界。"花如人面红，山似佛头青"这一组对句，一向为人称道。以花比美人，极为常见，作者这里翻过来，写红花像美人，显得风趣别致。红花、青山映照秋水，使画面上美又添了几分。接下三句继续写围绕西湖的群峰，把它们比喻成色彩鲜亮的围屏，而白云青松间的山路，也那么娇艳，仿佛是美女黑黑的长眉。

徐再思

徐再思，字德可，浙江嘉兴人，生卒年不详，与贯云石、张可久同时，到明初尚在世。贯云石号酸斋，徐再思因喜甜食，故号甜斋。曾任嘉兴路吏。《全元散曲》存其小令103首。

黄钟·人月圆·甘露怀古

江皋①楼观前朝寺，秋色入秦淮②。败垣③芳草，空廊落叶，深砌④苍苔。远人南去⑤，夕阳西下，江水东来。木兰花在⑥，山僧试问，知为谁开？

【注释】

①江皋：江边高地，此指北固山。②秦淮：指秦淮河，长江支流。发源于溧水县东庐山，经南京市内，向西北入长江。③败垣：倒坍的墙壁。④深砌：深曲的台阶。⑤远人南去：远游之人还要到南方去。⑥木兰花：一种开花的树，状如楠树，又名杜兰、林兰，皮香叶大，晚春开花。

【赏析】

这组重头小令存有2首，皆为怀古之作。此曲写游览甘露寺之所见所感。作者以纳天地于寸纸的胸怀气概，勾勒出一个江天空旷的雄浑意境。最后收拢视线，眼光停留在断墙荒草中自开自落的一棵木兰树上，把胸中郁积的兴灭盛衰和个人难以把握的身世之感全部倾注在最终的有问无答之中。

中吕·阳春曲·皇亭晚泊

水深水浅东西涧，云去云来远近山，秋风征棹钓鱼滩①。烟树晚②，茅舍两三间。

【注释】

①棹：音zhào，乘船的桨。②晚：傍晚。

【赏析】

此曲对仗工整自然，又是至理名言，写景如画，意境深远。

中吕·普天乐·西山夕照

晚云收，夕阳挂。一川枫叶，两岸芦花。鸥鹭栖，牛羊下[①]。万顷波光天图画[②]，水晶宫[③]冷浸红霞。凝烟暮景，转晖老树[④]，背影昏鸦[⑤]。

【注释】

[①]牛羊下：牛羊下山，指放牧归来。[②]天图画：老天画成，指天然图画。[③]水晶宫：传说中海里的龙宫，这里指晚霞映水所引出的幻觉。[④]转晖老树：夕阳的光辉随时间流动而照着老树的不同侧面。[⑤]背影昏鸦：乌鸦在逆光视线中飞过，好像背上驮着太阳光影。

【赏析】

这组重头小令共有八首，总题《吴江八景》，这里选一首。此曲写落日晚霞中的吴江秋色，意境空灵，笔调清丽，富有韵味，如同一幅幽雅淡远的水墨画。

中吕·普天乐·垂虹[①]夜月

玉华[②]寒，冰壶[③]冻。云间玉兔[④]，水面苍龙[⑤]。酒一樽，琴三弄。唤起凌波[⑥]仙人梦，倚阑干满面天风。楼台远近，乾坤表里，江汉西东。

【注释】

[①]本篇为作者《吴江八景》之一。吴江：在今江苏省。古吴江泛指吴淞江流域，大致包括苏州、太湖和长江下游一带。垂虹：指吴江上的垂虹桥。

桥有七十二洞，俗称长桥。因桥形若虹，故名。今已不存。②玉华：指月亮的光华。③冰壶：盛冰的玉壶，比喻洁白。这里是形容月色。④玉兔：月亮。传说月中有白兔，故称。⑤苍龙：形容垂虹桥如长龙卧波。⑥凌波：形容女性步履轻盈。曹植《洛神赋》曾以"凌波微步，罗袜生尘"，描绘洛水女神。

【赏析】

此曲前面四句点题，描写"夜月"和"垂虹"。曲文却没有拘泥于眼前景物。人在景中，携酒弄琴，仿佛唤起凌波仙子，迎来满面天风。放眼远近楼台，水光天色，境界陡然开阔，心旷神怡。诗人爽朗的胸襟，无须多用笔墨了。

中吕·朝天子·西湖

里湖，外湖①，无处是无春处。真山真水真画图，一片玲珑玉②。宜酒宜诗，宜晴宜雨。销金锅③、锦绣窟。老苏④，老逋⑤，杨柳堤梅花墓⑥。

【注释】

①里湖、外湖：西湖以白堤、苏堤为界划分为里湖、外湖，堤西为里，堤东为外。②玲珑玉：形容山水清秀空明。③销金锅：指挥霍金钱的处所。④老苏：指北宋著名文学家苏轼。⑤老逋：北宋诗人林逋，字君复，杭州人。终身不仕不娶，隐居西湖孤山，喜欢种梅养鹤，人称"梅妻鹤子"。⑥杨柳堤：即苏堤，堤上杨柳成荫。梅花墓：即林逋在孤山的墓。

【赏析】

朱权的《太和正音谱》曾以"徐甜斋之词，如桂林秋月"概括徐再思散曲的风格。这首描绘西湖春色的小令，以清新明丽的文字堪称这一风格的代表作品。西湖以其"山外青山楼外楼"的秀美自然景观和随处可见的人文景观吸引着历代的文人墨客，歌咏之作不胜枚举，要写出一篇超越他人的作品绝非易事。再加上西湖畔一步一景，要想写尽她的风韵更是难上加难。作者经过精心的构思，运用写意的笔法，多写全景，对具体景物也采用远眺式、俯瞰式的描写，使作品具有极强的感染力。

越调·天净沙·探梅

昨朝深雪前村①,今宵淡月黄昏②,春到南枝③几分？水香冰晕,唤回逋老④诗魂。

【注释】

①昨朝深雪前村：借用唐人齐己《早梅》"前村深雪里,昨夜一枝开"诗意,暗示梅花应已绽开。②今宵淡月黄昏：宋代林逋《山园小梅》有："暗香浮动月黄昏"诗句,此处以"淡月黄昏"诗句,引出对梅花的联想。③南枝：向阳的树枝。唐代韩《早玩雪梅有怀亲属》诗中有"北陆候才变,南枝花已开"之句。④逋老：指宋代诗人林逋,以爱梅著称,作有不少咏梅诗。

【赏析】

前村深雪,淡月黄昏,正是前人咏梅诗中描述过的情景。由此引出"探梅"之意,发出"春到南枝几分"的探问,题目扣得很紧。在作品中,化用古人诗句,也是一种常用的手法。不过,在这里却算不得"点铁成金"、"脱胎换骨"。好在那些曾经脍炙人口的咏梅名句对古代读者并不生疏,不致由于过多的堆砌造成欣赏的隔阂。倒是"水香冰晕"四字,形容梅花清纯的香气和冰清玉洁的姿态,堪称点睛之笔,画出了梅花的神韵。

双调·蟾宫曲·春情

平生不会相思,才会想思,便害相思。身似浮云①,心如飞絮②,气若游丝③。空④一缕余香在此,盼千金游子何之⑤？症候⑥来时,正是何时？灯半昏时，月半明时。

【注释】

①身似浮云：比喻身体十分虚弱。②心如飞絮：比喻心神不定。③气若游丝：比喻气息微弱。游丝：游曳的轻丝。④空：只留下。⑤千金游子：比喻游子高贵。何之：即"之何"，到哪儿去了。⑥症候：这里指相思病。

【赏析】

闺情相思是中国古典诗词中重要的题材，更是元代散曲作家的拿手好戏，几乎所有的散曲家都曾涉猎这一领域。而以五六十首作品投身其中的徐再思可以称得上是佼佼者。这首小令就以其独具的艺术魅力深深打动了读者的心，成为这一题材的代表作品之一。

双调·清江引·相思

相思有如少债①的，每日相催逼。常挑着一担愁，准不了三分利②。这本钱见他时才算的。

【注释】

①少债：欠债。②准不了：折不了，抵不上。三分利：利息的十分之三。

【赏析】

这首小令写男女相思的心理熬煎之苦，犹如欠人之债，整日被人催逼追讨一样，叫人难以忍受。即使整天挑着一担子愁烦去折还，竟连利息的三分都抵不上，反而越欠越多，债台也越积越高。恰似当时流行的高利贷，驴打滚，羊生羔，本利倍生，永远偿还不清。可是，只要能和情侣见上面，过去所有的欠债连本带利就会一下子偿清。构思奇特，颇富想象力，非常真切精确地表达出了男女相思之情的强烈。

双调·殿前欢·观音山① 眠松

老苍龙②，避乖③高卧此山中。岁寒心不肯为梁栋④，翠蜿蜒俯仰相从⑤。秦皇旧日封⑥，靖节⑦何年种？丁固当时梦⑧。半溪明月，一枕清风。

【注释】

①观音山：在今南京观音山外。②老苍龙：形容卧松的形态。③避乖：躲避乱世。④岁寒心不肯为栋梁：具有抵御严寒的坚强意志，宁可高卧山中，也不愿做浊世的栋梁。⑤翠蜿蜒：指缠绕于松树上的青藤。俯仰相从：以青藤缠树比喻夫妻关系和美，长相厮守。⑥秦皇旧日封：秦始皇登泰山，风雨骤至，便到松下避雨，后封这五棵松树为"五大夫"。⑦靖节：东晋诗人陶渊明的号。⑧丁固当时梦：三国时，吴人丁固任尚书时，曾梦见松树长在肚子上，就对人说："松字为十八公。"意指18年后，丁固他要成为三公之一。18年后，果然升为大司徒。

【赏析】

好的咏物作品，应当刻画出物体逼真的形态，更应传达出物中隐寓的精神，在物与人的象征中达到一种契合一致的神似。此曲前二句画出了高卧荒山的老松形象，"老"点出年代的久远，"苍"绘出它的颜色，"龙"描出它的神态。三、四两句写老松的品格，写它安于淡泊的坚定意志，形象陡然变活，给画中之物注入了无限生机。接下三句运用典故，以它传奇般的经历为"老"字做了注脚。最后两句描画它的生存环境，为坚定意志的存在做出解释。

双调·沉醉东风·春情

一自多才间阔①,几时盼得成合?今日个猛见他门前过,待唤着怕人瞧科②。我这里高唱当时《水调歌》③,要识得声音是我。

【注释】

①多才:对恋人的一种爱称。间阔:长时间的分离。②瞧科:瞧见,瞧着。③《水调歌》:即《水调歌头》,调曲名。

【赏析】

徐再思写过多首题为《春情》的小令,别的多为表达或浓或淡的哀愁,女主人公对恋人的不尽相思,唯有这首与其他不同,从另一个角度下笔,而风格也洋溢着欢快、乐观的俏皮。恋人的心头自会有思念、企盼,思念是甜与苦的杂糅,企盼则是急切的,愿早结良缘,朝朝暮暮。

双调·水仙子·春情

九分恩爱九分忧①,两处相思两处愁,十年迤逗十年受②。几遍成几遍休③,半点事半点惭羞④。三秋⑤恨三秋感旧,三春怨三春病酒,一世害⑥一世风流。

【注释】

①"九分恩爱"句:意为有几分恩爱就有几多忧愁;爱之愈深,忧也愈深。②迤逗:原义为逗引、勾引,引指身入爱河,无力自拔,越陷越深。受:受折磨,受熬煎。③几遍成几遍休:意指恋爱过程中忽然恼了忽然好了的摩

擦和波折。④"半点事"句：意为回忆既往，所有的事情都让人感到羞愧悔恨。⑤三秋：整个秋天。下句三春也同，指整个春天。这两句与《红楼梦》十二支曲《枉凝眉》"想眼中能有多少泪珠儿，怎经得秋流到冬，春流到秋"大意相近。⑥害：害相思病受折磨。句意是，即使害一辈子相思病也决不放弃爱情。

【赏析】

强调真正的爱情不光是幸福甜蜜和欢乐，还同时伴随着忧愁苦涩、烦恼和悲伤；爱有多深，愁就有多深；爱得愈久愈执着，精神熬煎和折磨就愈久愈剧烈。作者充分表达了全身心投入爱情后要死要活的那种内在体验和感受，相当深刻真切。每句都用数量词重复构成，形成流丽和婉、曲折跌宕的节奏和旋律，读来产生一种盘旋而上、往复回环的感觉。韵味深厚，富有哲理。

双调·水仙子·夜雨

一声梧叶一声秋①，一点芭蕉一点愁②。三更归梦③三更后。落灯花棋未收④，叹新丰孤馆人留⑤。枕上十年事⑥，江南二老⑦忧，都到心头。

【注释】

①一声梧叶一声秋：化用温庭筠《更漏子》中"梧桐树，三更雨，不道离情正苦。一叶叶，一声声，空阶到黎明"诗意，意为雨点打到梧桐叶上，一声声地报告着秋天的来临。②一点芭蕉一点愁：化用杜牧《芭蕉》中"芭蕉为雨移，故向窗前种。怜渠点滴声，留得归乡梦"诗意，意为雨打在芭蕉叶上，点点不断，增添游子的离愁。③归梦：归乡之梦。④落灯花棋未收：即灯花落棋未收。化用宋代赵师秀《约客》中"有约不来过夜半，闲敲棋子落灯花"诗意。灯花落：灯油熬干，灯芯烧尽。⑤叹新丰孤馆人留：典出《新唐书·马周传》。唐初文士马周，家贫好学，去西安求官时途经新丰（今属陕西），留宿客店，主人见他贫穷而冷落他。⑥枕上十年事：即"黄粱一梦"故事，典出唐代沈既济的《枕中记》。⑦二老：父母双亲。

【赏析】

此曲取材于传统而又能以独特的艺术构思和艺术手段向世人展示自己的艺术风格，表达自己的思想感情，这是散曲大家徐再思的一贯做法，这首小令也不例外。

孙周卿

孙周卿，古邠（今陕西邠县）人，或汴（今河南开封市）人。傅若金（1304～1343）《绿窗遗稿序》云："故到孙氏蕙兰，早失母，父周卿先生"云云，其父当即曲家孙周卿。又《遗稿》还载若金志（记）妻殡有云："君讳淑，字蕙兰，姓孙氏，其先汴人也"。近人《元曲家考略》据此疑"邠"乃"汴"之误。傅若金是江西人，周卿到过江西浔阳（今九江市），孙、傅相识可信。今有小令23首。

双调·蟾宫曲·自乐①

想天公自有安排，展放愁眉，开着吟怀。款击红牙②，低歌玉树③，烂醉金钗④。花谢了逢春又开，燕归时到社⑤重来。兰芷⑥庭阶，花月楼台。许大乾坤，由我诙谐。

【注释】

①本题二首，此选其一。②红牙：调节乐曲节拍的拍板。③玉树：乐曲名，玉树后庭花的简称，为陈后主所制。④金钗：本指女子发髻上的首饰，此处代指歌女。⑤社：春社简称。春季祭祀土地神的活动，以祈丰收。⑥芷：

音zhǐ，香草名。

【赏析】

这是支冷眼旁观世情之曲。"想"字总领全篇，透露出洒脱之气。"想"不是想入非非，而是陶冶性情，放纵自由，因"想"才"有安排"、"放愁眉"、"开着吟怀"。"款击红牙"三句写诗人醉歌之态。"花谢"四句由室内之景转写户外的春景。春光明媚，燕舞兰香，花好月圆，正是赏春的大好时光，切莫错过，很自然地引出末尾二句。这样，一个超然于物外、旷达的艺术形象就矗立在我们的面前。

双调·水仙子·山居自乐

西风篱菊灿秋花，落日枫林噪①晚鸦。数椽茅屋②青山下，是山中宰相③家。教儿孙自种桑麻。亲眷至煨④香芋，宾朋来煮嫩茶，富贵休夸。

【注释】

①噪：音zào，鸟鸣叫。②数椽茅屋：几间茅屋。椽：音chuán，椽子，此为代词，意同"间"。③山中宰相：用南朝陶弘景的典故。陶弘景曾隐居勾曲山（即今江苏西南茅山），曾谢绝武帝多次礼聘。国有大事，武帝则前往咨询，人称山中宰相。作者借以自比，表达其隐居之乐。④煨：音wēi，把食物放在火灰里慢慢烤熟。

【赏析】

《山居自乐》共四首，这是第一首。小令描绘了山间清新秀丽的景色，表现了纯朴自然的生活情趣，以及对功名富贵的鄙视。一、二两句写景，篱边菊花迎着西风，璀璨夺目，使人不由得想起陶渊明东篱采菊的韵致，令人神往。后四句以铺陈之笔展示了山居生活的种种动人画面。"教儿孙自种桑麻"，使人联想到陶渊明"相见无杂言，但道桑麻长"的躬耕生活。"煨香芋"、"煮嫩茶"，纯朴中透着淡雅，平淡中藏着真情，与篇首的菊花、枫叶相互映衬，使人不由得陶醉其中，神往不已。最后以"富贵休夸"四字作结，与前

面恬淡自然的情趣形成鲜明的对比,更衬托了作者高洁的情操。这首小令写景、叙事、抒情融合无间,前面使用典故,后面以口语入曲,有雅俗共赏之妙。

王仲元

王仲元,杭州人,生平不详。钟嗣成《录鬼簿》称:"余与之交有年矣。所编者皆佳。"著有《于公高门》、《袁盎却座》、《私下三关》等杂剧三种。《太和正音谱》则指称后一种杂剧为无名氏所作。今有小令21首,套数4篇。

中吕·普天乐·春日多雨

无一日惠风和①,常四野彤云②布。那里肯妆金点翠③,只待要进玉筛珠④。这其间湖景阴,恰便似江天暮。冷清清孤山路,六桥⑤迷雪压模糊。瞥见游春杜甫,只疑是寻梅浩然,莫不是相访林逋⑥?

【注释】

①惠风:和风。惠风和的"和",作动词,吹的意思。②彤云:黑云。③妆金点翠:意即妆点大自然,金黄色的花盛开,翠绿的树成荫。④进玉筛珠:下暴雨下大雪。以玉、珠喻雨雪。⑤孤山、六桥:都是杭州西湖的胜景。⑥"瞥见游春杜甫"三句:这三句用了三个诗人的典故,杜甫游曲江池欣赏春色,而此曲所写却是雨雪纷纷的西湖,所以说怀疑是孟浩然踏雪寻梅,因而也就自然地联想起隐居孤山酷爱梅花的林逋。

【赏析】

　　此曲题为《春日多雨》，实为春日多雨雪。曲中描写雨雪天的西湖景色，很是别致。春天原该是风和日丽、鸟语花香、桃红柳绿的，可是这一年却很反常，没有一天和风拂面的日子，常常是四野乌云沉沉，总是下雨下雪，所以自然季节都似乎变迟了，花卉未开放、树木无绿色。西湖景色笼罩在阴霾中，恰如江天暮霭。作者抓住最有特色的胜景却游人冷落，来表现多雨雪的西湖景象。平时游人众多的孤山路上冷冷清清，六桥在白雪覆盖下茫茫一片。偶尔看见骚人雅士游春，倒像是孟浩然踏雪寻梅，莫非是去孤山拜访隐士林和靖的吗？作者联想丰富而且新奇，又不露斧凿之痕，用词取譬也颇为精当。

吕止庵

　　吕止庵或吕止轩，生平不详。《太和正音谱》称他的作品"如晴霞结绮"。《全元散曲》存其小令33首，套数4篇。

仙吕·后庭花

　　西风黄叶疏①，一年音信无。要见除非梦，梦回总是虚。梦虽虚，犹兀自②暂时节相聚。近新来和梦无③。

【注释】

　　①"西风"句：表明是暮秋季节，西风阵阵，树叶已经变黄，而且稀疏。②犹兀自：还能够。③"近新来"句：此句化用晏几道《阮郎归》："梦魂纵

有也成虚,那堪和梦无。"宋徽宗的《燕山亭》:"怎不思量,除梦里,有时曾去。无据,和梦也,新来不做。"

【赏析】

深秋是一个最容易触发人思绪的时刻。当此时,游子思归,闺妇忆远,已是常情,而朋友间也常互相思念。值此"渐霜风凄紧,关河冷落,残照当楼"时,游子该是"叹年来踪迹,何事苦淹留"?而佳人更是"妆楼颙望,误几回天际识归舟"(柳永《八声甘州》),真是"梳洗罢,独倚望江楼。过尽千帆皆不是,斜晖脉脉水悠悠,肠断白州"(温庭筠《忆江南》)。这首曲里写的,大概也是这样一个"思妇",全曲写的全是思妇的心事。

仙吕·后庭花·怀古

功名揽镜看,悲歌把剑弹①。心事鱼缘木②,前程羝触藩③。世途艰,一声长叹,满天星斗寒。

【注释】

①悲歌把剑弹:此是化用战国时冯谖的故事。冯谖在孟尝君家作食客,没有得到应有的待遇,于是倚柱而弹其铗,歌曰:"长铗归来乎,食无鱼!"铗:剑把。弹铗:即弹剑。此处用以比喻有所希求于人。②鱼缘木:此出自《孟子·梁惠王》:"(孟子)曰:'然则王之所大欲可知已,欲辟土地,朝秦楚,莅中国而抚四夷也。以若所为,求若所欲,犹缘木而求鱼也。'"这是孟子说梁惠王的时候所用的比喻。是说沿着树去找鱼,方法不对,劳而无功。此处用意是说心中的愿望无法实现。③羝触藩:此出自《易经·大壮》:"羝羊触藩,羸角。"羸:困倦的意思。意为羝羊触藩篱,其角挂在藩篱之上,因而不能进,不能退。比喻一种进退两难的境地。

【赏析】

这首小令题为怀古,实则抒情。全篇抒发了仕途不得意的感伤之情。前四句连连用典,将自己当时的处境、心境都表达出来;后三句直抒胸臆,一个"寒"字,既写当时的自然环境,更是作者内心世界的表白。他对世事前途已完全失望的悲哀情绪,用一"寒"字点出,尤为恰当。

仙吕·醉扶归

瘦后因他瘦,愁后为他愁。早知伊家不应口,谁肯先成就。营勾①了人也罢手,吃②得我些酪子里③骂低低的咒。

【注释】

①营勾:俗语,意为勾引,诓骗。②吃:俗语,意为被、让。③酪子里:俗语,意为暗地里。

【赏析】

这首小令表现了一个受人欺骗的少女的怨恨之情,篇幅虽不长,然人物个性却跃然纸上,受害者的那种泼辣而又大胆的个性表现得非常充分。全曲多用俗语,明白晓畅。

查德卿

查德卿,生卒年和生平事迹均不详,大约在元仁宗(1311～1320)前后在世。现存小令22首,多怀古叹世之作,抒发对现实不满,感叹仕途艰难。其描写男女恋情的曲作,曲文通俗晓畅,格调活泼。

仙吕·寄生草·感叹

姜太公①贱卖了磻溪岸,韩元帅②命博得拜将坛。羡傅说守定岩前版③,叹灵辄④吃了桑间饭,劝豫让⑤吐出喉中炭。如今凌烟阁⑥一层一个鬼门关,长安道一步一个连云栈⑦。

【注释】

①姜太公:即太公望吕尚,姜姓,字子牙,周初人。曾隐居垂钓于溪(今陕西宝鸡西南渭水岸边),后被周文王尊为军师,为周朝开国元勋。②韩元帅:即韩信,汉初封楚王,后被刘邦所杀。③傅说:音fù yuè,殷商时人。初为奴隶,曾于傅岩(在今山西平陆)夯土为墙,后殷高宗召之为相。版:筑墙用的夹板。④灵辄:春秋晋灵公时人。他在饥饿欲死时得晋大夫赵宣子一饭之恩,晋灵公以伏兵刺杀赵宣子时,灵辄为报恩而救了宣子。⑤豫让:春秋时晋人。他事智伯而深得信任。后智伯为赵襄子所灭,豫让为之报仇,漆身为厉,吞炭为哑,伺机刺杀赵襄子。⑥凌烟阁:唐代皇宫中的一座殿阁。为表彰功臣,太宗李世民于贞观十七年把二十四位开国功臣图画于此。⑦连云栈:在悬崖峭壁上凿孔、架木、铺板而成的栈道。这里比喻险恶的仕途。

【赏析】

姜尚、韩信、傅说、灵辄、豫让是封建

时代建功立业、具有忠贞义侠思想的典型，历来为统治者所宣扬，为士子们所称道。但是在这支曲子里却成了被冷嘲、被贬抑的人物。因为他们走过的道路已被堵塞，他们对元代知识分子已无任何示范作用了。

仙吕·一半儿·春情①

自调花露染霜毫②，一种春心③无处托。欲写写残三四遭，絮叨叨，一半儿连真一半儿草④。

【注释】

①总题为《拟美人八咏》，共八首，今选其第八首。②霜毫：色白如霜的毛笔。③春心：怀春的心情。④真：亦叫"真书"，即汉字正楷。草：指草书，此处言女子才学出众。

【赏析】

本首写一位女子起草情书时的情景。作者抓住富于特征性的典型动作细节和主人公复杂微妙的心理矛盾，细腻逼真地展示出少女郑重而又娇羞的情态和思慕爱恋的情怀。前几句以铺叙为主，末句陡然翻空出奇，波澜顿起而又戛然而止，把主人公的情感、心理和读者的注意力都定格在一个最佳点上，令人感到妙趣横生而又联想无穷，这也正是"一半儿"的精妙之处。

越调·柳营曲·金陵故址

临故国，认残碑，伤心六朝①如逝水。物换星移②，城是人非，今古一枰③棋。南柯梦④一觉初回，北邙⑤坟三尺荒堆。四周山护绕，几处树高低。谁，曾赋"黍离离"⑥？

【注释】

①六朝：三国的吴、东晋，南朝时宋、齐、梁、陈都建都南京，合称六朝。②物换星移：王勃《滕王阁序》："物换星移几度秋。"言景物变换，星月推移，沧桑变化，光阴易逝之意。③枰：音píng，棋盘。这里是说岁月飞逝之速。④南柯梦：据《南柯记》：淳于棼酒醉后睡南槐树下，梦至"槐安国"，被招为驸马，做了二十年南柯太守，享尽荣华富贵。醒来后方觉是梦，"槐安国"乃槐树下一蚁穴。⑤北邙：邙：音máng，山名，在河南洛阳北，东汉建武以来，达官贵人死后多葬于此。⑥黍离离：《诗经·王·黍离》首句为"彼黍离离"。其诗写周朝东迁以后，周大夫途经故都，见昔日宗庙宫室尽为禾黍，顿有亡国之悲，彷徨不忍离去。

【赏析】

本篇为怀古之作。作者先以故都残碑，如水而逝的六朝，挑明兴感之由，点出怀古之意。虽然星移斗转、物是人非，但作者却在朝代兴衰、世事沧桑、岁月如流的叹息和伤感之余，又引出了"古今一枰棋"、世事如游戏的感慨。历史的沧桑变化犹如南柯一梦，成败荣辱、忠奸贤愚，都得归入荒坟三尺。冷眼旁观的调侃，事事皆空的虚无，萌发着对封建统治及其历史的否定意识。结语别出心裁："谁，曾赋'黍离离'？"那黍离之悲、失国之痛原来也似可不必。面对朝代更迭、历史兴替，作者流露出的这种冷漠佻达，也许只是故作姿态，却真实地反映了当时知识分子对元朝封建统治的极大失望与不满。

越调·柳营曲·江上

烟艇闲，雨蓑干，渔翁醉醒江上晚。啼鸟关关①，流水潺潺，乐似富春山②。数声柔橹江湾，一钩香饵波寒。回头贪兔魄③，失意放渔竿。看，流下蓼花滩④。

【注释】

①关关：鸟鸣声。《诗经·关雎》中有："关关雎鸠，在河之洲。"②富

春山：东汉时严子陵不愿出来做官，曾隐居于富春江边钓鱼。③兔魄：古人称月初生明为魄。又传说月中有白兔捣药，所以称月亮为兔魄。④蓼花滩：指开满蓼花的河滩。蓼：音liǎo，植物名，多生于水中或水边，花淡红色或白色，种类很多。

【赏析】

本篇描绘了一幅寒江独钓夜归图，以反映封建时代文人的失意之痛。冒雨垂钓，却又大醉昏睡至暮，看来渔翁之意并非在鱼，也非真正的渔翁。胸中难言之痛已微露端倪。虽也有山水之乐，但从"数声柔橹"中却又更感受到了自己的孤寂凄清。而举头望月更勾起他万千思绪和无限隐痛。蟾宫折桂之想可望而不可即，沉重的失落感愈加压在心头，挥之不去。如果隐逸山水的独得之乐也不能排遣内心苦闷，这种苦闷压抑多么沉重也就可想而知了。全曲情绪变化细腻曲折，委婉有致，和周围景物的声色动静妙合无迹，在情绪的流动起伏和景物渲染烘托中，作者揭示出隐藏在山水之乐背后的失意之痛，并使之逐渐加强，逐渐清晰，成为回荡全曲的主旋律。

双调·蟾宫曲·怀古

问从来谁是英雄？一个农夫①，一个渔翁②。晦迹③南阳，栖身东海④，一举成功。八阵图名成卧龙⑤，《六韬》书功在非熊⑥。霸业成空，遗恨无穷。蜀道⑦寒云，渭水⑧秋风。

【注释】

①农夫：指诸葛亮，他曾隐居南阳卧龙岗，以农耕为业。②渔翁：指殷周时姜太公吕尚，他曾怀才不遇，在渭水边钓鱼。③晦迹：隐迹、隐居。④栖身东海：姜太公吕尚隐居于东海之滨。东海：相当于今天的黄海。⑤八阵图名成卧龙：诸葛亮推演兵法，曾作八阵图。卧龙：为诸葛亮，早先隐居，在今河南省南阳县西南，徐庶称他为"卧龙"。⑥《六韬》书功在非熊：吕尚著《六韬》兵书，建立了丰功伟业。《六韬》：兵书，相传为姜太公吕尚所

著，分文、武、虎、豹、龙、犬六韬。非熊：传说周文王有一次打猎前占卜，卜辞说："非龙非骊，非熊非黑，所获霸主之辅。"周文王果然在渭水桥边得遇姜太公吕尚，遂成霸业。⑦蜀道：诸葛亮辅助刘备建立霸业的蜀汉之地。蜀：古国名，三国之一，在今四川。⑧渭水：姜太公吕尚曾垂钓于渭水边。

【赏析】

"一个农夫，一个渔翁。"一个指辅佐刘备建立蜀汉的孔明，一个指辅佐武王伐殷的吕尚。孔明出仕之前曾躬耕于南阳，故称他是"农夫"，吕尚微时曾在渭水垂钓，故称他是"渔翁"。这两个人都在历史上建立了卓著的功业，所以作者称他俩是"英雄"。然而如今呢？一切都已随着时间流逝，"霸业"已成一场空梦，所剩的只有蜀道的寒云、渭水的秋风。这是一首发思古之幽情的作品，带着消极的情绪。

吴西逸

吴西逸，元代后期散曲作家，生平不详。与贯云石同时。今存小令47首，善于摹写景物和抒闲适之情。《太和正音谱》评其曲"如空谷流泉"。

越调·天净沙·闲题

江亭远树残霞，淡烟芳草平沙。绿柳阴中系马。夕阳西下，水村山郭①人家。

【注释】

①山郭：这里指山村。

【赏析】

　　这一组闲题共四首,这里选的是第四首。这首小令描绘了在夕阳映照下水乡山村优美恬静的迷人景象。"江亭远树残霞,淡烟芳草平沙"两句总写村江之景。远远望去:江天一色,树木葱茏,红霞映天;烟雾蒙蒙,芳草萋萋,平沙漫漫,好一幅村江夕照图。"绿柳阴中系马"一句点明作者所在。美不胜收的景致使作者系马绿柳荫中,驻足欣赏,流连不已。"夕阳西下"一句,将前面三个相对独立的画面融成一个整体,同时,又引出最后一句"水村山郭人家",使读者恍若进入仙境,心向神往,陶醉其中。这首小令写景纯用白描,情景交融,意味隽永,足可追步马致远的[天净沙]《秋思》,但并无马致远那首名作的消极凄凉。

双调·清江引·秋居

　　白雁①乱飞秋似雪,清露②生凉夜。扫却石边云,醉踏松根月③,星斗满天人睡也。

【注释】

　　①白雁:宋彭乘《续墨客挥犀》七《白雁至则霜降》:"北方有白雁,似雁而小,秋深到来,白雁至则霜降,河北人谓之霜信。"此句言秋夜天高气爽,白雁群飞。②清露:晶莹清凉露珠。③松根月:指从枝缝中漏下洒在松下的月光。

【赏析】

　　本篇写秋夜之景。秋雁、清露等景物烘托出恬淡静谧的气氛,而"扫云"、"踏月"的动作既逼真传神地极写出主人公醉态可掬,又加强了旷达、脱俗的意蕴。虽是更深夜静,万物沉睡,主人公却在美好的秋夜中醒着;虽是醒着,却又沉醉在清雅皎洁的夜色中。一半是醉酒,一半却是醉月。主人公无欲无求、无烦无忧、恬静淡泊的情怀和这远离尘嚣、淡雅宁静的环境是那样和谐一致,真愿意把全部身心都溶化在这大自然的怀抱中。也许,这正是作者的精神追求吧。

李爱山

李爱山，字敬甫，长安（今陕西西安市）人。生平事迹不详，今存小令14首，套数1篇。

双调·寿阳曲·厌纷

离京邑，出凤城①。山林中隐名埋姓。乱纷纷世事不欲听，倒大来②耳根清净。

【注释】
①凤城：京都别称。②倒大来：非常，多么。

【赏析】
愤世嫉俗，隐姓埋名，出京入山林，可知也是怀才不遇者的心声，揭露了元朝末期黑暗统治的腐败不堪。

双调·寿阳曲·怀古

项羽争雄霸，刘邦起战伐。白夺成四百年汉朝天下。世衰也汉家属了晋家，则落的①渔樵人一场闲话。

【注释】

①则落的：同"只落得"。

【赏析】

本篇与其说是怀古，不如说是嘲古。起句合璧对叙刘项争霸事，一个"白"字将统治阶级你争我夺、不息征战，以及你唱罢来我登场的纷乱世事作了冷峻的调侃和否定。当年轰轰烈烈的历史，却反归纳为渔樵人的一场闲话，这不屑一顾、近乎玩笑的鄙视，恰好又为"白"字作注，也暗喻了作者的人生态度。虽有些看破尘世的消极，却更隐含着对现实政治的否定和嘲弄。千古历史，一声喟叹，明白如话，却又内涵丰富。

李致远

李致远，生平不详。《元曲选》中存有他的杂剧《都孔目风雨还牢末》，为一本写梁山英雄的水浒戏。现存小令26首，套曲4篇。

中吕·朝天子·秋夜吟

梵宫①，晚钟，落日蝉声送②。半规凉月③半帘风，骚客④情尤重。何处楼台，笛声悲动？二毛斑⑤，秋夜永。楚峰⑥，几重？遮不断相思梦。

【注释】

①梵宫：即佛寺。这里也就是作者寄寓之所。②蝉声送：传来了蝉鸣之声。③半规凉月：规：圆形，这里是指半圆的月亮。④骚客：骚人墨客。此指诗人自己。⑤二毛斑：头发黑白驳杂，称二毛。⑥楚峰：楚地山峰，指湖北巫山一带。

【赏析】

这是一首诗人在逆旅中因景生情、思念家人之作，情深意切，自然而真挚。首三句写诗人寄寓在佛寺里，时已傍晚，寺里响起了钟声，暮色中传来寒蝉凄切的叫声。在这客居的环境氛围里，当然无意入睡。于是接着第四、五两句描写夜渐渐深了，半圆的秋月挂在天空，秋风掀动着帘子。此际此景，更触动诗人客居萧寺之情。心潮起伏，难入梦乡。因而此下四句又翻进了一层：不知何处楼台传来悲凉的笛声，使这位头发斑白的诗人更感到秋夜之长。曲子留着悬念与遐想结束，让读者的想象去丰富它，写得含蓄隽永，余韵悠然。

双调·折桂令·读史

慨西风壮志阑珊①，莫泣途穷，便可身闲。贾谊南迁②，冯唐老去③，关羽西还④。但愿生还玉关⑤，不将剑斩楼兰⑥。转首苍颜，好觅菟裘⑦，休问天山。

【注释】

①阑珊：将尽，衰落。②贾谊南迁：贾谊：西汉政论家、文学家。有政治才干，后被贬为汉长沙王太傅，抑郁而死，南迁即指此。③冯唐老去：冯唐：西汉安陵人。曾在文帝前为名将云中守魏尚辩解，怀才不遇，很老时才被任为中郎署长。④关羽西还：关羽：三国蜀汉大将，字云长，河东解县人。东汉末从刘备起兵。后孙权袭取荆州，他败走麦城，命归西天。⑤玉关：玉门关。⑥楼兰：古西域国名。唐王昌龄《从军行》有诗句："黄沙百战穿金甲，不破楼兰终不还"。此一句反用其意。⑦菟裘：即虎皮袍。此处指淡泊功名、追求安逸闲适的生活。

【赏析】

李致远一生落魄，壮志难酬。待鬓发花白时读到贾谊南迁，冯唐老去，关羽西还时，怎能不感慨万千？而以"莫泣途穷，便可身闲"出之，格外苍凉，格外令人心酸。青丝成白发，楼兰剑化为狐裘衣，这正是有元一代士人的生活与心灵轨迹。以读史时的悲慨激愤之情起，而以消沉隐逸之情结，感情幽咽曲折。

双调·落梅风

斜阳外，春雨足①，风吹皱一池寒玉②。画楼③中有人情正苦，杜鹃④声莫啼归去。

【注释】

①足：多。②吹皱：比喻离别前生活的平静以及因离别而内心掀起的波澜。寒玉：对清凉晶莹的溪水的一种比拟。③画楼：形容楼的华丽，指古代妇女生活的特殊环境。④杜鹃：即布谷鸟，又名子规，传说是古代蜀国国王望帝杜宇所化，所以又叫杜宇。

【赏析】

这是一首写离情的小令。全曲五句，前三句写外景，后二句由外入内，写画楼中的人。开始两句写景：夕阳西下，春日雨水很多。接着一句在继续写景中又暗融抒情。这是画楼人眼中所见的景物，有很强的主观色彩。这既是写春雨后的溪水，又是借景抒情，一方面比喻离别前生活的平静，另一方面描写因离别而内心掀起的波澜。

越调·小桃红·碧桃

秾华不喜污天真,玉瘦东风困。汉阙①佳人足风韵,唾成痕。翠裙剪剪琼肌嫩。高情厌春,玉容含恨,不赚武陵人②。

【注释】

①汉阙:阙:音què,古代宫殿、祠庙或陵墓前面左右对峙的一对高建筑物,形式因时因地而异。②赚:欺骗,诳骗。武陵人:晋代陶渊明《桃花源记》有武陵渔人幸入世外桃源之说,此处亦借指隐士。

【赏析】

自古咏桃花之作万万千,此首独以汉家美人写桃花风韵,情调顿出。细描姿色,淡点慵情,把桃花给写活了。而以美人伤怀喻桃花于东风春雨中之伶仃神态,堪称绝笔。结尾以武陵人作结,点明自己爱好自然风物的美好高洁情怀。

中吕·红绣鞋·晚春

杨柳深深小院,夕阳淡淡啼鹃。巷陌东风卖饧①天。才社日停针线②,又寒食戏秋千③,一春幽恨远。

【注释】

①饧:麦芽糖,古人一般在寒食节制作。②社日停针线:社日:祭社神的日子。停针线:忌做针线活。③寒食戏秋千:古以清明前一或两天为寒食节,其时禁火三天,民以秋千为游戏。

【赏析】

这是一首因伤春而起离愁的闺怨曲。起句"杨柳深深小院，夕阳淡淡啼鹃。"描写的时间为春天的傍晚时分，小院深深，杨柳依依，夕阳淡淡，杜鹃声声，悠远凝咽。这种种景象，虽恬静幽和，但无不诉说着孤独，无不倾诉着离愁，无不表达着相思。作者偏偏又将"深深小院"作为环境，小院深深加重了闺怨之人内心的失落。

张鸣善

张鸣善，生卒年不详，名择，号顽老子，鸣善是其字。原籍平阳（今山西临汾市），后迁居湖南，至正（1341～1368）年间流寓扬州。至正二十六年曾为夏庭芝《青楼集》撰序。历任淮东道宣慰司令史、提学等职，元亡后，托病辞官，隐居吴江。钟嗣成《录鬼簿》将其列于"方今才人相知者"之列。著有《英华集》，其杂剧《烟花鬼》、《夜月瑶琴怨》及《草园阁》今均不存。《太和正音谱》谓其词"藻思富瞻，烂若春葩"，"诚一代之作手"。今存套数2篇、小令13首。

中吕·普天乐·嘲西席[①]

讲诗书，习功课。爷娘行[②]孝顺，兄弟行谦和。为臣要尽忠，与朋友休言过[③]。养性终朝[④]端然坐，免教人笑俺风魔[⑤]。先生道"学生琢磨"，学生道"先生絮聒"[⑥]，馆东道"不识字由他"[⑦]。

【注释】

①题据《乐府群珠》卷四。西席：对受业之师的尊称，这里指家塾延聘

的教书先生。②行：音 háng，宋元时俗语，这里、这边的意思。③过：过失、过错。④终朝：整天。⑤风魔：癫狂。⑥絮聒：喋喋不休、啰里啰唆。⑦馆东：家塾主人，亦即"东家"。

【赏析】

全曲共十一个句子，可以分作两个层次。第一层是"西席"即教书先生对学生的训诫内容。第二层写先生的叮嘱、学生的评价和馆东的态度。先生自以为头头是道地讲了顶顶重要的伦理纲常大道理，要学生课下好好琢磨；学生压根儿就没有听，讨厌他的喋喋不休，没完没了；馆东则纯粹抱着无所谓的态度——"由他去吧！"读到这里，教书先生的尴尬和难堪就可想而知了。于是授课内容的庄重，授课态度的认真，一下子跟授课效果的无谓和糟糕形成了一种不协调，对"西席"的嘲讽意味也便在一种喜剧氛围中产生了。不过，曲题虽是"嘲西席"，而从深层意蕴上看，则是对封建科举教育的一个极大讽刺。

失宫调·咏雪①

漫天坠，扑地飞，白②占许多田地。冻杀吴民③都是你，难道是国家祥瑞④？

【注释】

①据《尧山堂外纪》，元末张士诚占据苏州，其弟士德强夺民田以扩大园囿。一日大雪，士德设盛宴，张女乐，邀明善咏雪。明善倚笔题此曲，士德大愧。②白：不付代价地取用。③吴民：苏州一带的人民。春秋有吴国，建都于吴（今江苏苏州），故称。④国家祥瑞：俗谚认为，冬春大雪是丰年的先兆，预示着吉祥。

【赏析】

此曲字字双关，形显而神隐。"漫天坠，扑地飞"，形象生动地描摹出大雪飘卷之状，又喻指兵祸突来，有如洪水猛兽。"白占"，明写盖地之雪色，暗刺张士德的强占民田。两句较"长安有贫者，为瑞不宜多"更为激愤，与其称作怨雪，毋宁解为直指悍将鼻端破口痛斥。该篇语言本色平直，而因双关的运用，暗含机锋，若鱼肠利剑，劲锐无比。

中吕·普天乐·咏世

洛阳花，梁园月。好花须买，皓月须赊①。花倚栏干看烂熳开，月曾把酒问团圆夜。月有盈亏花有开谢，想人生最苦离别。花谢了三春②近也。月缺了中秋到也。人去了何日来也？

【注释】

①赊：买东西时欠账。②三春：古时分春天为孟春、仲春、季春三个时序阶段，合称三春。

【赏析】

此曲上半首写的是人们普遍的审美心理和美好生活的愿望。但是事物往往有它的两面性，如果缺乏思想准备，就容易造成情绪上的波动。所以，下半首就借花开花谢、月圆月缺这一带有哲理性的自然现象，理喻人际间的团圆与分别也是相对的，有分别也会有团圆，有团圆也会有离别。作者大概是想借此劝慰人们：不必为暂时的离别而沮丧苦恼。虽然带有较强的说理性，但是借助于花开花谢、月圆月缺的具体形象，把长期困扰着人们情绪的团圆与分别的关系生动地表述出来，激励人们鼓起生活的勇气与希望。这与习惯的说法："花有重开日，人无再少年"的含义大不相同。

双调·水仙子·讥时

铺眉苫眼早三公①，裸袖揎拳享万钟②，胡言乱语成时用③。大纲来都是哄④。说英雄谁是英雄？五眼鸡岐山鸣凤⑤。两头蛇南阳卧龙⑥，三脚猫渭水非熊⑦。

【注释】

①苫：音 shān。铺眉苫眼：此谓装模作样、挤眉弄眼、装腔作势。三公：古代朝廷的最高官位，朝代不同，称谓也不同，如汉代称大司马、大司徒、大司空，宋代称宰相、太尉、御史大夫。这里泛指高官。②裸袖揎拳：捋起袖子露出胳膊，这里指喜欢打架斗殴的人。揎：音 xuān。万钟：这里指优厚的俸禄。钟：古代器量单位，六斛四斗为一钟。③成时用：被当世重用。④大纲来：元代口语，总之。哄：胡闹，哄骗。⑤五眼鸡：又作乌眼鸡，好斗的公鸡，这里喻指喜欢斗狠的人。岐山鸣凤：比喻安邦兴国的贤才。相传周代将兴时，有凤凰鸣于岐山。岐山：在今陕西省岐山县，周朝的发祥地。⑥两头蛇：这里借指心肠狠毒的人。南阳卧龙：即诸葛亮。出山前曾隐居躬耕于南阳，好朋友徐庶向刘备推荐时，以此作喻。⑦"三脚猫"句：三脚猫，俗指成事不足败事有余的人；亦指看似内行、实无多大本事的人，即与"渭水非熊"相反的人。渭水非熊：指姜太公吕尚。

【赏析】

挤眉弄眼、装腔作势、善耍手腕、不学无术的市井小人早已成为高官；蛮横无理、喧哗吵闹、胡作非为、打架斗殴的地痞流氓享受着极其丰厚的官俸；信口雌黄、胡说八道、言而无信、谣言惑众的无赖居然都被重用。这该是怎样的一个是非颠倒的肮脏世界。

杨朝英

杨朝英，元代后期散曲作家。号澹斋，青城（今山东高唐县）人。生卒年不详。曾编元人散曲为《阳春白雪》及《太平乐府》二书。今存小令27首。《太和正音谱》评其曲"如碧海珊瑚"。

双调·水仙子

依山傍水盖茅斋①，旋买奇花赁地栽②，深耕浅种无灾害，学刘伶③死便埋。促光阴晓角时牌④，新酒在槽⑤头醉，活鱼向湖上买，算天公自有安排。

【注释】

①茅斋：茅草小屋。斋：这里指书房、学舍。②旋：很快。赁：音lìn，租借。③刘伶：字伯伦，西晋人，当时"竹林七贤"之一。伶为人纵酒使性，放达不羁。常乘车携酒出游，命人携锄相从，说"死便埋我"。事见《晋书》本传。④晓角时牌：早晚时分。晓：早晨。角：角宿，二十八宿之一。此处代指夜晚。⑤槽：酒槽，旧时酿酒器具。

【赏析】

这是一首自叙其隐逸生活的畅想曲，作者厌倦了尔虞我诈的世俗社会，欲从山水野趣中寻求解脱。在他的笔下，大自然是那样美好，一般的游山玩水已不足以畅其心志，他要盖房、租地栽种，就此定居下来，让自己陶醉在花香酒趣之中。可以说这也表现出人对黑暗现实的一种反抗，尽管这种反抗是那样微弱和消极。全篇读来活泼、流畅，意趣盎然。

双调·水仙子

雪晴天地一冰壶①，竟往西湖探老逋②。骑驴踏雪③溪桥路，笑王维④作画图。拣梅花多处提壶⑤，对酒看花笑，无钱当剑沽⑥。醉倒在西湖。

【注释】

①冰壶：形容雪晴后天气极冷，人像是生活在冰壶之中。②老逋：指北宋诗人林逋，时隐居于西湖，以种梅、养鹤自娱，有"梅妻鹤子"之称，卒谥和靖先生。此处"探老逋"实代指寻梅。③骑驴踏雪：文学典故，言唐诗人孟浩然骑驴踏雪、寻梅吟诗之事，后世戏曲、小说多引为题材。此处为作者自比。④王维：字摩诘，唐代诗人，大画家，擅长雪景，有《雪溪图》、《雪里芭蕉图》等。此处言"笑"，是说王维所画雪景不如眼前。⑤提壶：把盏、斟酒。⑥当剑沽：将佩剑抵押以买酒。沽：买酒。

【赏析】

这是一首纵酒自娱的放言曲。通篇不脱"雪"与"酒"二字，取材原非冷僻，然在这里却独具新意。作者下笔先极言其"雪"，渲染天冷，后又极言其"酒"，雪中赏花饮酒，渲染其情热，酒香压倒了雪寒。前后映衬，对比鲜明。也就是在这逐句深化的意态进逼过程中，一个与世抗争、傲岸不屈的坚强人格即突现在读者的眼前了。这里表现的精神不仅是藐视自然界的严寒，而且对周围污浊的黑暗现实来说，也是一个抗争不屈的斗士形象。全篇寓深于浅，雅俗并举，别有一种特殊的意趣。

双调·水仙子

寿阳宫额得魁名①,南浦②西湖分外清。横斜疏影③窗间印,惹④诗人说到今。万花中先绽琼英。自古诗人爱,骑驴踏雪寻,忍冻在前村。

【注释】

①"寿阳宫"句:《太平御览》卷九七。引《北宋》曰:"武帝女寿阳公主,一日卧于含章檐下,梅花落公主额上,成五出之华(花),拂之不去,皇后留之。自后有梅花妆,后人多效之。"②南浦:此泛指水滨。③横斜疏影:林逋《山园小梅》颔联:"疏影横斜水清浅,暗香浮动月黄昏。"④惹:逗引,牵引。含"多情"意。周邦彦《六丑·蔷薇谢后作》:"长条故惹行客,似牵衣待话,别情无极。"辛弃疾《摸鱼儿·淳熙己亥……》:"算只有殷勤画檐蜘蛛,尽日惹飞絮。"

【赏析】

这是一支咏梅的曲词,通过驱典使事,描摹了梅花的形、神、韵、品。一个"惹"字展现了其无限诱人的魅力,一个"爱"字传达了世人对她的格外垂青。前人尝言咏物须不滞于物,此曲深得之。试读"南浦西湖分外清"、试吟"万花中先绽琼英",何仅是咏物,分明有人的性灵在!这是一颗狷介的心灵在搏动,这是一颗先觉的心灵在震颤。人谓曲以不曲为本色,以直率为归趣,其实似此曲之曲隐,亦毫不失其风采。至周德清笑其"开合同押"、"不知法度",恐反难免胶柱鼓瑟之诮。

双调·殿前欢·和阿里西瑛韵

白云窝,樵童斟酒牧童歌,醉时林下和衣卧。半世磨陀①,富和贫争甚么?自有闲功课,共野叟闲吟和②。呵呵笑我,我笑呵呵。

【注释】

①磨陀:逍遥自在。②吟和:互相唱和诗、歌等。

【赏析】

杨朝英共写了五首和阿里西瑛的[殿前欢],这里选第一首,除第六、第七两句外,其余各句均用阿里西瑛第二首《懒云窝》的韵字。内容上自然也写隐居不仕,但没有像阿里西瑛那样极力描写在懒云窝中懒散,而写不慕富贵、别有旨趣的乡间生活。开头与贯云石、乔吉等人和曲不同,没有直接袭用"懒云窝"三字,而改为"白云窝"。杨朝英号澹斋,"白"与"澹"都有素洁之意,对白云窝的描写,自是作者自己生活的写照。

正宫·叨叨令·叹世二首

一

想他腰金衣紫青云路①,笑俺烧丹炼药修行处。俺笑他封妻荫子叨天禄②,不如我逍遥散诞③茅庵住。倒大来④快活也末哥!倒大来快活也末哥!那里也龙韬虎略擎天柱⑤!

二

昨日苍鹰黄犬齐飞放⑥,今日单鞭羸马⑦江南丧。他待学欺君冈上曹丞相⑧,不如俺葛巾漉酒陶元亮⑨。倒大来快活也末哥!倒大来快活也末哥!渔翁把盏樵夫唱。

【注释】

①腰金衣紫:谓身居高官。金:金印。紫:紫绶。青云路:比喻高位或谋求高位的路径。②封妻荫子:妻子受诰封,子孙袭爵禄。叨:犹"忝",谓无功德承受。天禄:俸禄。③散诞:放诞不羁,逍遥不在。④倒大来:无比,非常。⑤那里也:犹言哪里是、说什么、说不上,常用在成语等之前,表否定的意思。龙韬虎略:兵书的代称,也指用兵的谋略。擎天柱:托住天的柱子,这里比喻有大才干、大本领、肩负重任的人。⑥苍鹰黄犬:代指打猎。李斯被杀时,对他的儿子说:想和你再回老家上蔡,牵着黄犬追逐狡兔,又怎么可能呢?⑦单鞭羸马:指苻坚之败。前秦苻坚攻晋,败于淝水,"单骑遁还淮北"。羸马:音léi mǎ,瘦弱之马。⑧欺君冈上:欺骗蒙蔽君主。曹丞相:指曹操。⑨葛巾:用葛布制成的头巾。漉酒:滤酒。陶元亮:渊明字元亮。

【赏析】

写"叹世"的曲子不少,往往采用正面议论或直抒胸怀的方式。杨朝英别具一格,他摒弃旧程式,而借助对比的修辞手段。第一支曲子通过汲汲荣华富贵者和修行逍遥者的对比,说明了"腰金衣紫"、"封妻荫子"者的可笑和不足取,作者肯定的是"烧丹炼药"、"逍遥散诞"的快乐生活。第二支曲子讥讽贪图富贵权势、疆土皇位者,以他们的被刑受戮、生死国灭、青史留奸与隐士渔夫的自在生活作对比,表明了作者的取舍。这里既有"他"之"昨日"和"今日"不同命运的对比,也有"他"和"俺"不同品性的对比,表现了作者批判社会浊恶,看破红尘,从而走向无为任性、返朴归真的思想,"叹世"之情纯然流溢在字里行间。

中吕·阳春曲

浮云薄处朣胧①日,白鸟明边②隐约山。妆楼③倚遍泪空弹。凝望眼,君去几时还?

【注释】

①朣胧:似明不明貌。此写云间穿行的落日不甚明亮。②白鸟明边:飞过的白鸟映衬明亮之处。杜甫《雨》:"紫崖奔处黑,白鸟去边明。"③妆楼:少女少妇居住的楼房。

【赏析】

"朣胧日"、"隐约山",组成了去路迢遥、望而不见的迷惘意境。"妆楼倚遍",示凝望时间之久,或从早到晚,或日复一日,最终却难免"泪空弹"。此以闺中少女怨望之深,反衬其盼归之切;由侧面烘托其情爱之笃,语简意丰,有情有态,形象欲活。

越调·小桃红·题写韵轩①

当年相遇月明中,一见情缘重。谁想仙凡隔春梦,杳无踪,凌风跨虎归仙洞,今人不见,天孙标致②,依旧笑春风③。

【注释】

①写韵轩:在南昌。唐·裴铏《传奇·入仙坛》说仙女吴彩鸾与书生文箫相互爱悦而成夫妇。文箫贫,彩鸾为写孙《唐韵》,售以为生。后二人皆乘虎仙去。后人附会而建"写韵轩"。②天孙标致:天孙:织女。标致:秀丽的容貌。③依旧笑春风:唐进士崔护曾在都城南遇一村女立桃花下,互有爱慕意。次年

再至，见花而不见人，遂题诗曰："人面不知何处去，桃花依旧笑春风。"

【赏析】

此曲题为《题写韵轩》，却实写自己与一女郎一见钟情而相聚不久便匆匆分离以致无缘再会的怅惘。全曲隐括彩鸾跨虎的神话故事和崔护诗意，将缠绵缱绻的情景置于如真似幻之间，倍觉幽渺空灵，引人神往。抒离愁而不言愁，得委曲蕴藉之妙。

双调·清江引

秋深最好是枫树叶，染透猩猩血①。风酿楚天秋，霜浸吴江月②。明日落红多去也！

【注释】

①染透猩猩血：枫树叶像浸染过猩猩血一样的红。猩猩：动物名，毛长，呈赤褐色，传说猩猩血最红。②霜浸吴江月：秋霜好像浸湿了吴江上空的月亮。浸：浸透，滋润。吴江：即吴淞江，这是指南方的江河。

【赏析】

这首《清江引》写深秋的景象。而深秋最美的要属枫树的红叶了，它的红艳的颜色，就像是用猩猩的血染就的。加上辽阔的秋空和霜浸的吴江月，形成了一幅美妙的秋景晚图。

双调·水仙子

灯花占信①又无功，鹊报佳音耳过风②。绣衾温暖与谁共？隔云山千万重。因比上惨绿愁红③。不付能博得个团圆梦④，觉来时又扑个空。杜鹃声又过墙东⑤。

【注释】

①灯花占信：古人认为灯蕊结成花瓣便是远行人归来的吉兆。②耳过风：与上文的"又无功"同义，均指落空。③惨绿愁红：由于思妇心头苦闷，把红花绿叶等美好的东西都看成了愁惨的景象。④不付能：元人方言，指方才，刚才。⑤"杜鹃声"句：叫着"不如归去"的杜鹃，一忽儿又飞过了墙东。

【赏析】

这首曲写闺中少妇思念远行的亲人。夜占灯花，朝卜鹊喜，均没有灵验，连一个好不容易做成的团圆梦也被惊醒了，耳边只听见杜鹃"不如归去"的一声声啼叫。其闺情春思深浓，口吻毕肖，心态如画，使读者读来历历在目，异常生动。

双调·水仙子·自足

杏花村里旧生涯，瘦竹疏梅处士家①，深耕浅种收成罢②。酒新篘③，鱼旋打④，有鸡豚⑤竹笋藤花。客到家常饭，僧来谷雨茶⑥，闲时节自炼丹砂⑦。

【注释】

①瘦竹疏梅处士家：隐士居住在瘦竹疏梅的掩映之间。瘦竹，竹子细长故称瘦竹。疏梅，指梅花，来自"疏影斜横水清浅"的诗句。处士，未出仕为官的人。②收成罢：庄稼收获完了。③酒新篘：酒刚刚滤出。篘：音chōu，过滤的酒。④鱼旋打：鱼刚刚打出。旋：刚刚。⑤豚：音tún，小猪，这里泛指猪。⑥谷雨茶：谷雨时节采的茶，这时的茶叶最新嫩。⑦炼丹砂：道家的一种修炼方法。丹砂：为水银与硫黄之化合物，经分析后可得水银，道教以为仙药。

【赏析】

这首小令也如题目所标出的，表现了作者无所追求、自足常乐的思想。一年耕种、收获完毕，便打鱼饮酒，过着逍遥自在的生活。及至有客到时，就以家常饭相待；有僧人到时，就奉献给他一杯谷雨新茶。闲时节呢，自己炼丹砂来养性——这，就是"自足"。其实，在封建社会里，哪儿有这样不受社会干扰的"自足"生活呢！它不过是人们的一种空想而已。

宋方壶

宋方壶，名子正，元末明初华亭（今上海松江县）人。因于华亭莺湖筑室数间，四面轩窗镂花，昼夜长明，仿佛洞天，遂命曰"方壶"，并以之为号。散曲今存套数5篇、小令13首。

中吕·山坡羊·道情

青山相待，白云相爱，梦不到紫罗袍共黄金带①。一茅斋②，野花开，管甚谁家兴废谁成败！陋巷箪瓢亦乐哉③！贫，气不改；达④，志不改。

【注释】

①紫罗袍、黄金带：均为古代高级官员的服饰，这里指做官。共：和，与。②茅斋：茅屋。③陋巷箪瓢：形容生活清苦，居处条件差，饮食不好。语出《论语·雍也》："一箪食，一瓢饮，在陋巷，人不堪其忧，回也不改其乐。"箪（dān）：古代盛饭用的圆形竹器。④达：通达，显贵。

【赏析】

此曲一片浩然之气，壮志凌云，真正能做到"贫贱不能移"、"富贵不能淫"的境地。争夺帝业，不管谁成谁败，我就是不去做那些事，不当那样狗马。

中吕·山坡羊·道情

布袍粗袜,山间林下,"功名"二字皆勾罢。醉联麻①,醒烹茶。竹风松月浑②无价。绿绮纹楸③时聚话。官,谁问他!民,谁问他!

【注释】

①联麻:即所谓的"顶真续麻"。此指酒令中的一种修辞格式,其要求是以前句之尾字作后句之首字,这样首尾相连,递接而下。②浑:都,全。③绿绮:古琴名。宋贺铸《小梅花》:"愁无已,奏绿绮,历历高山与流水。"纹楸:围棋棋盘。宋向子《减字木兰花》:"画戟森间,玉子纹楸手共谈。"

【赏析】

对这首曲的思想意义要从两方面来分析。元代的社会政治总的来说是令文人士子们失望的,这从大量讥时骂世的散曲中不难得到印证。所以,由于失望而产生厌世出世的思想便不足为怪了。

仙吕·一半儿

别时容易见时难，玉减香消衣带宽①。夜深绣户②犹未拴，待他还，一半儿微开一半儿关。

【注释】

①宽：宽松。这里是说人因相思而日渐消瘦，衣带显得宽松。②绣户：雕绘华美的门户，这里是指女子的居处。

【赏析】

这首小令抒发了思妇对夫君的无限思念之情，读来情真意切、感人。

双调·水仙子·居庸关①中秋对月

一天蟾影映婆娑②，万古谁将此镜③磨？年年到今宵不缺些儿个。广寒宫④好快活，碧天遥难问姮娥⑤，我独对清光⑥坐，闲将白雪歌⑦。月儿，你团圆我却如何？

【注释】

①居庸关：古关名，在今北京市昌平县西北。②蟾影：月光。传说月中有蟾蜍，故名。婆娑：舞动的样子。③此镜：指月。唐李白有诗"月下飞天镜"（《渡荆门送别》），后因以"飞镜"代月。④广寒宫：神话传说称月宫为广寒宫，又称"广寒清虚之府"。⑤姮娥：传说中月宫的仙女，亦作嫦娥。姮：音héng。⑥清光：指月光，因其给人感觉清冷明亮而得名。⑦白雪歌：原指古代楚国一种比较高雅的乐曲，与《阳春》齐名，后泛指一切高雅难学的乐曲。

【赏析】

　　这是一首借景抒情的思乡曲。作品以月领起，把对宇庙和人生的思索贯穿于月光中。"蟾影"、"广寒宫"、"姮娥"虽然俱为作者的想象之辞，但其中流露出对大自然的赞颂，实际上是对人间世事的反衬。正因为作者自身的孤独，所以他才在万家团圆时"独对清光坐"。这里的"独"字既是作者的现实处境，也是此刻的情感主调。高雅的白雪歌并不能使孤独感得以缓解，相反却强化了它。末句的设问突出了月圆人缺的鲜明对比，从而使全曲的感情旋律落到了它最终的归宿。作品明暗交替，虚实结合，为读者留下了充分的回味余地。

双调·水仙子·隐者

　　青山绿水好从容，将富贵荣华撇过梦中。寻着个安乐窝胜神仙洞，繁华景不同。忒①快活别是个家风，饮数杯酒对千竿竹，烹七椀②茶靠半亩松，都强如相府王宫。

【注释】

　　①忒：音 tè，太、非常。②椀：音 wǎn，盛食器具，今同"碗"。

【赏析】

　　这支曲同样是对山林隐逸生活的讴歌赞美。"好从容"三字总领全篇，作者将一般人求之不得的富贵荣华视作粪土，而把与世俗"繁华景"截然不同的大自然看作安乐窝。正是从这点出发，作者将对竹饮酒、松间烹茶看作"别是个家风"，是超过宰相府、帝王宫的最高境界。显然，作品在这里表现了对世俗权贵的极端蔑视。实际上这里也隐含着一种对黑暗现实的反抗乃至挑战意识，而不同纯粹的消极避世，这一点的确是难能可贵的。全篇情感充沛、构思新颖，语言酣畅流利，造境宜人。

双调·水仙子·隐者

青山绿水暮云边,堪画堪描若辋川①,闲歌闲酒闲诗卷。山林中且过遣②。粗衣淡饭随缘③,谁待望彭祖④千年寿,也不恋邓通数贯⑤钱,身外事赖了苍天。

【注释】

①辋川:辋:音 wǎng,水名,在今陕西省蓝田县南,唐代山水田园诗派的代表作家王维曾隐居于此。②过遣:过日子、消遣。③随缘:佛家语,这里指随其机缘,不加勉强之意。④彭祖:传说中人物,姓名铿,尧时封于彭城,至周时尚为柱下史,寿过八百,后人因称为彭祖。⑤邓通:西汉人,初为文帝宠幸,因赐蜀铜山铸钱而成巨富,后世遂以为有钱的代名词。贯:串,古代铜钱皆用绳索串起,故名。

【赏析】

山林隐逸生活是元散曲作家经常接触的题材,本篇亦不例外。作者把大自然描绘得如诗如画,有情有趣,正是体现着他在这方面的人生追求。这就是我们前面即曾指出过的:生活的贫困,哪怕是"粗衣淡饭",哪怕是没有钱,或者是少活几年都不要紧,关键在于人要享受着身心的绝对自由。它构成了这支散曲的灵魂,也是整个作品的气脉所在。当然,作者把万事归于苍天,表现了在命运面前无可奈何,是其思想的局限,这也是无可隐讳的。总的看来,作品具有一定的艺术感染力。

中吕·红绣鞋·阅世

短命的偏逢薄幸①，老成的偏遇真成②，无情的休想遇多情。懵懂③的怜瞌睡，鹘伶的惺惺惺④，若要轻别人还自轻。

【注释】

①"短命"句：缺德阴损的人偏偏碰到无情无义的人。短命：民间对那些缺德的人的骂语。②"老成"句：练达持重的人偏偏遇上真挚诚实的人。真成：犹真诚。③懵懂：糊涂。④"鹘伶"句：聪明机灵的人必然互相敬爱倾慕。鹘：猛禽，刚烈勇猛。鹘伶：含有勇敢、机智、聪明的意思。惺惺：机警，聪慧。惺惺惺：即"惺惺惜惺惺"的略称，聪慧之人互相怜爱倾慕。

【赏析】

世上最深刻的道理，往往也最明白易懂。这篇小令最为引人注目的特点就在于，它用人们日常习用的口语概括了人们司空见惯的人情世态，对善恶美丑、是非曲直作出了旗帜鲜明的道德评判，用以荡涤污浊卑下的灵魂，赞美纯洁崇高的人格，希望社会空气得到净化，生活变得更加美好。

丘士元

丘士元，生平不详，《全元散曲》存其小令8首。

中吕·满庭芳·相思

愁山闷海，沉吟暗想，积渐难睚①。冷清清无语人②何在？瘦损形骸③，愁怕到黄昏在侧，最苦是兜上心来。咱无奈，相思痛哉，独自静书斋④。

【注释】

①积渐难睚：蓄泪太多，眼都难以睁开。渐：沾湿、浸润。睚：眼角。②无语人：这里指爱人，因不在身边，故名。③形骸：身形、骨骸，此处代指身体。④书斋：书房。

【赏析】

这是一首直抒胸臆的相思之曲。全篇的感情基调即是和爱人苦苦相恋但横遭分离的"愁"与"苦"。作品一开始即突出这两个字，并运用了夸张的手法，勾画出恋人之间难以团圆的精神痛苦。这种痛苦还被有意无意同时间及周围环境联系起来，前人名句"到黄昏点点滴滴"、"才下眉头，又上心头"等都被不露痕迹地融进了作品的意境之中，因而显得韵味深长。作品从男性角度表露的一种坦率、纯真、不事雕琢的恋情格调，在各方面都显得新颖、练达，读来别有意趣。

周德清

周德清（1277～1365），字日湛，号挺斋，高安（今属江西）人。北宋著名词人周邦彦的后代。元代散曲作家，音韵学家。他"工乐府，善音律"，著有《中原音韵》一书，为元曲的创作和研究做出了重要的贡献。他一生创作的作品很多，现存小令31首，套数3篇，不论在作品的题材还是艺术上，都取得了很大的成就。时人称赞说，周德清之曲"不惟江南，实天下之独步也"。

正宫·塞鸿秋·浔阳[①]即景

长江万里白如练[②]，淮山数点青如淀[③]，江帆几片疾如箭，山泉千尺飞如电。晚云都变露，新月初学扇，塞鸿[④]一字来如线。

【注释】

①浔阳：地名，今江西九江市。②练：指洁白的熟绢。③淮山：淮水两岸的山。淀：通"靛"，深蓝色。④塞鸿：指北方塞外的鸿雁。塞：边塞，我国古代指长城地区。

【赏析】

这是一篇即兴写景之作。全曲虽然只有短短七句，却写出了万里长江的壮丽雄奇、变化万千的景象，读来使人赏心悦目。作者站在浔阳城楼，俯视万里长江，远近风景尽收眼底。浩渺清澈的万里江水滚滚地流着，宛如一条银光闪烁的白练。淮南远山看似"数点"，苍翠得如蓝靛，这是静景又是远景。晚霞散开，在天边渐渐消逝，变成了雾气露水。一轮新月从地平线冉冉升起，好像一把半圆形的团扇。缥缈变幻的云雾，柔和流洒的月光，给雄奇寥廓的画面又增添了一种朦胧的意境，使人产生了无限遐想。

中吕·满庭芳·看岳王[①]传

披文握武[②]，建中兴庙宇[③]，载青史图书。功成却被权臣妒，正落奸谋[④]。闪杀人望旌节中原士夫[⑤]，误杀人弃丘陵南渡銮舆[⑥]。钱塘[⑦]路，愁风怨雨，长是洒西湖。

【注释】

①岳王：即岳飞，宋宁宗时追封为鄂王，故称岳王。②披文握武：指文武双全。披：音pī。③建中兴庙宇：岳飞为国竭智尽忠，挫败了金兵的侵略，使宋朝得以中兴。庙宇：指国家社稷。④正落奸谋：落入奸臣贼子的阴谋。⑤闪杀人望旌节中原士夫：弄得中原人民只能遥望宋军撤退，而不能恢复祖国的统一。闪杀：抛闪。旌节：指旌旗仪仗。士夫：宋朝的官员。这句指岳飞破金打至朱仙镇被宋廷召回的事。⑥误杀人弃丘陵南渡銮舆：奸臣杀害了岳飞，致使大宋皇帝渡江南逃，大片国土沦于金人之手。丘陵：泛指国土。銮舆：代指皇帝，即宋高宗赵构。⑦钱塘：即今杭州，岳飞在此遇害，后迁葬西湖。

【赏析】

这首小令是作者读《岳飞传》有感而发的作品。读岳飞的传记，使作者

想到，像岳飞这样一位忠于祖国的民族英雄，功成却遭到权臣的忌妒，终于惨遭杀害。岳飞的被杀，致使北方人民沦陷敌手，使大宋皇帝也不得不渡江南逃。如今往杭州的路途，总是有愁风怨雨洒个不停，这也许是对于忠魂的哀悼吧！

中吕·朝天子·庐山

早霞，晚霞，妆点庐山画。仙翁①何处炼丹砂？一缕白云下。客去斋余，人来茶罢。叹浮生②，指落花③。楚家，汉家，做了渔樵话④。

【注释】

①仙翁：指道士。②浮生：旧时以为世事无定、生命短促，因称人生为"浮生"。③指落花：喻时光伤逝。释贯休《偶作因怀山中道侣》："是是非非竟不真，落花流水送青春。"④"楚家"三句：谓世事更替如过眼烟云，总归于虚幻。

【赏析】

此曲不唯出色地描绘了庐山道士的逍遥通脱，更重要的是于中寄寓了作者自己的人生理想乃至世界观。起韵皴染庐山秀景，次韵引介庐山道士，乃将其置于"一缕白云下"，天地苍茫间，真真曲尽其意，韵味悠扬。第三韵写修道之人简朴随分，第四、五两韵写庐山道士参透浮生。从律艺方面看，此曲造境、蓄情都相当出色，尤其是音律谐和，数用对偶且俱是严谨，的确难得，谓其"字字稳洽，移动不得一字，固是老斫轮手"（吴梅），良非虚誉。

中吕·朝天子·秋夜客怀

月光，桂香，趁着风飘荡。砧声催动一天霜。过雁声嘹亮，叫起离情，敲残愁况①。梦家山，身异乡。夜凉，枕凉，不许愁人强。

【注释】
①况：情况，境遇。这里指身在异乡，倍加思念家乡。

【赏析】
此曲为绝妙的抒情好曲，对异乡的秋色描绘如画。但从雁声引起离情，便由强转弱，流露出凄凉情绪。

中吕·阳春曲·春晴

雨晴花柳新梳洗，日暖蜂蝶便整齐，晓寒莺燕旋①收拾。催唤起，早赴牡丹期。

【注释】
①旋：迅即，顷刻。

【赏析】
这又是一首以自然美为描绘对象的写景小曲。春雨过后，天气初晴，大地如洗，万象更新。作者以其对生活脉搏特有的敏感，为我们捕捉到了五彩缤纷的春的信息。在作者的笔下，客观的自然景象充满着旺盛的生命灵气。大自然的人化，或者说人化的大自然更加具有魅力。全篇以春贯穿，生活气息浓郁，语言简洁凝练而又活泼清新，构思造境令人神往。

越调·柳营曲·冬夜怀友

暮云收,冷风飕,到中宵月来清更幽①。倚遍江楼,望断汀洲②,雪月照人愁。舍梅花谁是交游,饮松醪自想期俦③。王子猷干罢手,戴安道且蒙头。休,谁驾剡溪④舟。

【注释】

①中宵:半夜。幽:沉静、深远。②汀洲:水边平地。汀:读作 tīng。③松醪:用松膏酿的酒。醪:音 láo,浊酒。期俦:预定要来的朋友。俦:音 chóu,同辈、伴侣。④剡溪:剡:音 shàn,水名,在今浙江县县南。《世说新语》载晋人王子猷(yóu)冬夜忽思访友人戴安道,遂命舟由绍兴前往剡溪戴处,一夜方达。然不入门而返,问其原因,则云"乘兴而行,兴尽而返,何必见戴!"

【赏析】

这是一篇从内容和写法上都比较特殊的相思曲,题称"怀友"。一般说来,元散曲此类题材范围多不出恋人之间,真正选择以纯粹友情为抒发对象的并不多见,所以全篇在选材构思方面即具有独到性。作者以一个寒夜独处的士子角度,写出一种孤僻、渴求友情而不得的矛盾苦闷的心情("舍梅花"二句体现得尤为出色)。在写法上,作者还善于用客观环境来烘托人的主观心境。作品

中，暮云、冷风、深夜、雪月，这些自然景物无疑加深了主人公内心的凄清和孤寂，可以说是主客体的高度统一。全篇气氛和感情基调让人感到比较压抑，也与元代社会下层文人士大夫所处的特殊境遇有关。

钟嗣成

钟嗣成（约1279～约1360），元代著名的曲家，戏曲史家。字继先，号丑斋。大梁（今河南省开封市）人，后寄居杭州。因多次参加科举考试不第，所以闭门读书，从事文学创作，在戏曲研究和创作方面成绩突出。"其德业辉光，文行□润，人莫能及"，善音律，能隐语，所编小令套数极多。他所编著的《录鬼簿》，记载了元代的152位曲家小传和作品名目，是研究元曲的重要文献。现存小令59首，套数1篇。

南吕·骂玉郎过感皇恩采茶歌[①]·恨别

风流得遇鸾凰配[②]，恰比翼[③]便分飞，彩云易散琉璃脆[④]。没揣地钗股折[⑤]，厮琅地宝镜亏[⑥]，扑通地银瓶坠[⑦]。

香冷金猊[⑧]，烛暗罗帏。支剌地搅断离肠，扑速地淹残泪眼，吃答地锁定愁眉。天高雁杳[⑨]，月皎乌飞[⑩]。暂别离[⑪]，且宁耐，好将息。

你心知，我诚实，有情谁怕隔年期。去后须凭灯报喜[⑫]，来时长听马频嘶。

【注释】

①这是南吕官所属的带过曲名，由骂玉郎、感皇恩、采茶歌三个曲调联

缀而成。②鸾凤配：鸾、凤都属凤凰类祥鸟，此喻美满姻缘。③恰：才。比翼：两鸟翅膀相连，比喻结为恩爱夫妻。④"彩云"句：这是一句谚语，喻美好之物难以持久。⑤没揣地：不料，突然。钗股折：钗两股为一支，股折喻夫妻分离。⑥厮琅地：象声词。宝镜亏：圆的宝镜损毁了，亦喻夫妻别离。⑦扑通地：象声词。银瓶坠：化用井底引银瓶故事，线断银瓶坠，原意是不能成为夫妻，此喻分别。⑧金猊：狻猊状的薰香炉。猊：音 ní。香冷：喻丈夫去后的清冷寂寞。⑨雁杳：古代有大雁传书之说，雁杳指音讯不通，踪迹难觅。⑩月皎：意谓闺中少妇思夫，难以入睡，唯见明月皎洁。《古诗十九首》："明月何皎皎，照我罗床帏。忧愁不能寐，揽衣起徘徊。"此暗用其意。乌飞：犹云过日子。乌：指三足乌，即太阳。⑪暂别离：从这以下，是丈夫劝慰恨别的妻子的话。⑫灯报喜：俗云"灯花报喜"。

【赏析】

在封建婚姻制时代，美满、称心的姻缘并不多，此曲中的男女主人公却"得遇鸾凤配"，这是人生之大幸。可是，才结婚就得分别，新婚别当然是格外令人心碎的。作者一连用四个比喻来形容这次"恨别"，突出了女主人之深情、缠绵。首支〔骂玉郎〕就很动人，接着〔感皇恩〕进一步写女主人的内心活动。设想丈夫去后，独守闺房，心意阑珊；香炉的薰香灭了也懒得添，昏暗的烛光映照罗帐；愁思搅断柔肠，泪水扑簌地流，整日愁眉不展，盼望来信却音讯杳然；晚上唯有明月相伴，孤凄地打发日子。这些都是女主人所想象的，也是这样向将要别去的丈夫诉说的。于是丈夫劝慰她说：只是暂时离别，安心忍耐，好好休养，保重身体。如果只说这几句，就太一般化了，难以感动对方。于是再用一支〔采茶歌〕来表述男主人的心意：最可贵的是诚实，互为知己，信得过。"有情谁怕隔年期"，这是掏出心肺的话。你就凭灯花报喜吧，听到马嘶鸣之声，就是我回来了。真是情深意笃，一波三折，极尽抒情之致。

三支曲子组成一首带过曲，一气呵成，感情连贯，天衣无缝，而愈转愈深。比喻贴切，象声词的恰当运用加重了感情气氛。男女主人公互诉心曲，恰如其分，可谓词有尽而意无穷。

双调·清江引二首

其一

到头哪知谁是谁，倏忽①人间世。百年有限身②，三寸元阳气③，早寻个稳便处闲坐地。

其二

秀才饱学一肚皮，要占登科记④。假饶七步才⑤，未到三公位⑥，早寻个稳便处闲坐地。

【注释】

①倏忽：很快。本句言人的生命很短促。②"百年"句：人生是有限的，即使活到一百岁，也只是短暂的一瞬。③元阳气：指生命的本原，即所谓"元气"。俗语说："三寸气在千般用，一旦无常万事休。"④登科记：科举时代把考中进士的人按名次登记在册上，叫"登科记"。⑤假饶：即使。七步才：《世说新语·文学》："文帝（曹丕）尝令东阿王（曹植）七步中作诗，不成者行大法。植应声便为诗曰：'煮豆持作羹，漉豉以作汁。其在釜下燃，豆在釜中泣。本是同根生，相煎何太急？'帝深有惭色。"后便以七步才形容才思敏捷。⑥三公位：最高的官位。

【赏析】

这两首《清江引》表达了作者蔑视功名利禄而主张珍惜人生、及时行乐的思想。曲词语言通俗直白，体现了作者惯有的风格，在后期元散曲日趋典雅含蓄的氛围里，他的作品具有异常鲜明的个性特色。

南吕·一枝花·自序丑斋

生居天地间，禀受阴阳气。既为男子身，须入世俗机①。所事②堪宜，件件可③咱家意。子为评跋④上惹是非，折莫⑤旧友新知，才见了着人笑起。

[梁州] 子为外貌儿不中⑥抬举，因此内才儿不得便宜。半生未得文章力，空自胸藏锦绣，口吐珠玑。争奈灰容土貌⑦，缺齿重颏⑧；更兼着细眼单眉⑨，人中短髭鬓稀稀。那里取陈平般冠玉精神⑩，何晏般风流面皮⑪？那里取潘安般俊俏容仪⑫？自知就里⑬。清晨倦把青鸾对，恨杀爷娘不争气。有一日黄榜招收丑陋的，准拟夺魁。

[隔尾] 有时节软乌纱抓扎起钻天髻，乾皂靴出落着籁地衣⑭。向晚乘闲后门立，猛可地笑起，似一个甚的？恰便似现世钟馗唬⑮不杀鬼。

[牧羊关] 冠不正相知罪，貌不扬怨恨谁，那里也尊瞻视貌重招威⑯！枕上寻思，心头怒起！空长三十岁，暗想九千回，恰便似木上节难镑刨⑰，胎中疾没药医。

[贺新郎] 世间能走的不能飞，饶你千件千宜，百伶百俐。闲中解尽其中意，暗地里自恁解释。倦闲游出塞临池，临池鱼恐坠，出塞雁惊飞，入园林宿鸟应回避⑱。生前难入画，死后不留题！

[隔尾] 写神的要得丹青意，子怕你巧笔难传造化机。不打草两般儿可同类：法刀鞘依着格式⑲，妆鬼的添上嘴鼻，眼巧何须样子比。

[哭皇天] 饶你有拿雾艺冲天计⑳；诛龙局段打凤机㉑，近来论世态，世态有高低。有钱的高贵，无钱的低微。那里问风流子弟？折末颜如灌口㉒，貌赛神仙，洞宾出世，宋玉重生，设答了馒的，梦撒了寮丁㉓。他睬你也不见得，枉自论黄数黑，谈是说非。

[乌夜啼] 一个斩蛟龙秀士为高第㉔，升堂室㉕今古谁及；一个射金钱武士㉖为夫婿，韬略无敌，武艺深知。丑和好自有是和非，文和武便是傍州例。有鉴识，无嗔讳，自花白㉗寸心不昧，若说谎上帝应知。

〔收尾〕常记得半窗夜雨灯初昧,一枕秋风梦未回。见一人,请相会,道咱家,必高贵。既通儒,又通吏,既通疏,更精细。一时间,失商议,既成形㉘,悔不及。子教你,请俸给,子孙多,夫妇宜,货财充,仓廪实,福禄增,寿算齐,我特来,告你知。暂相别,恕请罪。叹息了几声,懊悔了一会。觉来时记得,记得他是谁?原来是不做美㉙当年的捏胎鬼。

【注释】

①入世俗机:能迎合庸俗社会的心理。②所事:指做的一切事。③可:称,合。④子为:只为。评跋:评论。⑤折莫:尽管。⑥不中:不受。⑦灰容土貌:形容面色不红润。⑧重颏:形容下巴难看的样子。⑨细眼单眉:眼睛小,眉毛稀少。⑩陈平般冠玉精神:陈平:汉代人,在当时有美名。《汉书·陈平传》云:"平虽美丈夫,如冠玉耳。"⑪何晏般风流面皮:何晏:魏人,美姿容。《世说新语·容止篇》云何宴"面至白,魏明帝疑其傅粉"。⑫潘安般俊俏容仪:潘安指潘岳,字安仁,其人至美。《世说新语·容止篇》云:"少时,挟弹出洛阳道,妇人遇者莫不连手共萦之。"⑬就里:底细。⑭出落:衬托。簌地衣:拂地的长衣。⑮钟馗:中国古代传说故事里的人物,貌丑,能捉鬼,他的像可避妖邪。⑯尊瞻视貌重招威:用庄严的仪表赢

得别人尊敬。《论语·尧曰》："君子正其衣冠，尊其瞻视，俨然人望而畏之，斯不亦威而不猛乎？"⑰镑刨：音 bāng bào，刮削使平。⑱鱼恐坠、雁惊飞、宿鸟应回避：是将"沉鱼落雁"成语反其意而用之，用来形容奇丑。⑲法刀：降神伏鬼者作法时所用的刀。格式：指钟馗像已经有的格式。⑳拿雾艺冲天计：指出类拔萃的才智。㉑局段：器局与手段。机：机谋。㉒灌口：指灌口（在今四川灌县）二郎神。㉓镘的、窅丁：皆指钱。㉔秀士：读书人。高第：高等。㉕升堂室：即升堂入室，指造诣很深的意思。㉖射金钱武士：元代杨显之有杂剧《丑驸马射金钱》，这里所指或许是此事。㉗花白：议论。㉘形：指丑形。㉙不做美：不顺人意。

【赏析】

在元代的散曲作家当中，钟嗣成的散曲风格豪放，常常寓愤懑于嘲讽之中。这篇作品就是很典型的篇章。全套由九支曲组成，[一枝花]是整个套曲的引子。在这个曲子中，他表达了既然生为男子，一定要通达世故，只有这样才能赢得别人的欢心的思想。因为他自己不能做到这一点，所以才在"评跋上惹是非"，弄得一事无成，反而受人非笑，这显然是在讽世。钟嗣成曾经想通过苦读经书来获取功名，但多次参加科举考试不第，使他终于绝意仕途，其内心自然苦不堪言。其后对一些事情评论是非又得罪了官吏，"着人笑起"。对此，他是极为愤慨的，这是全曲的创作主旨。但作者并没有顺着这个思路写下去，而是将笔锋一转，在"丑"上大做文章，寓严肃、沉思于嬉笑怒骂之中。

唐毅夫

唐毅夫，生平事迹无考。《太和正音谱》将其列入"词林英杰"150人之中，散曲存世仅小令1首，套曲1篇。

南吕·一枝花·怨雪

不呈六出祥①,岂应三白瑞②?易添身上冷,能使腹中饥。有甚稀奇。无主向沿街坠,不着人到处飞。暗敲窗有影无形,偷入户潜踪蹑迹。

[梁州]才苫③上茅庵草舍,又钻入破壁疏篱,似杨花滚滚轻狂势。你几曾见贵公子锦绣褥?你多曾伴老渔翁箬笠蓑衣④?为飘风胡做胡为,怕腾云相趁相随。只着你冻得个孟浩然挣挣痴痴⑤,只着你逼得个林和靖钦钦历历⑥,只着你阻得个韩退之⑦哭哭啼啼。更长,漏迟,被窝中无半吴阳和气。恼人眠,搅人睡。你那冷燥皮肤似铁石,着我怎敢相偎?

[尾]一冬酒债因他累,千里关山被你迷。似这等浪蕊闲花也不是长久计,尽飘零数日,扫除做一堆,我将你温不热薄情化做了水。

【注释】

①六出祥:瑞雪兆丰年,本是祥瑞的预征,这里却用否定语气。雪花的结晶体呈六角形,故称"六出"。②三白瑞:北方正月里下三次雪有利于庄稼生长。《朝野佥载》云:"正月见三白,田公笑赫赫。"又有北谚云:"要宜麦,见三白。"③苫:音shàn,遮盖。④"你几曾见"二句:意指冬雪怕富欺贫之性。伴老渔翁箬笠蓑衣:用柳宗元《江雪》"孤舟蓑笠翁,独钓寒江雪"诗意。⑤冻得个孟浩然挣挣痴痴:用孟浩然骑驴风雪灞桥寻诗事,指冬雪折磨寒士。挣挣痴痴:同"怔怔痴痴",形容人精神麻木。⑥林和靖:宋代诗人,因其多有咏雪诗作,故有此联想。钦钦历历:抖抖索索的样子。⑦韩退之:即韩愈,字退之。这句由韩愈被贬谪,雪拥蓝关马不前之事生发而出。

【赏析】

这是一篇咏物之作,写冬雪给贫寒士子带来的种种困难和折磨,抒发对沉重生活的怨恨之情。作者大做翻案文章,一反对雪花的祥瑞评价,专门揭露其寒冷无情、无孔不入、欺贫怕富的品性,显然具有生活的象征意义,寄寓了对人情浇薄及世态炎凉的社会现实的讽刺与批判。

汪元亨

汪元亨，生卒年不详，字协贞，号云林，别号临川佚老。饶州（今江西波阳县）人，后徙居常熟。曾官江浙省掾，元末至正间在世。著杂剧3种，都已不存。散曲今存小令100首，套数1篇。

双调·沉醉东风·归田

远城市人稠物穰①，近村居水色山光。熏陶成野叟②情，铲削③去时官样，演习会牧歌樵唱。老瓦盆边醉几场，不撞入天罗地网。

【注释】

①穰：音 ráng，众多。②野叟：村野老夫。③铲削：铲除，消灭。

【赏析】

这是汪元亨二十首《沉醉东风·归田》中的第二首。在"归田"总主旨下，突出地描绘了野叟情怀，歌唱了野叟形象。开篇用一个对偶的句式，把"城市"与"村居"作了鲜明对照，以"远"、"近"相对的方位表明其情感爱憎和去留选择的倾向性。三、四、五句描述其思想感情和外表模样的变化，对照映衬，印象深刻。"熏陶"句写内里之变换，深入骨髓；"铲削"句写外表之蜕变，具象鲜明；"演习"句则从正面抒发心灵变化的轨迹，用咏唱表达喜、乐、爱多样情感。六、七两个结句，承前段心态之变化，描绘出野叟自得其乐、心情舒畅的兴致逸韵来。

双调·沉醉东风·归田

居山林清幽淡雅,远城市富贵奢华。酒杯倾鲸量宽①,诗卷束牛腰大。灞陵桥探问梅花,村路骑驴慢慢踏,稳便似高车驷马②。

【注释】

①鲸量宽:此指鲸鱼吞水的海量。鲸:海中庞大动物,鲸鱼。②高车驷马:车盖高,可立乘之车为高车。一车套四匹马拉为驷马。驷通"四"。

【赏析】

这是汪元亨二十首《沉醉东风·归田》的第五首,歌唱山林生活的清幽淡雅,展示山居为乐的审美情趣。开首两句仍以山林与城市对举,但重山林之乐,为全篇定了主调。后面接连五句,分别以四组意象编织山居生活的动人画面:一为酒量之大,倾杯似鲸鱼吞水;二为得诗之多,束捆起来像牛腰大;三为访梅,别有一番风味;四为骑驴,稳便似高车驷马。应该说,作者的构意、选择、视角和眼光,仍然不脱离城里人看山林之居、归隐者看山夫村叟的惯性和定式。曲中主人公是归田者的情怀,不是地道的土生土长的山乡村野者的情怀,因而它是归田者的山林文学,还不是山乡村民的通俗文学。

正宫·醉太平·警世

憎苍蝇竞血,恶黑蚁争穴。急流中勇退是豪杰,不因循苟且。叹乌衣一旦非王谢①,怕青山两岸分吴越②。厌红尘万丈混龙蛇③。老先生④去也。

【注释】

①"叹乌衣"句:感叹荣华富贵不能长保,在历史的长河中转瞬即逝。乌衣:

乌衣巷，是古代金陵著名的里巷。东晋时王导、谢安两大豪族都住在这里。唐刘禹锡《乌衣巷》诗有"旧时王谢堂前燕，飞入寻常百姓家"之句，此即化用刘诗句意。②分吴越：春秋末年吴越两国多次交兵，互为仇敌。这里借指你死我活的名利争斗。③混龙蛇：比喻优劣混杂，好坏不分。④老先生：作者自称。

【赏析】

　　这组重头小令共20首，皆为叹世警人、歌唱隐逸之作。此曲把官场中的你争我夺和互相倾轧比作苍蝇逐臭、黑蚁争穴。同时感叹历史兴亡如同梦幻，鼓吹急流勇退、隐逸田园，到大自然中去寻求心灵的安宁和平静。语言精警、凝练，把那种拂袖而去的决绝心态刻画得非常传神。

倪瓒

　　倪瓒（1301～1374），初名珽，幼名明七，字泰宇；后名瓒，字元镇，曾更名奚元朗，字玄瑛；自号风月主人、云林子、沧浪漫士、净名庵主等，无锡人，元末著名诗人及书画家。诗作多为题赠抒怀之作，风格清丽淡雅。画以水墨山水著称，意境淡远幽雅。善操琴，精音律，散曲也脍炙人口。散曲作品如诗如画，骨气奇高，意境脱俗。至正初年，把家资财产散发亲故，隐居泛舟五湖三泖（今太湖附近水乡）间，纵情山水书画，绝意仕进，晚年尤为狂放。著有《清阁集》、《云林诗集》。今存小令12首。

黄钟·人月圆

　　伤心莫问前朝事，重上越王台①。鹧鸪②啼处，东风草绿，残照花开。怅然孤啸③，青山故国，乔木苍苔。当时明月，依依素影④，何处飞来？

【注释】

①越王台：春秋时越王勾践为招贤纳士修筑的台榭，在今绍兴。②鹧鸪：鸟名，啼声凄苦。③怅然孤啸：心中惆怅，独自一人发出长啸。啸：放开喉咙拖长声音喊叫，古人的抒情方式之一。④依依素影：形容月光洁白轻柔。素影：白色的倩影，这里指月光。

【赏析】

这首吊古伤今的小令，开篇即直触主题："伤心莫问前朝事。"正常语序本为"莫问前朝伤心事"，作者为表现当时的心境，巧妙地调整了语序，把"伤心"一词提前，这样就把"伤心"的基调定下，并笼罩于全篇之上。"莫问"一词看似平淡，却极逼真地抒发出作者内心无限惆怅。"重上越王台"，作为启下之句，十分自然地完成向写景的过渡。"重上"一词，说明作者登台的目的在于欲借登高远眺以忘却心中之忧，且登台已不止一次。接下六句，以饱含激情的画笔描画出一幅令人潸然泪下的故国青山图：又是东风吹、百草翠的时节，如血的残阳映照盛开的花朵。鹧鸪哀啼，啼声凄惨，一位老者伫立在高高的台上，怅然长啸。他的脚下横亘着绵绵秀翠青山，乔木苍苔葱茏，整幅画面色彩斑斓。怅惘孤独的情怀，物是人非的叹惋，都在情调凄婉的图景中得到了艺术的体现。结尾三句，质问明月素影，将心中的澎湃之情一泻而尽。总之，小令颇有柳永、秦观词的婉约风格。词丽句工，绘声绘色，充满诗情画意，使人回味无穷。

黄钟·人月圆

惊回一枕当年梦，渔唱起南津①。画屏云嶂，池塘春草，无限销魂。旧家应在，梧桐覆井，杨柳藏门。闲身空老，孤篷听雨，灯火江村。

【注释】

①"惊回一枕"二句：意即在南边渡口的渔歌声中，我从往事的梦中惊醒过来。在句法上与前一首的头二句一样，都是倒装句。

【赏析】

　　这一首是写泛舟江湖之上的生活感受。上半片写他在渔歌声中惊醒，看到他自己绘画的景色，感到无限伤神。于是，过渡到下半片，描写使他销魂的具体内容，想起他的旧家。在一种荒凉破败的景象映衬下，抒写着作者独有的心理体验。

双调·水仙子

　　东风花外小红楼，南浦山横眉黛①愁。春寒不管花枝瘦，无情水自流。檐间燕语娇柔，惊回幽梦，难寻旧游，落日帘钩②。

　　吹箫声断更登楼，独自凭阑③独自愁。斜阳绿惨红消瘦④，长江天际流⑤。百般娇千种温柔，金缕曲⑥新声低按，碧油车⑦名园共游，绛绡裙⑧罗袜如钩。

【注释】

①南浦：《楚辞·九歌》中有"送美人兮南浦"句，后人常把送别之地称为南浦。眉黛：指女子的眉毛。黛：青黑色的颜料，女人用以画眉。山横：也是指眉毛的形态，古人常以"远山"形容女子淡淡的眉毛。②落日帘钩：落日映照帘钩。③独自凭阑：借用李煜"独自莫凭阑，无限江山，别时容易见时难"词意。④绿惨红消瘦：绿叶惨淡，红花消瘦。⑤长江天际流：用李白"孤帆远影碧空尽，惟见长江天际流"诗意。⑥金缕曲：又名金缕衣。唐代杜秋娘诗："劝君莫惜金缕衣，劝君惜取少年时。花开堪折直须折，莫待无花空折枝。"宋代作词牌名。有时用以引发亲近之情的联想，如苏轼诗："日夜更歌金缕曲，他时莫忘角弓篇"。《角弓》是《诗经·小雅》中的一篇，表达骨肉之情。⑦碧油车：华贵的车辆，用青绿色的油布帷幕作装饰。⑧绛绡裙：深红色的丝裙。

【赏析】

　　据《录鬼簿续编》，倪瓒"所作乐府有送行[水仙子]二篇，脍炙人口"。近人考证，就是这两首。作家别开生面，第一首中，以景抒情，抒发了对往日柔情的追思与梦境。在写法上，不是直接描写"送别"时难分难舍的场面，也没有着意渲染情人牵肠挂肚的哀怨。而展现在读者面前的，是女主人公送别恋人以后的情景。第二首前面四句写人写景：吹箫声断，独自凭栏，玉容寂寞，无情无绪；夕阳斜照，春残花谢，逝水东流，映衬她内心的空虚、失落。后面四句，则是由远及近，引出无限幽思。燕语呢喃，惊回幽梦；旧日温柔，携手同游，轻歌曼舞，都成往事，一去不复返了。全篇含蓄淡雅，几乎没用什么"离别"之类的字眼，却笼罩着浓浓的离情别绪，这是元末文人作品的风格。

越调·凭阑人·赠吴国良[①]

客有吴郎吹洞箫，明月沉江春雾晓[②]。湘灵[③]不可招，水云中环珮摇[④]。

【注释】

①吴国良：作者友人，善于吹箫。②明月沉江春雾晓：明月好像沉到了江底，江上泛起薄雾，天就快亮了。③湘灵：湘水女神。④水云中环珮摇：水面晓雾之中能够听到她行走时玉饰摇动发出的撞击声。

【赏析】

在中国古典诗词曲赋之中，赞颂音乐之妙的作品并不十分少见。如王褒的《洞箫赋》，苏轼的《前赤壁赋》，元曲中也有张可久的［凭阑人］《江夜》等。与一般赞颂乐声之妙的作品惯常采用的铺排、博喻等手法不同，这首小令的作者在称颂友人精湛的技艺之时，把对箫声的理解以及在自己内心深处涌起的波澜，以朦胧的意境和神奇的想象营造出一种感发人心的氛围，令人陶醉其中。在这精心营造的氛围中，我们领略了一种朦胧的美，体味到了震撼人心的神奇力量。

刘庭信

刘庭信，原名廷玉，排行第五，身长而黑，人称黑刘五。其人风流蕴藉，超出伦辈。风晨月夕，唯以填词为事，信口成句，能道人所不能道者。所作[双调·新水令]《春恨》、[南吕·一枝花]《秋景怨别》和《春日送别》三套曲，一时盛传。现存小令39首，套数7篇。

中吕·朝天子·赴约

夜深深静悄，明朗朗月高，小书院无人到。书生今夜且休睡着，有句话低低道：半扇儿窗棂①，不须轻敲，我来时将花树儿摇。你可便记着，便休要忘了，影儿动咱来到。

【注释】

①棂：音líng，窗户上的木格子。

【赏析】

曲文纯用口语，摹写一位少女与情人约会的情景，生动活泼。在元末作家作品渐趋绮丽的风气中，刘庭信作品确是独具一格。语言很平易，但还是显得比较含蓄。除却诗歌与散曲在艺术风格上的区别之外，这里，女主人公的感情更加炽热、泼辣，市民文艺的特点发挥得相当充分。

双调·水仙子·相思

秋风飒飒①撼苍梧,秋雨潇潇②响翠竹,秋云黯黯迷烟树③。三般儿一样苦,苦的人魂魄全无。云结就心间愁闷,雨少似眼中泪珠,风做了口内长吁。

【注释】

①飒飒:音sà sà,风声。②潇潇:音xiāo xiāo,急骤的雨声。③"秋云"句:深黑色的秋云把树丛融入一片迷迷蒙蒙的烟霭之中。

【赏析】

屈原在《九歌·少司命》中有这样的名句:"悲莫悲兮生别离。"如果将其稍加变易,改为"苦莫苦兮长相思",大概也不会有人提出异议的。正因为此,古往今来,描写相思之苦的,真可谓名手如林,佳作似云。要别具一格,超出伦辈,也确实难乎其难。刘庭信的这一首小令,却用人人习见的意象、朴拙如话的语言来写相思,通篇绝不见相思字样,然而相思的深情、苦情却贯穿于小令的始终。

梁寅

梁寅(1303~1389),字孟敬,江西新喻人。大德七年生,家贫,自力于学。至正八年授集庆路儒学教授。元末天下兵起,隐居教授。明初,征至金陵,修礼书,书成授官,以老病辞归,结庐石门山,学者称石门先生。洪武二十二年卒,得年八十七。有《石门集》行世,今存小令2首。

黄钟·人月圆·春夜

三春月胜三秋月,花下惜清阴。锦围绣阵①,香生革履,光动兰襟②。棠梨枝颤,乍惊栖鹊③,夜久寒侵。明朝风雨,休孤此夕,一刻千金。

【注释】

①锦围绣阵:谓人在花中,如入锦屏绣幛。②兰襟:即衣襟。兰:美其香洁。③栖鹊:泛指投林之宿鸟。

【赏析】

此曲写春夜赏花,写花朝月夕游赏之乐。起首二句点明时令,写明月徘徊,花下一片"清阴",可惜也"锦围绣阵",极言百花之盛。全篇紧紧围绕花、月二事,反复咏叹,令人神往。

舒頔

舒頔(1304～1377),字道原,绩溪(今属安徽)人。擅长隶书,博学广闻。曾任台州学正,后时艰不仕,隐居山中,归隐时结庐为舍,取名"贞素斋"。著有《贞素斋集》、《北庄遗稿》等。

中吕·朝天子

学呆①，妆痴，谁解其中意。子规②叫道不如归，劝不醒当朝贵③。闲是非，子心无愧，尽教他争甚底④。不如他瞌睡，不如咱沉醉，都不管天和地。

【注释】

①呆：痴傻，愚笨。这里指不问是非，故作愚痴。②子规：杜鹃鸟的别称。相传战国时期蜀王杜宇让位于臣子，自己隐居西山。死后化为杜鹃鸟，啼声十分凄切，听来像"不如归去"。③当朝贵：在朝中做官的权贵。④甚底：什么。

【赏析】

这是一支抒怀言志的小令。"学呆，装痴"，作者开篇伊始就坦诚地道出了自己的处世态度和人生哲学。然而在当时，世人大都为名利所诱惑，四处钻营，无人理解他的处世哲学。"谁解其中意"五个字包含着作者的无限苦衷和人生体验。封建社会是私欲横流的金钱世界，尽管杜鹃鸟声声啼叫"不如归去"，也无法唤醒利欲熏心的当朝权贵。"闲是非"三个字看似轻轻道出，实则凝聚着作者对现实的无奈和愤慨。在那金钱万能、尔虞我诈的污浊世界里，有谁去分清善恶？又有谁来判明是非？"是非"之前冠以"闲"字，突出了作者对名利是非的淡泊和蔑视。语似旷达，却包含无限悲辛，曲折地反映了元代知识分子对现实不满的普遍心理。一支短短的小令，竟出现五个"不"字，表现了作者对世态的强烈不满，也为作品增添了几分情趣。

汤式

汤式，字舜民，号菊庄，元末明初象山（今属浙江）人。生卒年不详，约明太祖洪武中（1383）前后在世。曾补县吏。成祖即位前，"宠遇甚厚"。永乐年间，常受皇家恩赏，但却没有任过官职。为人滑稽，工于作曲，著有杂剧《瑞仙亭》、《娇红记》，均已佚失。散曲工巧，盛传江湖间，《太和正音谱》评其曲"如锦屏春风"。内容多为写景怀古，或有题情赠妓之属。今存手钞本《笔花集》，小令170首，套数68篇。

中吕·醉高歌带红绣鞋·客中题壁

落花天红雨纷纷，芳草坠苍烟衮衮。杜鹃啼血清明近，单注①着离人断魂。深巷静凄凉成阵，小楼空寂寞为邻，吟对青灯几黄昏。无家常在客，有酒不论文，更想甚江东日暮云②。

【注释】

①单注：特独注定将要发生什么事情之意，谓象征、征兆、标志。②"有酒"二句：杜甫七律《春日忆李白》颈尾两联："渭北春天树，江东日暮云。何时一樽酒，重与细论文。"作者化用此诗，谓身边无知己，有酒也无人可论文，对昔日之友人想也白想。

【赏析】

此曲写漂泊在外的作者，在时近清明之际对朋友的思念。小令以动衬静，以春光将去说明为客之久，委婉深曲地写出旅人的孤寂和朋友间的深厚友情。

中吕·普天乐·别友人往陕西[①]

有志在诗书，无计堪犁耙，十年作客，四海为家。休言许劭评[②]，不买君平卦[③]。望长安咫尺青云下，路漫漫何处生涯？知他是东陵种瓜[④]，知他是新丰酾酒[⑤]，知他是韦曲[⑥]寻花？

【注释】

①《乐府群珠》题目"友人"下有"陈孟颛"三字，不详陈氏其人。②许劭：许劭字子将，后汉汝南平舆（今河南省平舆县）人。少峻名节，喜核论乡党人物，每月辄更其品题，故汝南有"月旦评"之谓。后多以"许劭评"喻喜品评人者。《后汉书》有传。③君平：即严君平，名遵，西汉蜀人。"卜筮于成都市"，以言人吉凶祸福为由而劝人为善，时人称焉。《汉书》有传。④东陵：亦名巴陵，古地名，在今湖南省岳阳市。⑤新丰：地名，即今陕西省临潼县新丰镇。酾酒：沉溺于酒。⑥韦曲：镇名，在今陕西省长安县。其镇风景清丽，因唐代韦氏贵族多居此而得名。又与迤东杜曲并称"韦杜"。

【赏析】

这是一首与友人告别的留赠曲。曲中表达了作者既超脱尘俗又不知所往的惆怅、迷惘。标题明写"往陕西"，又言其"路漫漫"，考虑作者主要生活寓居南京这一事实，略可推断其写曲的地点是在南方。全曲紧紧扣住"四海为家"抒发情怀。前四句写过去"十年作客"的耕读生涯，"有志"、"无计"似又在超脱的胸襟中透露出一丝丝凄凉之气。结尾三句"种瓜"、"酾酒"、"寻花"皆以"不知"口气道出，对"何处生涯"作了种种设问而不回答，给读者留下的仍是"四海为家"的朦朦胧胧的结论。

中吕·谒金门·落花

落花,落花,红雨似纷纷下。东风吹傍小窗纱①,撒满秋千架。忙唤梅香:休教践踏。步苍苔选瓣儿拿。爱他,爱他,擎托在鲛绡②帕。

【注释】
①傍窗纱:傍:依傍、依附。傍窗纱指落花沾在纱窗上。②鲛绡:即手帕。

【赏析】
这是一支少女惜春的曲子。作者抓住落花这一自然景物在少女的审美心理中所形成的特定意蕴,把一个天真烂漫而又多情善感的少女形象推到读者面前。整首曲子明白流畅,尤其是少女那一叠连声的叮咛、嘱咐,口吻毕肖,活灵活现。

中吕·谒金门·落花

落红,落红,点点胭脂重。不因啼鸟不因风,自是春搬弄①。乱撒楼台,低扑帘栊,一片西一片东。雨雨,风风,怎发付②孤栖凤?

【注释】
①自是:因为是。搬弄:捉弄、戏弄。②发付:打发。

【赏析】
这支曲子与前一支有所不同,字里行间流露出少女心底淡淡的哀愁,是伤春之曲。落花浓浓,春去匆匆。而此时此刻,窗外的风风雨雨越发增添了她内心的寂寞与惆怅。此曲情景交融,意境优美。

中吕·山坡羊·书怀示友人

羁怀①萦挂，人情浇②诈，相逢休说伤时话。路波蹅③，事交杂，秋光何处堪消暇？昨夜梦魂归到家。田，不种瓜；园，不灌花。

【注释】
①羁怀：居住他乡的心情。②浇：浇薄，刻薄，无真心。③波蹅：艰难。蹅：音chǎ。

【赏析】
汤式这组曲共五首，这里选的第一首，是一曲伤时感世之作，向友人倾吐作客他乡的痛苦心情。"羁怀萦挂"，作者一开头就向友人诉说，自己总被一种因漂泊在外而产生的烦闷困扰着，这种烦闷忧愁萦回脑畔，无法消除。至于这种忧愁的内容与形态，曲中并未明言，给读者留下想象与体味的空间。

越调·柳营曲·旅次①

归路杳，去程遥，谁不恋故乡生处好！粝饭薄醪②，野蔌山肴③，随分度昏朝。隔篱度犬嗷嗷，投林倦鸟嘈嘈。烟霞云黯淡，风雨夜萧骚④，纱窗外有芭蕉。

【注释】
①旅次：《雍熙乐府》题作"丹阳道中"。以丹阳作地名者有湖北秭归县、安徽宣城县等。不能具体指实其"旅次"地点。②粝饭薄醪：粗糙的米饭和淡薄的酒。③野蔌山肴：皆指野菜。④萧骚：象声词。此指风雨摧打芭蕉发出之响声。

【赏析】

　　这是一篇归家途中写的感怀之作。全曲可分为两个层次：一是思乡，写过去；二是抒怀，写眼前。前者写诗人回忆家乡虽是粗茶淡饭，但能随意度日，无拘无束，自有乐趣。后者写诗人眼前之景：犬吠鸟嘈，烟云风雨，芭蕉作响。无论是抒写对过去的回忆或是眼前之景物，又都是"旅次"途中，从而表现出诗人急切思归之情。

越调·柳营曲·听筝

　　酒乍醒，月初明，谁家小楼调玉筝？指拨轻清，音律和平，一字字诉衷情。恰流莺花底叮咛①，又孤鸿云外悲鸣②。滴碎金砌雨，敲碎玉壶冰③。听，尽是断肠声。

【注释】

　　①"恰流莺"句：恰如黄莺在花丝中细语叮咛。莺：即黄莺、黄鹂，其飞往来如穿梭，速度甚快，因谓之流莺。叮咛：一再嘱咐。②"又孤鸿"句：又像孤独的大雁在云天外悲凉地鸣叫。③"滴碎"二句：像雨水滴落在台阶上，又像敲碎玉壶中清澈莹洁的冰块一样。砌：台阶。金砌：台阶的美称。玉壶：玉制的壶，一般用以表示人品的高洁。

【赏析】

　　这是一篇颇见功力的音乐审美评论。"酒乍醒，月初明，谁家小楼调玉筝？"开始这三句，简约地点明了作者是在酒后微醺、皓月初升的黄昏时分，倾听邻近小楼上弹奏筝曲的规定情景，环境清幽，澄澈空明，为音乐审美首先提供了一个良好的时空。紧接下去就是小令的核心部分，即对于演奏者艺术技巧的具体评论。这里分成三个层次：一是从音乐演奏本体着眼，表达了对于筝曲的赞美。二是用各种生动的物象比喻来充分展示筝曲之美。第三，也是最重要的，则是筝曲"一字字诉衷情"，即没有无关思想内容的纯技巧性卖弄，而是紧紧抓住题旨，精确地表情达意，使筝曲达到了艺术美的极致。最后，则以"听，尽是断肠声"戛然煞尾。

双调·天香引·戏赠赵心心

记相逢杨柳楼心，仗托琴心，挑动芳心。咒誓盟心：疼热关心，害死甘心。他爱我受禁持①小心，我念他救苦难慈心。"但似铁球儿样在波心，休学漏船儿撑到江心。恁若是转关儿②负我身心，我定是尖刀儿剜你亏心。"

【注释】

①禁持：约束，摆布。此二句《笔花集》作"他爱我被窝里爱打骂耐禁持约的小心，我念他卧房中舍孤贫救苦难的慈心"。今从《雍熙乐府》。②转关儿：变计、变心。

【赏析】

此曲巧妙地利用人名作韵脚，句句不离"心"字，甚是别致。全曲可分三层：第一层自始到"害死甘心"，叙述二人相识相爱的过程。接下来二句为第二层，叙述二人相爱的原因。为了增添"戏"的效果，作者有意改变叙述对象，由赵心心转向第三者，犹如戏曲中的旁白。最后四句为第三层。面对赵心心，作者以戏谑打趣的方式，模仿其口吻话语，将一个爱得真切而又不无忧虑的直率女子的心态端了出来，饶有意趣。

双调·蟾宫曲

冷清清人在西厢，叫一声张郎，骂一声张郎。乱纷纷花落东墙，问一会红娘，絮①一会红娘。枕儿余，衾儿剩，温一半绣床，闲②一半绣床。月儿

斜，风儿细，开一扇纱窗，掩一扇纱窗。荡悠悠梦绕高唐③，萦④一寸柔肠，断一寸柔肠。

【注释】

①絮：絮叨。此指在红娘前絮絮叨叨地盘问。②间：间隔，此指绣床的另一半因无人而与这一半间开、隔断。③高唐：典出宋玉《高唐赋序》，写楚襄王游高唐梦见巫山神女的事，此后"高唐"便成为男女欢合的处所和象征。④萦：缠绕、牵系。

【赏析】

这首小令即是借《西厢》中的人物作代表，抒写女主人公的极度相思之情。它虽是借人传情，但又分明和崔张故事有一定内容上的联系，从而可使读者在联想中和《西厢》故事挂起钩来，扩大和丰富了曲词的意境和内涵。全曲巧妙地运用"重句格"，既造成一种铺叙的效果，又透出女主人公急切的神情，将其渴盼相会的心态和情态描绘得宛然逼肖、生动传神。

双调·庆东原·田家乐

黍稷秋收厚，桑麻春事好，妇随夫唱儿孙孝。线鸡①长膘，绵羊下羔，丝茧成缲②。人说仕途荣，我爱田家乐。

【注释】

①线鸡：即骟鸡，指阉割了生殖能力的鸡。线、骟音近假借。②缲：深青而带红色的丝帛。

【赏析】

此曲写田家丰收的喜悦。曲子用白描手法，写了田家农副业丰收，禽畜兴旺，儿孙孝顺，一家和睦。末二句以田家之乐否定了仕途之荣，表现了作者向往隐居生活的情趣。

双调·天香引·西湖感旧

问西湖昔日如何？朝也笙歌，暮也笙歌。问西湖今日如何？朝也干戈，暮也干戈。昔日也，二十里沽酒楼，香风绮罗；今日个，两三个打鱼船，落日沧波。光景蹉跎，人物消磨。昔日西湖，今日南柯①。

【注释】

①南柯：即南柯一梦，此处指梦中。

【赏析】

此曲作者以今昔对比方法，再现了元末战乱动荡的社会现实。

正宫·小梁州·九日渡江

秋风江上棹孤航，烟水茫茫。白云西去雁南翔，推篷望，清思满沧浪。

［幺］东篱载酒陶元亮①，等闲间过了重阳。自感伤，何情况；黄花惆怅，空作去年香。

【注释】

①"东篱"句：梁萧统《陶渊明传》载，渊明曾于重阳日出宅边菊丛中坐，久之，满手把菊。忽值江州刺史王弘送酒至，即便就酌。汤句本此。陶元亮：陶渊明，字元亮。此处作者以陶渊明自比。

【赏析】

本曲以萧疏之笔描绘出重阳日大江上的秋景，并抒发渡江的感慨。个中不乏以陶渊明自比的清高和傲骨，又有老大无成的喟叹。

邵亨贞

邵亨贞（1309～1401），字复孺，号清溪，本严陵（浙江桐庐县）人，元末徙居华亭（今上海市），以贞溪自号。博通经史，富文词，工篆隶。入明，为松江府学训导，卒年九十三。著有《野处集》、《蚁术诗选》、《蚁术词选》等，今存小令3首。

仙吕·后庭花·拟古

铜壶①更漏残，红妆②春梦阑。江上花无语，天涯人未还。倚楼间，月明千里③，隔江何处山！

【注释】

①铜壶：即漏壶，古代的计时器。②红妆：这里指思妇、闺妇。③月明千里：用谢庄《月赋》"美人迈兮音尘阙，隔千里兮明月"诗意。

【赏析】

这是一首描写思妇的小令。刻画了一个居住在江边的女子思念远人的情景。言简意赅，虽寥寥数语，却蕴含诸多内容：时间——漏尽更残；人物——闺中思妇；季节——春季花开；事件起因——游人未还；事件——倚楼望远，以及四周特有的环境氛围：花、月、江、山。而这一切，似乎都因思妇的自怜蒙上了一层淡淡的哀愁和企盼。整个曲子动静结合，情景交融，寓无尽的情感于平淡的语言中。

高明

高明，字则诚，号菜根道人。温州瑞安（今属浙江）人。顺帝至正初年中进士，先后在处州、杭州等地做过小官。方国珍起义后，他参加过镇压起义的军事行动。元末农民大起义爆发后，他归隐鄞县南乡。他擅长南戏创作，所撰《琵琶记》为宋元南戏水平最高的作品。有诗文集20卷，已散佚。现存小令2首，套数1篇。

商调·金络索挂梧桐·咏别

羞看镜里花，憔悴难禁架①。耽阁②眉儿淡了教谁画，最苦魂梦飞绕天涯，须信流年鬓有华③。红颜自古多薄命，莫怨东风当自嗟④。无人处，盈盈珠泪偷弹洒琵琶。恨那时错认冤家⑤，说尽了痴心话。

【注释】

①禁架：抵受，捱忍。《琵琶记》："不想道相椏把，这做作难禁架。"②耽阁：耽误，负累。③华：头发花白。④嗟：叹息。⑤冤家：情人的爱称。宋朱淑贞《断肠谜》诗："晋冤家，言去难留；悔当初，吾错失口。"

【赏析】

这是高明两首［金络索挂梧桐·咏别］的第一首。不但咏唱离别给少妇带来的无限思念和痛苦，并且刻画出少妇心灵深处的创伤。首两句借镜照形，意在辞外，接着用三句相关而又递进的意象："眉儿淡了"、"魂梦飞绕天涯"、"流年鬓有华"，极写离别之久，思念之深。"红颜"、"莫怨"两句，既是抒情主人公对自己命运的叹息，又是作者插入的总结性议论。结句以反省的口吻，悔恨"那时错认冤家，说尽了痴心话"。

无名氏

正宫·叨叨令

黄尘万古长安路①,折碑三尺邙山墓②。西风一叶乌江渡③,夕阳十里邯郸树④。老了人也么哥,老了人也么哥,英雄尽是伤心处。

【注释】

①"黄尘"句:自古以来,去长安的道上黄尘飞扬,行人络绎不绝。为了求取功名,人们不辞千辛万苦,奔赴京师。②"折碑"句:邙山陵寝之地,满眼尽是长长短短折断的墓碑。邙山:其乐段称北邙山,在今洛阳市东北,自汉以后,历代帝王以及公卿权贵的陵墓大多修建于此。③"西风"句:秋风萧瑟,落叶飘落在乌江渡口。乌江渡:在今安徽和县东北。楚汉战争中,项羽在垓下被韩信彻底战败,遂于乌江渡掣剑自刎。④"夕阳"句:卢生做过黄粱梦的邯郸十里林带,沐浴在夕阳残照里。

【赏析】

曲文抚今追昔,怀古叹世,抒发历史的感悟,探索人生的哲理。尽管这类作品在元曲中占有相当大的比重,名作迭出,但无名氏的这首[正宫·叨叨令],仍然以其深刻的思想意蕴和独特的艺术风格博得了历代读者的关注和喜爱。

正宫·塞鸿秋·山行警

东边路西边路南边路，五里铺七里铺十里铺①。行一步盼一步懒一步，霎时间天也暮日也暮云也暮。斜阳满地铺，回首生烟雾，兀的②不山无数水无数情无数。

【注释】

①铺：驿站。②兀的：这。

【赏析】

元曲中不乏描写背井离乡、浪迹天涯之作，多写得愁云满纸，冷雨凄风。如"雨溜和风铃，客馆最难听……离情，闪得人孤另。"（景元启［得胜令］《孤另》）。而无名氏这首［塞鸿秋］也描写羁旅情怀，却能独辟蹊径，用极富特色的语句描写思乡思亲，创造出带有强烈美感的意境。全曲写主人公旅途所经所见，所为所思。

正宫·醉太平

堂堂大元，奸佞当权。开河变钞①祸根源，惹红巾②万千。官法滥，刑法重，黎民怨，人吃人，钞买钞，何曾见？贼做官，官做贼，混愚贤。哀哉可怜！

【注释】

①开河：指元顺帝至正十一年（1351）征发20万民工挖黄河故道之事。变钞：改变钱币，指元代实行纸币。至正十年发行"至正钞"，面额极大，统治者以此搜刮民财，造成物价飞涨。②红巾：红巾军，元末农民起义军。

【赏析】

据元末明初人陶宗仪在《南村辍耕录》中的记载，这首小令在元末极为流行，从南到北到处流传。陶宗仪还评论它说"切中时弊"。确实，它真切地描写出元末社会的动乱与败坏，诉说了"黎民"在苦难中的愤怒与怨恨，是历史的如实记录。

正宫·醉太平·讥贪小利者

夺泥燕口，削铁针头，刮金佛面①细搜求，无中觅有。鹌鹑嗉里寻豌豆，鹭鸶腿上劈精肉，蚊子腹内刳②脂油，亏老先生下手！

【注释】

①刮金佛面：从佛像的脸上刮金子。古代塑佛像以金箔贴其面，故有此说。②刳：音kū，用刀剖挖。

【赏析】

这首小令名为嘲讽贪小利者，实则讽刺矛头直指那些丧心病狂地搜刮民脂民膏的贪官污吏和地主老财。作者紧抓住他们贪婪、吝啬、财迷心窍、卑鄙无耻的本性，连用六个夸张到极端的比喻，刻画其丑陋嘴脸，穷形极态，入木三分。这是民间集体智慧的结晶，绝非文人作家在书斋中冥思苦索所能写出。

正宫·塞鸿秋·村夫饮

宾也醉主也醉仆也醉，唱一会舞一会笑一会。管什么三十岁五十岁八十岁，你也跪他也跪恁也跪①。无甚繁弦急管②催，吃到红轮日西坠。打的盘也碎碟也碎碗也碎。

【注释】

①恁：这，我。跪：跪坐，古代坐席的方式，即两膝着席，臀着于两脚跟上。②繁弦急管：指急促欢快的管弦乐。

【赏析】

曲文写农家宴客，尽情地唱歌跳舞，开怀大笑，放纵不拘。主宾不分老少尊卑，一律跪在炕席上。来客带着仆人，可能是有身份的人，但来到这里也不讲什么礼仪，连仆人也一块入席。这里一切都是那么淳厚古质，任情任意，尽心尽兴，没有丝毫虚伪做作和礼仪客套，充满朴野原始的热情和炽烈气氛。曲辞全用日常生活语，朴茂古拙，不加藻饰，纯是一派天真本色的气象。

仙吕·寄生草·来生债①

富极是招灾本，财多是惹祸因。如今人恨不的那银窟笼里守定银堆儿盹，恨不的那钱眼孔里铸造下行钱印。争如我向禅榻上便参破禅机闷！近新来打拆了郭况铸钱②，这些时撕碎了鲁褒的这《钱神论》③。

[六幺序] 这钱呵，无过是乾坤象，熔铸的字体匀。这钱呵，何足云云！这钱呵，使作的仁者无仁，恩者无恩。费千百才买的居邻。这钱呵，动佳人有意郎君俊④，糊突尽九烈三真⑤。这钱呵，将嫡亲的昆仲⑥绝了情分，这钱呵，也买不的山丘零落⑦，养不的画屋生春⑧。

【注释】

①《来生债》：杂剧名。写庞蕴有万贯家财，常放债而不索还。上界增福神化作秀士点化他。一日，忽闻家中驴马作人言，谓其皆为前生欠庞债未还，转世作驴马报答。庞听后，感悟到自己放债本为行善，不料竟放了造孽的"来生债"，于是尽释家中奴仆与驴马，并将家财全沉入海底。后功成行满，全家升天。②郭况铸钱：郭况常得光武帝赏赐，京城称其家为"金穴"。此称"铸钱"，也谓其富贵无比。③碎：扯碎，撕破。鲁褒：字远道，晋南阳人。好学多闻，甘于贫困。元康之后，纲纪大坏，时尚贪鄙，鲁褒有感于此，乃

隐名作《钱神论》以刺之。④"动佳人"句：意谓男子本来不美，而女子见其有钱，便以为其俊而相爱。⑤九烈三真：指烈士贞女。真：同"贞"。九、三：喻其真烈至极。⑥昆仲：兄弟。⑦山丘零落：喻指死后葬于荒丘。⑧画屋生春：喻指青春永驻。

【赏析】

此曲选自《来生债》第一折，为庞居士所唱。庞居士经增福神点化后，感悟到了金钱的罪恶。［寄生草］曲一开头便直接指出：财富是招惹灾祸的原因。接下去二句，指出了现实社会中人们重钱贪财的情形，世人不知财富是惹祸之因，还在疯狂地追求它。作者用了夸张的手法，写世人追求钱财的疯狂："恨不的那银窟笼里守定银堆儿盹，恨不的那钱眼孔里铸造下行钱印。""争如我向禅榻上便参破禅机闷。"在物欲横流、世人皆疯狂地追求钱财时，只有他参破了"禅机"，不把金钱放在眼里。

仙吕·寄生草

问什么虚名利，管什么闲是非。想着他击珊瑚、列锦帐石崇势①，则不如卸罗襕②、纳象简③张良④退，学取他枕清风、铺明月陈抟睡⑤。看了那吴山青似越山青⑥，不如今朝醉了明朝醉。

【注释】

①石崇：（249～300），字季伦，晋代南皮人。历任散骑常侍、荆州刺史等职。尝劫远使商客致富，于河阳置金谷园，奢侈成风。《世说新语·汰侈》记载他与贵戚王恺、羊琇"竞富"、"斗侈"，崇以如意击碎珊瑚树。其居室豪华，锦帐罗列，侍妾成群，甚至厕所也有十余婢列，皆丽服藻饰。②罗襕：锦衣，此指官服。③象简：象牙所制的手版，为诸侯、五品以上大官所执。此象征官位。④张良：汉高祖刘邦的开国功臣，有深谋卓识，功成隐退。《史记·留侯世家》："愿弃人间事，欲与赤松子游耳。"⑤陈抟：（？～

989），宋真源人，字图南，五代后唐长兴中曾举进士不第，先后隐居武当山、华山，自号扶摇子，宋太宗赐号希夷先生。据说抟"能辟谷，或一睡三年"（魏泰《东轩笔录》卷一），是个视功名富贵如浮云的大隐士。宋史四五七有传。⑥吴山青似越山青：吴山、越山，在浙江杭州市西湖东南，春秋时为吴国、越国边界。宋林《长相思》词云："吴山青，越山青，两岸青山相对迎。谁知离别情？"

【赏析】

这是一支抒发心志理想的小曲。开首两句劈空而来，直赋其情；中间三句有骏马注坂之势，以加强所言之志；末二句则水到渠成，卒章显志。元代知识分子地位低下，备受歧视，而"不读书有权，不识字有钱，不晓事倒有人荐"，知识分子因对社会不满而产生消极避世的隐遁思想。这首小曲就表现了作者视功名富贵如浮云粪土，追慕隐士潇洒出尘的生活态度。其语似豪旷，实含悲辛，相当典型地反映了当时知识分子的普遍心理。艺术上语势奔泻，宛若明珠走盘。使事用典，信手拈来，明白如话，堪称雅俗共赏。

仙吕·游四门

一

落红满地湿胭脂，游赏正宜时。呆才料①不顾蔷薇刺，贪折海棠枝。支②，抓破绣裙儿。

二

海棠花下月明时，有约暗通私。不付能等得红娘至，欲审旧题诗。支，关上角门儿。

【注释】

①呆才料：犹今言傻东西。②支：象声词。

【赏析】

上述两首小令写青年男女的恋情。第一首起始即点明这段恋情萌生在春雨过后，落红遍地，游赏正宜时的季节。一对恋人在这明媚的春光中同游，"柳径春深，行到关情处"（冯延巳词句），男青年情不自禁，"不顾蔷薇刺，贪折海棠枝"。小令此处用语甚妙，"海棠"当是对女青年的喻称，而"呆才料"显系女青年对男青年的昵称。由第三人称的旁观叙述，转入第二人称叙述视角，主人公热烈浓密的情感被一种亲昵的语调道出，既直白又娇俏动人。最后一句"支，抓破绣裙儿"，象声词的使用又为这对恋人的欢会增添了欢快的气氛。第二首则首先勾勒了一个月色溶溶花影摇曳的氛围，一对恋人暗通佳期。小令直白地告诉读者这对恋人是"有约暗通私"，一方面是曲家直露不藏风格的体现，另一方面也说明这对恋人恋情的炽烈。

仙吕·寄生草·相思

有几句知心话，本待要诉与他。对神前剪下青丝发，背爷娘暗约在湖山下，冷清清湿透凌波袜①，恰②相逢和我意儿差。不刺③，你不来时还我香罗帕④！

【注释】

①凌波袜：原用以形容洛水女神步履轻盈，后用"凌波袜"作为妇女袜子的美称。典见三国魏国曹植《洛神赋》。②恰：刚刚。③不刺：曲中衬音，

放在两个分句中间，只起音节和加强语气的作用，不为义。④香罗帕：男女定情信物。

【赏析】

这首小令描写了一个女子的爱情波折，表现了她对爱情的真挚。开头二句表明波折的起因。原来女主人公是约情人来相会，"有几句知心话"要告诉他，然而他没有来。男子的失约引起了女主人公的懊恼与怨恨。接着"对神前剪下青丝发"三句，便是对男子的埋怨：当初对神前剪下青发向男子表明自己的爱心，如今又背着爹娘与他在湖山下约会，然而他竟然失约，让女主人公独自在湖边空等了半天，以致露水湿透了鞋袜。最后二句："不剌，你不来时还我香罗帕！"男子的失约，使女主人公怨恨至极，决定索回以前送给他的信物，了结这段恋情。作者采取了叙事体文学的表现手法，刻画了一个痴情的女子形象，并注重对她的心理刻画，使这一人物形象逼真感人。

中吕·朝天子·志感

不读书有权，不识字有钱，不晓事倒有人夸荐①。老天只恁忒②心偏，贤和愚无分辨。折挫英雄，消磨良善，越聪明越运蹇③。志高如鲁连④，德过如闵骞⑤，依本分只落得人轻贱。

【注释】

①夸荐：夸赞和推荐。②只恁：只这样。恁：这样。忒：太，过于。③运蹇：蹇：音jiǎn。运气不好，命运坎坷。蹇：跛足，引为倒霉，不顺当。④鲁连：鲁仲连，齐国人，战国时著名的辩士。他游赵国时，适逢秦兵围赵。他说服魏使辛垣衍，义不帝秦，化解了赵国之围。平原君欲以千金赠鲁连，他笑而却之。故这里说他志高。⑤闵骞：即子骞，春秋时鲁国人，孔子的弟子，以德行孝行著称。骞：音qiān。

【赏析】

志感，就是把感想写出来。作者感于元代社会是非不分、贤愚不辨的黑

暗现实，慷慨悲歌，愤怒、悲凉之气充溢全篇。对现实社会的不满和痛斥，是由于作者心中建构有自己理想、公正的社会。从宋到元，知识分子的地位从四民之首一下子跌入社会底层，社会群体价值的急剧变化，使他们彷徨、愤懑。这首曲子喊出了元代知识分子的心声。

中吕·朝天子·志感

不读书最高，不识字最好，不晓事倒有人夸俏。老天不肯辨清浊，好和歹没条道①。善的人欺，贫的人笑，读书人都累倒。立身则小学②，修身则大学③，智和能都不及鸦青钞④。

【注释】

①条道：标准，定规。②小学：宋朱熹、刘子澄编的少年教育课本。全书共六卷，辑录符合封建道德的言行作教材。③大学：儒家经典之一，原是《礼记》一篇。宋以后把它从《礼记》中抽出，和《论语》、《孟子》、《中庸》相配合，统称为四书。④鸦青钞：当时的一种钱钞，因颜色青黑，故称为鸦青钞。

【赏析】

由于异族入侵而建立政权，汉民族的文化价值观受到漠视和弃置。文士的心灵发生了强烈的震颤，他们仍然存留着对唐宋文人殊荣的梦想和追忆。因此，眼前颠倒的世界就尤其令文士痛心和愤懑。个人的才智和学识已没有任何作用，而有钱有势的权贵却得以重用。欺善笑贫，势利熏熏，天理何在？前途何在？文人在严酷的生存悲剧面前长歌当哭。

中吕·红绣鞋①

窗外雨声声不住,枕边泪点点长吁,雨声泪点急相逐。雨声儿添凄惨,泪点儿助长吁,枕边泪倒多如窗外雨。

【注释】

①此曲《乐府群玉》题为"离愁"。

【赏析】

这是支描写思妇的曲子。夜中孤眠,更兼窗外雨声,愈加寂寞难耐。作者把"雨"和"泪"贯通全篇,以"雨"写"泪",以"雨"写景,以"泪"写情,一个在雨夜思念丈夫的女子形象跃然纸上。窗外雨引起枕边泪,枕边泪多似窗外雨,雨泪浑然一体,二者又互为映衬,更显思妇的孤苦凄凉。

中吕·红绣鞋

一两句别人闲话,三四日不把门踏。五六日不来呵在谁家?七八遍买龟儿卦①,久②已后见他么,十分的憔悴煞。

【注释】

①龟儿卦:龟:古人用以占卜算卦的龟甲。买龟儿卦:意谓去卦摊问卦。②久:谐"九"音,语音双关。

【赏析】

把一个处在半失恋之中的年轻女子的失望与希望、猜疑与期待的复杂心情,编入数字程序中,通过从一到十的历叙方式,有层次、有节奏地展示出

来,是这首小令的主要特点。它在形式上属于"嵌字体",即将数字巧妙地镶嵌在每句的句首,从一到十,恰好构成一个完整的叙事过程,勾画出二人爱情矛盾的产生和发展。不仅如此,一到十,也是一个巧妙的叙事视角的选择,它从"时间"的顺延推展上,刻画出抒情主人公层层递增的心理焦虑和按捺不住的渴望心情,从而赋予数目以灵动的性格和叙事的功能,无凑插之嫌、生硬之弊,可谓意新语俊、字响调圆、儇俏尖新、趣味盎然。

中吕·喜春来

笔头风月①时时过,眼底儿曹②渐渐多。有人问我事如何?人海阔,无日不风波。

【注释】

①风月:本指清风明月。这里当是指光阴。此句意思是说:在笔墨生涯中迁延时日。②儿曹:儿辈。此指肖小之辈。

【赏析】

孟子云:"无恒产者有恒心,唯士为能。"文人是社会的良心所在。境况艰厄而又心存高远,自命清高而又摆不脱恶风浊气的困扰,于是便铸就了愤世嫉俗、郁勃不平的文化心态。封建时代的进步文化人概莫能外,而尤以元人的双重煎熬(民族的和社会的)为甚。这支小令,写的是一介书生(或小有功名的儒士)对人事纷纭、世道艰危的焦虑与悲患,于浅近中见深切,于平静中见激越,当是那一代文化人的心态凝缩。

中吕·四换头

两叶眉头,怎锁相思万种愁。从他别后,无心挑绣。这般证候①,天知道和天瘦。

【注释】

①证候:同"症候",患病时症状。

【赏析】

古人云:"四百四病可守,唯有相思难受。"和相思之苦比起来,别的病都是可以忍耐的。写女子相思之苦,是诗词歌赋中常见题材,元曲中也不乏名作,诸大家都曾写过。这首无名氏之作却能以独出心裁的构思、独出心裁的语言为自己在相思名曲中争得一席之地。

中吕·红绣鞋·月夜闻雁

孤雁叫教人怎睡?一声声叫的孤凄,向月明中和影一双飞①。你云中声嘹亮,我枕上泪双垂,雁儿我争你个甚的?

【注释】

①"向月明"句:在明亮月色下只好与影子成双。

【赏析】

　　这首闺怨曲借孤雁表达怨妇孤独的心声,写得极为凄婉动人。离群失伴的大雁在寂寞长空中哀鸣,无论从视觉上还是听觉上都创造了一种悲凉的氛围,为怨妇的"怨"创造了典型环境。孤雁叫,产生两种作用,从声音上使怨妇不能安睡,从心理上刺激怨妇孤独寂寞的心。孤雁叫发出的声音必然凄哀悲凉,"一声声叫的孤凄",声声哀鸣必然如针锥刺激怨妇破碎滴血的心。这样,景与情互为烘托,产生共鸣。因此,开头两句虽然描绘孤雁的寂寞哀鸣,实则更深刻地暗喻怨妇的相思之怨。孤雁独自飞行,在明亮月色下只好与影子成双。这孤寂的身影,不也是怨妇形影相吊的情形的写照吗?以这样的画面为背景,揭示怨妇的心理活动,就从深层次上展示了怨妇相思之苦、相思之深。

中吕·齐天乐过红衫儿·幽居

　　常笑屈原独醒[①],理论甚斜和正,浑清?争,一事无成。汨罗江[②]倾送了残生,无能!我料这里直,难买人世情。顺时和光,倒得安宁。静处潜,深山里隐,且养疏慵。愿学陶渊明,卸印归三径[③]。不争名,不争名,曾共高人论。且妆惛[④],且妆惛,识破南柯梦境[⑤]。

【注释】

①屈原独醒:见《楚辞·渔夫》。屈原以忠直被逐,行吟泽畔,颜色憔悴,形容枯槁,渔夫怪而问之。答曰:"举世皆浊我独清,众人皆醉我独醒,是以见放。"②汨罗江:在湖南东北部,流经湘阴县之屈潭,相传即为屈原自沉之所。③"愿学"二句:陶渊明为彭泽令,不愿为五斗米而折腰事乡里小儿,即日辞官归隐。"三径":指故乡。④惛:音hūn,愦,糊涂。⑤南柯梦境:出唐李公佐《南柯太守传》,谓淳于棼(fén)酒醉入大槐安国,作南柯太守,前后三十年,享尽荣华富贵。后被遣回家,酒醒,才知原是一梦。根据梦境所示,挖开门前大槐下树洞,发现有一群蚂蚁在内蠕动,就是他所去

的大槐安国。

【赏析】

元人散曲咏怀自述之作，每崇五柳而笑三闾，如白朴［仙吕·寄生草］《饮》："不达时皆笑屈原非，但知音尽说陶潜是。"此曲亦然。这是一种悲愤至极的反语，表面旷达放浪，而愤世嫉俗之情仍森然外露，不可抑止。本曲将屈原的悲剧命运和陶渊明的隐退田园对比，肯定了后者的人生态度。全曲夹叙夹议，虽笑犹哭，虽装昏仍清醒，应透过外层去把握其内涵。

南吕·玉娇枝过四块玉

休争闲气，都只是南柯梦里。想功名到底成何济①？总虚华几人知。百般乖不如一就②痴，十分醒争似③三分醉。则这的是人生落得，不受用图个甚的。赤紧的乌紧飞，兔④紧追，看看的⑤老来催。人无百岁人，枉作千年计。将眉间闷锁开，休把心上愁绳系。则这的是延年益寿的理。

【注释】

①成何济：有什么用处？②一就：一味。③争似：比拟之词，怎似得。④赤紧的：当真的，实在的。乌：相传日中有三足金乌，此代指日光。兔：古代神话谓月中有玉兔，此代指月亮。⑤看看的：转眼间。宋代柳永《留客住》词："惆怅旧欢何处，后约难凭，看看春又老。"

【赏析】

这是一首带过曲，抒发了一种超脱潇洒的人生态度。这种人生态度实际上是元代知识分子在社会中经过碰撞、搏斗、失意之后无可奈何的选择。开首以"休争闲气"领起，抒写人生如梦、功名虚无，"十分醒争似三分醉"，于看破红尘中蕴含着生活的悲酸。看破、虚无、休争是前半部分的主旨。下来写人生短暂易逝，宜开闷锁，须解愁绳，弃绝是非名利，才能到达延年益寿的境界。表达了及时行乐的人生旨趣，虽不无消极之嫌，但又何尝不是对当时社会的厌弃。

南吕·骂玉郎过感皇恩采茶歌

四时唯有春无价，尊日月富年华①，垂杨影里人如画。锦一攒，绣一堆，在秋千下②。语笑欣恰③，炒闹喧哗。软红乡，簇定个，小宫娃④。彩绳款拈，画板轻，微着力，身慢举，拽裙纱。众矜夸，是交加。彩云飞上日边霞，体态轻盈那闲雅，精神羞落树头花。

【注释】

①富年华：指年轻，来日方长。②"锦一攒"三句：形容少女围簇秋千下的热闹场面。③欣恰：言嘻嘻哈哈，快乐欢笑。④宫娃：本指宫女，此借以赞美少女打扮漂亮。孟郊《和蔷薇花歌》："忽惊锦浪洗新色，又似宫娃逞妆饰。"

【赏析】

这首曲子描写一群少女在风光美丽的花园里玩秋千的情态。全曲写出了她们的天真烂漫，淳朴自然，生机勃发，是对青春生命力的热情赞颂。

双调·清江引·讥士人

皂罗辫儿紧扎捎①，头戴方檐帽。穿领阔袖衫，坐个四人轿。又是张吴王米虫儿②来带了。

【注释】

①皂罗辫：指方檐帽后系的黑纱飘带。紧扎梢：张得很开，也作"扎

煞",元人方言。②张吴王:张士诚于至正二十三年九月自称吴王。米虫儿:吃米的蛀虫。《坚瓠甲集》卷三:"元末吴人呼秀才为米虫。"

【赏析】

明代瞿佑《归田诗话》卷下云:"张氏据有浙西富饶地,而好养士,凡不得志于时者,争趋赴之。美官丰禄,富贵赫然,有为北乐府以讥之云云。"《尧山堂外纪》卷七十四亦有完全相同之记载,说明这支散曲是讽刺张士诚所养之"士"的。曲中以幽默的语言,漫画的手法,给这些"米虫儿"画了一幅肖像,越是道貌岸然,威风凛凛,越显出那狐假虎威、狗仗人势的讨厌相。

双调·水仙子

夕阳西下水东流,一事无成两鬓①秋,伤心人比黄花瘦②。怯重阳九月九③,强登临情思悠悠。望故国④三千里⑤,倚秋风十二楼⑥。没来由⑦惹起闲愁。

【注释】

①鬓:靠近耳边的头发。②此句化用李清照《醉花阴》"人比黄花瘦"一句。黄花:指菊花。这里借花说人憔悴。③重阳九月九:亦称重九,指重阳节。④故国:家乡。⑤三千里:虚指,极言其远。⑥十二楼:原指神仙所居之仙境,后来常用以比喻构造精致的楼阁。⑦来由:缘由。

【赏析】

古代士阶层的知识分子大多胸怀"兼济天下"的功名欲望,并以此为个体自我意识的价值标准。它激发着士大夫文人在坎坷的仕途上昂扬蹈厉。不幸的是,并非每一个人的这种人生理想都能得以实现。这支借景抒怀的小曲展现的正是失意文人的那种凄惶、愁苦的心态。夕阳、流水这两个传统的文学意象包孕着生命沉沦的喻意,渲染出强烈的生命意识,道出了文人心中的烦恼。人生失意的心态则通过"怯"、"强"逼真地刻画出,并与对故乡的思

念联系起来。怀乡的情绪和失意的心态纠杂在一起，正是愁之味！强作旷达，强颜欢笑，只能愈加愁苦。

双调·雁儿落过得胜令①

一年老一年，一日没一日，一秋又一秋，一辈催一辈；一聚一离别，一喜一伤悲；一榻②一生卧，一生一梦里；寻一伙相识③，他一会，咱一会；都一般相知④，吹一回，唱一回。

【注释】
①选自《元曲三百首》，原阙题。②榻：床。③一伙：一伙。④相知：相好。

【赏析】
此曲抒写了作者深沉的人生感喟和旷达的处世态度。日月如流，年岁催迫，离合相继，喜乐无常，人生如梦而已，因此当及时行乐，这是自《古诗十九首》以来常见的主题。此曲虽以"一年"、"一日"、"一秋"、"一辈"等排比而下，颇多深长的感叹，但却没有以往同类作品那种浓重的哀伤。你看他"寻一伙相会，他一会，咱一会；都一般相知，吹一回，唱一回"，显得多么超脱潇洒，疏放痛快，这颇能代表元人的处世风度。在写法上，曲中连用二十一个"一"字，句型多变，无重沓烦赘之弊，非常独特。语词俚俗本色，活泼有致，尤别具风韵。

越调·小桃红·别忆

断肠人寄断肠词①，词写心间事。事到头来不由自，自寻思，思量往日真诚志。志诚是有，有情谁似，似俺那人儿。

【注释】

①断肠人寄断肠词：极度悲伤的人写着极度相思的词。曹丕《燕歌行》："念君客游思断肠，慊慊思归恋故乡。"

【赏析】

这是一首用"顶真格"填写而成的咏"情"小令。在语言习惯上，我们常将钟情的男子称作"志诚种"，故此，可将此曲看作是一个男子接到心上人（俺那人儿）的书信之后所引起的对"情"的追忆和咀嚼。他自觉对不住有情人的一片相思之情，因惋叹"事到头来不由自"，也即我远在天涯，身不由己，但并非薄情，我一直对你是真诚忠实的。由己及人，似你这般有情之人，又有谁能比得上呢？结尾感慨万端，余音袅袅。"有情谁似"一句暗寓开首"断肠词"中事。"顶真格"又名"联珠体"，上句末一字与下句头一字相同。这一修辞手法，不但造成一种音律谐和的节奏美，而且能巧妙地传出抒情主人公缠绵幽怨的情怀和急切不能自已的神态。

商调·梧叶儿

青铜镜，不敢磨，磨着后照人多。一尺水，一丈波①，信人唆②。那一个心肠似我！

【注释】

①"一尺水"二句：谓因流言蜚语而掀起风波。②唆：挑唆。

【赏析】

这首小令描写了一个女子因爱情上的波折所产生的忧愁与痛苦。开头三句，女主人公表示不敢将青铜镜磨亮，怕磨亮后会把人照得更清楚。这也暗示出女主人公此时充满着忧愁与痛苦，使她脸上憔悴不堪，故不敢对镜自照，怕见到自己瘦削的脸庞，更会增添忧愁与痛苦。那么是什么事情使她如此忧愁与痛苦的呢？接下来三句点明了女主人公忧愁与痛苦的原因，是她的情人听信了别人的挑唆，对她的痴情发生了怀疑。女主人公感到十分委屈，因此，

她大声质问:"那一个心肠似我!"这既表白了自己的真诚,也充满着对情人轻易听信别人挑唆的怨恨。全曲语言流畅明快。作者采用了代言体的表现手法,生动地刻画了一位感情真挚、性格直爽的女子形象。

商调·梧叶儿·嘲谎人

东村里鸡生凤,南庄上马变牛。六月里裹皮裘①。瓦垄②上宜栽树,阳沟里好驾舟③。瓮④来大肉馒头,俺家的茄子大如斗。

【注释】

①皮裘:皮大衣。②瓦垄:房上的瓦脊。③阳沟:屋檐下排水的明沟。④瓮:音wèng,一种陶制的腹部较大的盛器。

【赏析】

这是一首嘲弄说谎人的讽刺小品。吹牛撒谎是一种社会恶习。由于说谎人挖空心思,骗人相信,花样不断翻新,久而久之便积累了多种吹牛伎俩。本曲所讽刺的说谎手段大致有三种:一是无中生有。开头三句便是此类的弥天大谎:鸡生凤,马变牛,六月里能穿皮裘,以绝对肯定的语气,说出绝不可能存在之事。捏造事实,瞒天过海,这正是天下一切说谎人的惯伎。二是张冠李戴。曲中"瓦垄上宜栽树,阳沟里好驾舟"两句谎言便属此类。屋顶上可长草,但瓦楞上无法栽树;阳沟里有水,但绝不能驶船。说谎人往往抓住一点似是而非的现象,添枝加叶,愈吹愈玄,达到以假乱真的目的,这似乎也是说谎的一条规律。三是任意夸大。如曲中最后两句:"瓮来大肉馒头,俺家的茄子大如斗。"这便是不顾情理,随意夸大。

商调·梧叶儿·贪

一夜千条计,百年万世心。火院有海来深①!头枕着连城玉,脚踏着遍地金。有一日死来临,问贪公那一件儿替得您!

【注释】
①火院:僧道以世俗生活为火院、苦海。

【赏析】
这是一首讽刺贪财汉的小曲。起首两句极言其为聚敛钱财而费尽心机,日日夜夜,岁岁年年,都在思量着发财的门路。尽管他"头枕着连城玉,脚踏着遍地金",几乎揽尽了民间的财富,但是依然贪心不足,依然在做着损人利己的金钱梦。对于这样一个整天在钱孔里打转的丑恶灵魂,作者是极为鄙夷的,故曲尾以调侃的语气问之:"有一日死来临,问贪公那一件替得您?"直如当头棒喝。但死神的威胁恐怕也唤不醒他的迷梦!作者纯用口语,质朴自然,讽刺之中又应用了夸张手法,故能收到入木三分的讽刺效果。

商调·梧叶儿·嗔

怒纷纷心肠恶,气昂昂胆量粗。动不动撒无徒①。忒嫉妒,更狠毒。有一日命遭诛,那其间谁来救苦!

【注释】
①无徒:即无图,指没有图籍的游民、无赖。

【赏析】
这是一首告谕气质粗暴者的劝世曲。由于缺乏教养,在生活中,确有不

少心粗气浮、胆大妄为的人。"怒纷纷"、"气昂昂","动不动撒无徒",就是这类人物的形象写照。然而,这不仅仅是一个人精神气质上的缺陷,主要还是道德品质低下,嫉妒和狠毒,这才是他们的痼疾所在,应该承认这种揭发是相当深刻的。作者既恨其胡行,又悯其无知,所以结尾仍予以警诫,期望他们能够悔改。

商调·梧叶儿·嘲贪汉

一粒米针穿着吃,一文钱剪截充。但①开口昧神灵②。看儿女如衔泥燕③,爱钱财似竞血蝇④。无明夜攒金银,都做充饥画饼⑤。

【注释】

①但:只要。②昧神灵:昧良心。③衔泥燕:衔泥筑巢的燕子。④竞血蝇:追逐污血的苍蝇。⑤充饥画饼:又作画饼充饥,喻徒劳空想。

【赏析】

这首曲子运用高度夸张的手法,讽刺了贪财之徒。

参考文献

[1] 蒋星煜. 元曲鉴赏辞典 [M]. 新一版. 上海：上海辞书出版社，2014.
[2] 熊蓉，邓启铜. 元曲三百首 [M]. 第二辑. 南京：南京大学出版社，2014.
[3] 关汉卿. 元曲三百首 [M]. 北京：中国华侨出版社，2013.
[4] 张文珍. 元曲三百首 [M]. 济南：山东画报出版社，2013.
[5] 素芹. 元曲三百首注释 [M]. 上海：上海三联出版社，2013.
[6] 解玉峰. 元曲三百首 [M]. 北京：中华书局出版社，2013.
[7] 王春红. 元曲三百首 [M]. 北京：企业管理出版社，2013.
[8] 何燕. 元曲三百首 [M]. 青少版. 武汉：湖北美术出版社，2012.